JENSEITS DER RACHE

REIHE: DIE KUNST DER RACHE

BUCH 2

DAN PETROSINI

DAN PETROSINI
MYSTERY & SUSPENSE AUTHOR
www.danpetrosini.com

ISBN (Druckausgabe): 978-1-960286-61-1

Gedruckt in Naples, FL, USA

Sie können über mein Schreiben auf dem Laufenden bleiben und Zugang zu Büchern haben, die frei von Discounter sind, indem Sie sich meinem Newsletter anschließen. Normalerweise ist es einmal im Monat ausgestiegen und enthält auch Notizen zu Selbstwertgefühl, Motivationsstücken und Weinartikeln.

Es ist kostenlos. Siehe meine Website: www.danpetrosini.com

1

UNTERTITEL ZU LESEN WAR NERVIG, ABER DIE NETFLIX-SERIE war fesselnd. In dem Drama ging es um einen schiefgelaufenen Drogendeal. Ein paar Päckchen Koks wurden übergeben, und die Szene wechselte zu einer Frau, die einen kleinen Jungen umarmte. Sie weinten.

Die Frau sah exakt aus wie Mrs. Morse. Mir stieß ein Bissen von den Tacos auf, die ich zuvor gegessen hatte. Mein Magen drehte sich um, ich sprang von der Couch und rannte ins Badezimmer.

Ich spuckte ins Waschbecken und drehte den Wasserhahn auf. Ich spülte mir den Mund aus, und mein Magen grummelte. Ich setzte mich auf die Schüssel und schloss die Augen.

Der quälende Film in meinem Kopf begann von Neuem.

Da war ich, auf dem Heimweg von der Schule. Ich bog um die Ecke in meine Straße und hielt inne.

Eine Gruppe Nachbarn sprach mit einem uniformierten Polizisten. Jemand hatte den Kopf in den Händen vergraben. Es war Mrs. Morse.

Meine Kehle wurde eng. Ich trat ein paar Schritte vor und zählte die Häuser. Unseres war das fünfte von der Ecke.

Ich kniff die Augen zusammen. Ein Polizist stand vor den Stufen zu unserem Haus. Mit hämmerndem Herzen rannte ich los.

Ein Haus entfernt konnte ich unsere Haustür sehen. Sie stand offen.

Ich wurde langsamer und fragte den Polizisten: »Was machen Sie hier?«

»Geh weiter, Kleiner, das ist eine Polizeiangelegenheit.«

»Aber das ist mein Haus. Wo ist meine Mom?«

»Einen Moment, Junge.«

Der Polizist sah aus, als würde er gleich die Tore zur Hölle durchschreiten. »Sarge. Sarge!« Er trat auf zwei Polizisten bei einem Streifenwagen zu. »Der Junge hier, er wohnt hier.«

Ich stürmte die Treppe hinauf und nahm zwei Stufen auf einmal.

»Hey, du kannst da nicht reingehen!«

Meine Mutter lag auf dem Boden. Zwei Männer knieten über ihr. Ein Heiligenschein aus Blut umgab ihren Kopf. Meine Stimme brach. »Mom!«

Erschrocken sprangen die Polizisten auf die Füße. Sie traten vor mich und drehten mich um. »Du musst hier raus.«

»Mommy! Mommy! Steh auf!«

»Bringt ihn raus!«

Ein Paar Hände hob mich hoch. »Nein! Lasst mich in Ruhe!«

Sie trugen mich hinaus und übergaben mich Mrs. Morse. Sie nahm meine Hand und wischte sich mit der anderen die Tränen aus dem Gesicht. »Komm schon. Sei stark …«

Ich versuchte, mich loszureißen. »Ich will zu Mommy.«

»Das geht nicht, Schätzchen. Nicht jetzt.«

»Wann? Wann kann ich sie sehen?«

»Dein Daddy ist auf dem Heimweg von der Arbeit. Er wird es dir sagen.«

»Was ist mit ihr passiert? Wird sie wieder okay? Sie hat geblutet und alles.«

»Sie tun, was sie können.«

»Sie hat sich nicht bewegt.«

Mrs. Morses Kinn zitterte. Eine Träne rollte ihre Wange hinab.

Mein Mund war staubtrocken. »Ist sie tot?«

»Da kommt dein Daddy.«

Dads Gesicht war schneeweiß. »Dad! Mommy ist etwas passiert!«

Er hob eine Hand und begann, mit einem Polizisten zu reden. Ich riss mich aus Mrs. Morses Griff los. Als ich einen Schritt auf meinen Vater zuging, erregte eine Bewegung oben an der Treppe meine Aufmerksamkeit.

Jemand kam rückwärts aus der Haustür. Er hielt ein Ende einer Trage. Das Licht reflektierte auf dem glänzenden schwarzen Sack auf der Bahre. Mein Magen zog sich zusammen; Mom war in dem Sack.

Dad zerrte an meiner Hand. »Komm schon, das solltest du nicht sehen.«

»Ich will bei Mommy bleiben!«

»Wir werden sie später sehen.«

»Wo? Wo? Im Bestattungsinstitut?«

Das Kinn meines Dads zitterte. Er drehte sich weg und seine Schultern bebten.

»Dad? Ist alles in Ordnung?«

Mr. Amato legte seinen Arm um Dad. »Es tut uns so leid, Bill.«

Amatos Frau drückte meine Hand. »Warum kommst du nicht für eine Weile zu uns rüber?«

Ich schüttelte sie ab. Weinend folgte ich der Trage zur Rückseite des Krankenwagens.

»Wer hat meiner Mom das angetan? Wer? Warum? Warum haben sie das getan?«

Ein Polizist, der die Türen des Rettungswagens aufhielt, sagte: »Keine Sorge, Kleiner. Wir wissen, wer es war. Wir kriegen ihn, bevor es dunkel wird.«

Ich drängte mich am Sanitäter vorbei und griff nach dem Sack. Ich fühlte ihr Bein. Es war wie ein Stück Rohr.

»Dad! Sie wissen, wer es war.« Das Pochen zwischen meinen Augen wurde schneller. »Wer, wer hat meiner Mommy wehgetan?«

Die Einzelheiten des Tages, an dem meine Mom getötet wurde, waren lebhaft. Es war seltsam, denn die folgende Woche, einschließlich der Beerdigung, war verschwommen. Das Einzige, an das ich mich von der Totenwache erinnerte, war, dass Polizisten hereinkamen und nach meinem Vater fragten.

Dad traf sich mit ihnen im Foyer. Geflüster ging durch den Raum und schwoll an, als Mrs. Morse sich neben meinen Stuhl kniete. »Die Polizei hat den Mann gefasst, der deiner Mutter das angetan hat.«

Der Bastard war Larry Boyd. Und er war auf Kaution frei, als er es tat, obwohl er zwei andere Frauen brutal verprügelt hatte. Es war der erste Beweis dafür, wie kaputt das System war. Nachdem Dad gestorben war, durch Zeitlupensuizid mit der Flasche, wurde ich in eine Pflegefamilie gesteckt.

Meine Eltern zu verlieren und herumgeschubst zu werden, war schon schlimm genug, aber in der Pflegefamilie verprügelt zu werden, erfüllte mich mit dem Bedürfnis nach Rache. Nachdem ich dem Missbrauch entkommen war, war mein erstes Ziel Mr. Bryant, der Pflegevater, der mir die acht Zentimeter lange Narbe hinter meinem Ohr verpasst hatte.

Es lief nicht wie geplant, und genau wie der Mann, der meine Mutter erschossen hatte, starb er, bevor ich ihn selbst umbringen konnte. Nachdem ich alles verloren hatte, wurde ich erneut beraubt.

Die Frustration überschattete mein Leben. Ich versuchte weiterzumachen und nahm einen Job als Ermittler bei einem Anwalt namens Ray Larson an. Dort bot sich eine Gelegenheit, Rache zu üben.

Es war unmöglich, gegen das System vorzugehen, das mich fertiggemacht hatte. Was sich daraus entwickelte, war teils Geschäft und teils, wie ich hoffte, Therapie, indem ich im Namen anderer nach Rache suchte.

2

Der Celebration Park füllte sich langsam. Ich schlängelte mich durch die Menge der frühen Abendesser und wartete in der Nähe des Foodtrucks von Cousin's Maine Lobster.

Al Ventura, ein Anwalt, der mir Arbeit zuschusterte, bog um eine Ecke, und ich reihte mich in die Schlange für die Essensbestellung ein.

Ich streckte meine Hand aus. »Hey Al, wie geht's?«

»Gut, Beck.«

»Hungrig?«

Er nickte. »Ich liebe ihre Krabbenbrötchen.«

»Die sind gut, aber die Hummerbrötchen sind nicht von dieser Welt.«

»Ich mag beide. Sag mal, wie war deine Reise?«

»Entspannend. Ich war zwei Wochen unten in den Keys, und dann sind Laura und ich für sechs Tage auf die Bahamas geflogen.«

»Die Bahamas? Wie läuft's denn mit ihr?«

»Okay.«

»Ich dachte, du hättest vielleicht eine Partnerin fürs Leben gefunden. Habe ich mich da getäuscht? Stimmt was nicht?«

»Nichts.«

»Mir kannst du es sagen. Ich war verheiratet und wäre es immer noch, wenn Lee Ann nicht gestorben wäre. Was ist los?«

»Laura stellt ständig Fragen. Sie will alles wissen – über meine Familie, was ich beruflich mache, bla, bla, bla. So bin ich einfach nicht. Ich bin ein privater Mensch.«

»Eine Partnerschaft ist ein Geben und Nehmen. Es ist ganz natürlich, dass man alles über jemanden wissen will, mit dem man eine Beziehung hat. Du solltest nicht dichtmachen. Finde einen Weg, ihr nach und nach ein bisschen was zu erzählen, sagen wir, über deine Familie. Das ist ein Teil von dir.«

Der letzte Teil war wahrer, als mir lieb war. »Ich verstehe schon. Aber was ist mit meiner Arbeit? Niemand darf die Details von–«

»Du bist einer der cleversten Kerle, die ich kenne. Denk dir eine Geschichte aus. Etwas Glaubwürdiges, und dann ist die Sache erledigt.«

»Das habe ich versucht, aber am Ende unseres Urlaubs habe ich mich verplappert.«

»Krieg wieder die Kurve. Sie tut dir gut. Du musst daran arbeiten.«

»Ich werde es versuchen.«

»Gut. Habt ihr in Larsons Haus in Lyford Cay gewohnt?«

»Ja, was für eine Bude. Er wohnt quasi direkt neben dem Haus, in dem Sean Connery früher gelebt hat.«

»Ich war einmal dort. Es ist ein zauberhafter Ort.«

»Ja, vielleicht lag es daran, dass ich die paar Wochen davor in den Keys war, aber es wurde langweilig. Laura ist glücklich, wenn sie am Strand sitzt und liest, aber ich werde zappelig. Ich war angeln, und das war cool, aber man kann nicht jeden Tag gehen.«

»Viele Jungs tun das.«

»Das ist nichts für mich, ich muss beschäftigt bleiben.«

»Laura muss es geliebt haben.«

»Ja, aber Geld ist ihr nicht wichtig; sie arbeitet von zu Hause aus an drei Tagen in der Woche und verdient kaum genug für die Miete.«

»Beschwer dich nicht, das ist eine gute Eigenschaft für eine Partnerin.«

»Ich weiß.«

»Sie ist Patientenvertreterin, richtig?«

»Ja, wenn eine Versicherung jemanden wegen eines Rezepts hinhält, versucht sie, die Kostenübernahme für die Leute zu erwirken.«

Ventura lächelte. »Sieh mal einer an. Ihr helft beide Menschen, die ihr nicht kennt.«

Wir gaben unsere Bestellungen auf und unterhielten uns über Belanglosigkeiten, bis das Essen fertig war.

Während wir unser Abendessen zu einem Stehtisch trugen, sagte Ventura: »Bist du bereit, wieder an die Arbeit zu gehen?«

»Auf jeden Fall. Erzähl mir von der Situation, die du erwähnt hast.«

Die Lichterketten über uns schwankten, als eine Brise vom Kanal herüberwehte. Ventura wischte sich den Mund ab. »Mann, das ist so gut.«

»Was ist mit dem Kind, das–«

»Es ist ein trauriger Fall. Eines der traurigsten Dinge, die mir je untergekommen sind.«

Ich legte mein Brötchen hin und sah ihm in die Augen.

Er schluckte und sagte: »Okay, okay. Kurz gesagt, einem Kind wurde von seinen Eltern vom Staat weggenommen.«

»Das Jugendamt?«

»Ja.«

Ich griff nach meinem Hummer. »Wie alt war es?«

»Das Kind war unter einem Jahr alt.«

»Sie haben die Eltern des Missbrauchs verdächtigt?«

Er nickte. »Sie haben beide verhaftet, als Tests ergaben, dass das Baby einen Knochenbruch hatte.«

»Die Behörden dachten, die Eltern hätten das Kind geschlagen?«

»Entweder das oder schwere Vernachlässigung.«

Ich schob mein halb aufgegessenes Brötchen weg. »Wie hat das angefangen?«

»Da bin ich mir nicht ganz sicher. Jemand hat die Situation dem Jugendamt gemeldet.«

»Wenn nichts los war, warum sollte sie dann jemand melden?«

Mit vollem Mund zuckte Ventura die Achseln.

»Da musste doch etwas dran sein, oder?«

»Es ist kompliziert. Die Eltern kamen zu mir, um sich juristisch beraten zu lassen. Sie wollten den Bezirk oder den Staat für das, was passiert ist, verklagen. Sie taten mir wirklich leid.«

»Warum hast du nicht geklagt, wenn ihnen übel mitgespielt wurde?«

»Ich weiß, dass du Informationen aus zweiter Hand nicht magst. Und angesichts der Umstände ist es am besten, wenn du es direkt von den Eltern hörst.«

———

DIE LEUTE PARKTEN auf den Rasenflächen der Sportplätze. Ich schloss mich einem Strom von Menschen an, die in den East Naples Community Park stapften. Anonymität war etwas, das ich schätzte, aber das hier war zu viel des Guten.

Der Name des von Jimmy Buffett inspirierten Resorts, Margaritaville, prangte auf allen Schildern. Der Hotelkomplex aus Fort Myers verlor keine Zeit, sich in Südwestflorida einen Namen zu machen. Ob mit oder ohne Salzrand, das Trinken einer Margarita war kein Weg, um zur Pickleball-Meisterschaft zu gelangen.

Ich ging zügig an Dutzenden von Plätzen vorbei; Pickleball-Spieler aller Altersgruppen kämpften darum, auf die Hauptbühne zu kommen. Über der Hauptdurchgangsstraße hingen Schilder, die eine Live-Übertragung des Finales auf CBS ankündigten. Pickleball im Fernsehen? Um wie viel Preisgeld ging es hier?

In einem Zeltbereich saßen die Dubers an einem Picknicktisch. Als ich mich näherte, stellte der Ehemann seinen Kaffeebecher ab. Er hatte gute Instinkte.

Ich streckte die Hand aus. »Freut mich, Sie kennenzulernen, Mr. Duber. Ich bin Beck.«

Sein hellblaues Hemd hatte einen ausgefransten Kragen. »Ganz meinerseits. Ich bin Jim, und das ist Sarah.«

Ihre Hand war weiß und weich. »Danke, dass Sie gekommen sind.«

»Mrs. Duber.« Ich schwang mein Bein über die Bank und setzte mich.

Sarah griff nach der Hand ihres Mannes und flüsterte: »Können Sie uns helfen?«

»Ich weiß es nicht, aber ich würde gerne wissen, was passiert ist.«

Sie sah Jim an, dann sagte sie: »Okay. Ähm, Katy war, ist, unser erstes Kind. Wir haben es so an die fünf Jahre lang versucht –«

Jim korrigierte sie: »Fast sieben.«

Sarah nickte. »Ja, wir haben diese ganze Kinderwunschbehandlung gemacht, so, zweimal –«

»Dreimal, was für eine Geldverschwendung.«

»Ja, Geld, das wir nicht haben.«

Ich sagte: »Ihre Tochter Katy war also eine Überraschung?«

Sarah strahlte. »Völlig unerwartet. Ich meine, ich habe für ein Baby gebetet und es hat funktioniert, aber ja, wir waren, also, total überrascht. Ich meine, es war großartig.«

»Wir hatten eine ganze Liste von Leuten, die für uns gebetet haben, und Gott hat uns mit ihr gesegnet.«

»Wann wurde sie geboren?«

»Kaum zu glauben, dass sie in ein paar Monaten zwei wird.«

»Herzlichen Glückwunsch im Voraus. Und wann haben die Probleme angefangen?«

Die Mutter sagte: »Katy ist ein großartiges Baby, aber sie schien ständig krank zu sein. Ich erinnere mich, sie war gerade zehn Monate alt geworden, und eines Morgens fing sie an, sich zu übergeben. Es war nicht wirklich schlimm, aber wir riefen den Arzt an. Er sagte uns, wir sollten sie im Auge behalten, und wenn es weiterginge, sollten wir sie am Nachmittag vorbeibringen. Er sagte, wir sollten auf Dehydrierung achten und sicherstellen, dass sie genug trinkt –«

»Sarah rief mich an, und ich habe bei Walmart Pedialyte besorgt.«

Seine Frau fuhr fort: »Mir gefiel nicht, wie es ihr ging, und ich brachte sie zur Kinderärztin. Wir konnten uns nicht erklären, was danach geschah. Nicht wahr, Schatz?«

Jim sagte: »Es ist ein einziger langer Albtraum. Wir sollten in einer dieser *Dateline*-Sendungen oder so was auftreten.«

3

DAS GEKÜNSTELTE DRAMA DES *DATELINE*-MODERATORS GING mir schon vor Jahren auf die Nerven. »Also, ihr habt sie zum Arzt gebracht, und was ist dann passiert?«

»Es war so gegen elf, und Jim musste zur Arbeit. Er ist Koch bei New York, New York Pizza. Es war keine große Sache. Ich meine, sie war krank, aber ich kam allein mit ihr klar.«

Er ließ den Kopf hängen. »Ich hätte bei dir sein sollen. Sarah rief mich an, total hysterisch, und auf dem Weg dorthin hätte ich beinahe zwei Unfälle gebaut.«

»Erzähl mir, was beim Arzt passiert ist.«

Sarah sagte: »Na ja, sie haben ihre Vitalwerte und so überprüft, und sie wollten ihr eine Infusion mit Flüssigkeit geben, aber sie haben sie zum Ultraschall gebracht, um zu sehen, ob sie etwas verschluckt hatte oder so was. Um ehrlich zu sein, kann ich mich nicht mehr daran erinnern, was sie gesagt haben, nachdem sie uns beschuldigt hatten.«

»Wessen haben sie euch beschuldigt?«

»Kindesmisshandlung. Kannst du dir das vorstellen? Was für ein Sch ... äh, Mist.«

»Mist?«

»Also, es fing damit an, dass sie bei Katy einen Rippenbruch auf der linken Seite feststellten. Sie fragten mich, was passiert war, und ich sagte, nichts. Sie fragten, ob sie hingefallen sei oder ob wir sie hätten fallen lassen. Kannst du dir das vorstellen?«

»Was passierte dann?«

»Ich sagte ihnen, dass sie nicht hingefallen und auch von niemandem fallengelassen worden war. Sie sagten mir, ich solle draußen warten, und ich fragte, warum. Sie sagten, ich müsse. Ich wollte Katy nicht allein lassen, aber ich tat es, obwohl sie Angst hatte.« Sarahs Augen füllten sich mit Tränen, und sie griff nach einer Serviette.

Jim bohrte einen Fingernagel in den Tisch und sagte: »Sie haben die verdammte Polizei gerufen, und von da an ging alles den Bach runter.«

»Warum?«

Sarah sagte: »Nun, sie sagten, sie hätten weitere Scans gemacht und festgestellt, dass Katy drei weitere Brüche hatte: zwei in ihren Beinen und einen in Katys Unterarm. Ich meine, ich konnte es nicht glauben; das konnte unmöglich passiert sein. Wir sind immer zusammen.« Sie schloss für ein paar Sekunden die Augen und sagte dann: »Sie fragten mich, ob wir sie geschlagen hätten. Es war unglaublich. Ich meine, sie ist doch hilflos. Wer würde seinem eigenen Baby wehtun?«

Leider gab es viele, die diese Grenze überschritten hatten. Die Frage war, ob die Dubers es getan hatten. »Und sie haben die Polizei gerufen, weil sie dachten, jemand würde eure Tochter misshandeln?«

Sie nickte. »Nicht irgendjemand, entweder ich oder Jim. Als ich sagte, dass wir nichts getan hatten, versuchten sie herauszufinden, ob ich mich gegen Jim wenden würde. Als ob ich ihn schützen würde, wenn er Katy etwas antun würde. Kannst du dir das vorstellen?«

»Sarah hat mich angerufen, und ich musste von der Arbeit weg. Sie haben uns eine Stunde lang verhört, und ehe wir uns versahen, tauchte das Jugendamt auf.«

»Niemand von denen war nett, nicht wahr, Schatz? Besonders diese Simone Jackson. Sie hat uns wie Verbrecher behandelt. Eine Hexe ist sie, nichts anderes.«

»Was passierte dann?«

Sarahs Miene verfinsterte sich. »Sie haben uns nicht erlaubt, Katy mit nach Hause zu nehmen. Sie haben uns unsere Tochter weggenommen. Es war wie in einem Film oder so. Wir haben versucht zu erklären, dass wir nichts getan haben und unserem Baby niemals wehtun würden, aber sie wollten es nicht hören.«

Sie tupfte sich die Augen, bevor sie fortfuhr: »Sie ließen uns in einem anderen Zimmer warten, und als Nächstes war Katy weg. Wir waren verzweifelt. Ich habe sie angefleht, uns zu sagen, wo sie ist, aber sie haben sich geweigert. Sie sagten, wir sollten am nächsten Tag am Nachmittag anrufen, nachdem Katy von einem angeblichen Experten für Kindesmisshandlung untersucht worden sei. Dann würden sie uns wissen lassen, ob wir sie besuchen könnten oder nicht. Diese Jackson hat gelächelt, als sie sagte, jeder Besuch müsse unter Aufsicht stattfinden. Und da bin ich … bin ich ohnmächtig geworden.«

»Du bist in Ohnmacht gefallen?«

Jim nickte. »Gott sei Dank stand ich neben ihr. Ich habe

sie aufgefangen, bevor sie auf den Boden aufschlagen konnte.«

———

WARUM WAR ich so mies drauf? Ich hatte einen neuen Fall zu untersuchen und gute Spuren bei ein paar anderen. Normalerweise sorgte diese Art von Aufregung für Energie.

Was war los? Ich schob den Gedanken beiseite, dass es der Fall Duber sein könnte. Es war ein wichtiger Fall, aber deprimierend und ging mir zu nahe.

Ich ging zum Kühlschrank; eine gute Mahlzeit könnte die Stimmung heben.

Kühle Luft entwich aus dem Kühlschrank, während ich hineinstarrte. Nichts Inspirierendes. Ich schlug ihn zu und ging zur Veranda. Ich zog mein T-Shirt aus und sprang in meinen Shorts in den Pool.

Es fühlte sich gut an. Wie bei einem Eis oder wenn es als Kind geschneit hatte – die Stimmung änderte sich sofort. Ich trocknete mich ab und zog mich um. Als ich ins Wohnzimmer ging, sah ich draußen ein Pärchen vorbeigehen. Sie hielten Händchen.

Die trübe Stimmung schlich sich wieder ein. »Komm her, Toby.« Mein Hund hob den Kopf, blieb aber in seinem Körbchen liegen.

Ich ließ mich auf die Couch fallen und dachte über meinen letzten Sieg nach, den Fall Petersen. Einen so ausgeklügelten Plan auszuhecken hatte einen Haufen Zeit und Geld gekostet, aber wir haben es durchgezogen, und es fühlte sich gut an. Für etwa einen Tag. Daran zurückzudenken, entlockte mir nicht einmal ein kurzes Lächeln.

Ich nahm mein Handy in die Hand und wählte eine Nummer. »Hey, Laura.«

»Oh, hi, Beck.«

Wir hatten uns nicht mehr gesehen, seit wir von den Bahamas zurück waren. »Was machst du gerade?«

»Nichts. Ich bin gerade vom Grace Place zurück.«

Sie gab Kindern Nachhilfe in Englisch. »Schön. Na, wie ist es dir so ergangen?«

»Du weißt schon, ich halte mich beschäftigt. Und du?«

»Alles ziemlich gut.«

»Das ist schön.«

»Es ist schon zu lange her. Willst du dich mal treffen?«

»Heute?«

»Ja, ich überlege, eines meiner weltberühmten Festmahle zu zaubern.«

Sie spottete. »Weltberühmt?«

»Du weißt doch, wenn mehr Leute die Gelegenheit hätten, meine Meisterwerke zu probieren, bekäme ich eine Sendung auf dem Cooking Channel.«

»Du machst ein erstklassiges Chaos, das muss ich dir lassen.«

»Ach, komm schon. So schlimm bin ich auch nicht.«

»Oh doch, das bist du.«

»All diese großen Köche haben eine Aufräumtruppe. Ich bin da im Nachteil.«

»Armer Beck, muss hinter sich selbst aufräumen.«

Ich kicherte. »Was sagst du dazu? Komm so gegen fünf vorbei. Wir verbringen eine schöne Zeit miteinander und ich koche dir das beste Abendessen, das du je gegessen hast.«

Sie zögerte. »Ich weiß nicht.«

»Es wird Spaß machen.«

»Was kochst du denn?«

»Was immer du willst. Ich fahre zu Whole Foods. Du mochtest doch Hummerschwänze und gegrilltes Gemüse, oder?«

Kaum hatte ich es ausgesprochen, bereute ich es schon. Kurz bevor wir von den Bahamas abgereist waren, hatte ich es für sie gekocht, und wir hatten einen Riesenstreit. »Oder ich könnte meine Tomatensoße mit Hähnchen-Fleischbällchen machen oder Honig-Knoblauch-Schweinekoteletts mit …«

»Okay.«

»Großartig. Worauf hast du Lust?«

»Überrasch mich. Wann soll ich da sein?«

»Komm um fünf. Wenn dir das passt.«

»Das ist perfekt.«

»Großartig.« Ich riss die Faust in die Luft, als ich auflegte. Was sollte es zum Abendessen geben? Ich könnte die Soße machen oder vielleicht würden ihr die Schweinekoteletts besser schmecken.

Ich beschloss, mich im Supermarkt spontan zu entscheiden, als mein Telefon klingelte. Es war Staatsanwalt O'Leary. Er wollte mich wegen eines Politikers sprechen. Meine Soße brauchte ein paar Stunden zum Köcheln; heute Abend musste es Schweinekoteletts geben. Ich machte mich auf den Weg.

4

O'Leary saß unter dem einzigen Sonnenschirm bei Aurelio's Family Pizzeria. Wann war das Lokal in das Coastland Shopping Center umgezogen?

»Hey, wie läuft's?«

Der Staatsanwalt ergriff meine Hand. »Interessant, um es gelinde auszudrücken. Und bei dir?«

»Ziemlich gut. Weißt du, ich war noch nie hier.«

»Es ist eine Kette, aber sie machen eine gute Pizza.«

»Aus Chicago, oder?«

»Ja, das ursprüngliche Restaurant wurde 1950 eröffnet. Wollen wir uns eine Pizza teilen?«

»Ich esse nur ein Stück. Ich habe noch Pläne fürs Abendessen.«

»Ich bestelle trotzdem eine. Was übrig bleibt, nehme ich mit ins Büro.«

Als ein junger Kellner aus dem Restaurant kam, sagte ich: »Klingt gut. Wie wär's mit einer Pizza Margherita?«

»Die mag ich am liebsten.« Er bestellte die Pizza und zwei Gläser Wasser.

Ich fragte: »Was gibt's Neues in der Staatsanwaltschaft?«

»Viel zu tun, aber nichts Außergewöhnliches.«

»Was ist mit dem Politiker, den du erwähnt hast?«

O'Leary wartete, bis die Kellnerin Streuer mit Chiliflocken und Käse auf den Tisch gestellt hatte.

»Ich denke, der Fall ist perfekt für dich. Sollte nicht allzu schwer sein, aber er ist wichtig.«

Es ist immer einfach, wenn man es nicht selbst machen muss. »Klingt interessant.«

»Er ist perfekt für dich.«

Warum kommen die Leute nicht einfach auf den Punkt? »Wirst du mir jetzt sagen, worum es geht?«

»Der Name der Frau ist Hannah Ruta. Sie hat im Büro von Marty Kravitz gearbeitet.«

»Dem Kongressabgeordneten?«

»Genau. Kravitz hat noch nie eine Kamera gesehen, die er nicht mochte.«

Das beschrieb neunzig Prozent der Clowns in Washington. »Gab es nicht vor etwa zwei Jahren einen Skandal, in den er verwickelt war?«

»Eher vor drei Jahren. Eine Whistleblowerin hat sich an das Büro des Ombudsmanns des Kongresses gewandt und-«

»Ombudsmanns?«

»Genderneutral, mein Freund. Jedenfalls hat die Whistleblowerin, Hannah Ruta, auf eine ihrer Meinung nach laufende Masche aufmerksam gemacht, mit der Geld aus Wahlkampfspenden für den persönlichen Gebrauch von Kravitz abgezweigt wurde. Wir reden hier von richtig viel Geld; Ruta sagte, dass in einem Zeitraum von sechs Jahren mindestens fünf Millionen verschoben wurden.«

»Klingt genau nach dem, was in DC so abgeht.«

»Leider ja. Und noch frustrierender war, dass der Ombudsmann angeblich eine Untersuchung einleitete, die aber im Sande verlief. Kravitz bekam nicht einmal die geringste Rüge.«

»Hier ist Ihre Pizza, meine Herren.« Der Kellner legte Servietten, Teller und ein Kunstwerk aus Kohlenhydraten ab.

Wir schoben uns Stücke auf unsere Teller. Ich sagte: »Sie haben es vertuscht?«

O'Leary schnitt mit Messer und Gabel eine Ecke ab. »So läuft das im Kongress. Es gibt einen fatalen Fehler im System: Der Kongress ist dafür zuständig, sich selbst zu überwachen.«

Ich faltete mein Stück. »Kein Wunder, dass er so korrupt ist.«

»Weißt du, als ich als Kind überlegte, was ich beruflich machen sollte, habe ich nie an die Politik gedacht. Ich dachte, da gäbe es kein Geld zu verdienen. Junge, lag ich da falsch.«

»Amen. Die Pizza ist gut.«

»Ich wusste, dass sie dir schmecken würde.«

»Gegen einen Kongressabgeordneten zu ermitteln, ist nichts, was mich besonders reizt.«

»Es geht nicht um die Korruptionssache. Nachdem Ruta die Sache öffentlich gemacht hatte, sickerte durch, dass sie es war.«

»Was für eine Überraschung.«

»Zweifellos mit Absicht. Sie wurde gefeuert und hat seitdem keine nennenswerte Anstellung mehr gefunden.«

»Kravitz hat sie auf die schwarze Liste gesetzt?«

»So sieht es aus. Er hat alle möglichen Gerüchte über Ruta verbreitet. Kravitz hat im Grunde ihr Leben ruiniert.«

Ich wollte mir noch ein Stück nehmen, zog meine Hand aber zurück. »Hat sie sich nicht gewehrt?«

»Ruta wohnt in Collier und hat in dem Büro gearbeitet, das Kravitz in der Stadt hat, aber wir wurden wegen der Zuständigkeit abgewiesen. Es ist eigentlich eine Angelegenheit der Bundesbehörden. Außerdem haben wir nicht die Mittel, um gegen einen Kongressabgeordneten vorzugehen.«

Ich wischte mir den Mund ab und lächelte. »Das könnte ein spaßiger Fall werden.«

———

ES KLINGELTE AN DER TÜR. Ich stopfte ein Schneidebrett und einen Topf in die Spülmaschine und fegte Brokkolireste mit einem Handtuch in die Spüle.

»Hey.« Ich nahm Laura ein Sixpack Dosen ab. »Du hättest doch nichts mitbringen müssen.«

»Ich habe neulich mit Susan einen Moscow Mule getrunken und dachte, ich probiere die hier mal. Die sind vorgemischt.«

Ich gab ihr einen Kuss auf die Wange. Sie sah umwerfend aus. »Was ist da drin?«

»Wodka, Ginger Beer, Limette und noch irgendetwas.«

»Ich finde es heraus und mixe dir dann frische.«

»Musst du nicht. Ich habe kaum einen geschafft.«

»Willst du jetzt einen?«

»Nein, noch nicht. Es riecht köstlich. Was kochst du?«

»Honig-Knoblauch-Schweinekoteletts, geröstete rote Kartoffeln und Brokkoli.«

»Wow. Du hast dich ja richtig ins Zeug gelegt.«

»Es gibt keinen Nachtisch, da musst du wohl herhalten.«

Sie lächelte. »Das werden wir ja sehen.«

Ich schlang meine Arme um sie. »Du riechst gut. Ich bin froh, dass du gekommen bist.«

»Du kennst mich, ich lasse mir kein Gratisessen entgehen. Besonders nicht von einem weltberühmten Koch.«

Ich ließ sie los. »Sei keine Neunmalkluge.«

Sie lächelte und sagte: »Was kann ich tun? Den Tisch decken?«

»Willst du drinnen oder draußen essen?«

»Du isst lieber draußen.«

»Nur, wenn das für dich in Ordnung ist. Mir ist beides recht.«

———

BEIM ABRÄUMEN des Tisches sagte Laura: »Das war so gut, ich habe zu viel gegessen.«

»Freut mich, dass es dir geschmeckt hat.«

»Hast du Lust auf einen kleinen Spaziergang? Das hilft mir bei der Verdauung.«

»Klar. Toby muss auch mal raus.«

Laura hakte sich bei mir unter und Toby lief voran. Einen Block weiter kam uns ein Paar mit einem Kinderwagen entgegen. Ich nahm die Leine kürzer, als wir näherkamen.

Laura sagte: »Hallo.«

Ich wich auf die Straße aus, während Laura in den Kinderwagen spähte. »Oh mein Gott, sie ist ja bezaubernd.«

»Danke.«

»Wie alt ist sie denn?«

»Morgen wird sie acht Monate alt.«

»Na dann, alles Gute. Beck, schau dir diesen kleinen Schatz an.«

Ich gab ihr die Leine. »Sie ist wirklich niedlich. Wie heißt sie?«

»Catherine.«

»Ein schöner Name. Machen Sie's gut.«

Unsere Wege trennten sich. Das Baby hatte denselben Namen wie das Kind der Dubers. Toby schnüffelte an einem Busch, bevor er sein Geschäft verrichtete. Zwei Blocks lang gingen wir schweigend nebeneinanderher.

Laura fragte: »Ist alles in Ordnung mit dir?«

Ich nickte.

»Was ist los?«

»Nichts.«

»Das ist nicht nichts. Du bist auf einmal ganz still geworden.«

»Ich weiß nicht.«

»War es das Baby? Hast du Angst davor, Kinder zu haben?«

»Nein. Das ist es nicht.«

Sie blieb stehen und warf mir einen Blick zu. Er grenzte an Ärger. »Was ist es dann?«

»Das Baby hat mich an jemanden erinnert.«

»An wen?«

Das Maschinengewehr an Fragen war geladen. »Nur an irgendein Kind.«

»Aus deiner Kindheit?«

Ich schüttelte den Kopf. »Das hat mit der Arbeit zu tun.«

»Worum geht es?«

»Um ein Baby, das seinen Eltern weggenommen wurde.«

»Oh, mein Gott. Eine Entführung?«

Es war Teil der öffentlichen Akten, also nicht vertraulich. »Nein. Das Jugendamt hat sie des Missbrauchs beschuldigt und es war nicht wahr. Es ist ein einziges Chaos.«

»Das ist schrecklich, die armen Eltern. Was tust du für sie?«

»Im Moment bin ich mir nicht sicher. Ein Anwalt sammelt Informationen und dann werden wir weitersehen.«

»Man sollte sie auf eine Zillion Dollar verklagen, damit so etwas nie wieder passiert.«

Ich zog sie an mich und küsste sie. Meine Hüften rieben sich an ihren. »Lass uns umdrehen.«

5

WIE VIELE ANWÄLTE FÜR PERSONENSCHÄDEN SCHALTETE Claude Davis nervige Fernsehwerbung. Sein Gesicht prangte auch von allen Plakatwänden, aber berühmt wurde Davis durch einen berüchtigten Fall, der zu einer Fernsehdokumentation führte.

Davis' Büro befand sich in einer Ladenzeile in der Nähe des Flughafens von Naples. Die Falten in seinem Gesicht waren tief, aber sein Lächeln war herzlich.

Seine große Hand umschloss meine. »Ein Freund von Ray ist auch mein Freund.«

Mein Anwaltskumpel, Ray Larson, hatte einen hervorragenden Ruf. »Danke, ich weiß Ihre Zeit zu schätzen.«

Er hob einen Stapel Akten von einem Stuhl und stellte ihn auf den Boden neben seinen Schreibtisch. »Setzen Sie sich, setzen Sie sich.«

»Sie sehen beschäftigt aus.«

»Heutzutage nehme ich so ziemlich nur die Fälle an, an denen ich auch arbeiten will. Ray meinte, Sie bräuchten ein paar Infos über den Kinderschutz.«

»Ja. Ich dachte mir, mit Ihrer Erfahrung im Fall Green könnten Sie mir vielleicht einen Einblick geben.«

»Ich bin seit fast dreißig Jahren im Geschäft und habe Hunderte von Fällen bearbeitet. Aber ein einziger Fall kommt ins Fernsehen und das ist alles, worüber die Leute reden wollen.«

»Nein, nein. Das hier ist anders. Ich habe die Doku gesehen und mit dieser Familie wurde übel mitgespielt, aber es wurde so dargestellt, als ob Sie glaubten, dass die Fehler im System allgegenwärtig sind.«

»Allgegenwärtig ist nicht die richtige Bezeichnung. Es gibt einige gute Leute im Kinderschutzsystem von Collier, aber es ist bei Weitem nicht perfekt.«

»Verstehe. Darf ich Ihnen ein paar Hintergrundinformationen zu einem bestimmten Fall geben?«

»Sicher.«

Ich beendete meine Erzählung über die Dubers mit den Worten: »Und sie wurden total verarscht. Und zu allem Überfluss haben die Dubers nur begrenzte Mittel und mussten sich Geld leihen, um die Anwälte zu bezahlen, die sie brauchten.«

»Ich nehme an, sie haben versucht, auf Schadenersatz zu klagen?«

»Ja, aber sie haben unterschrieben …«

Er beendete den Satz: »Sie haben eine Verzichtserklärung unterschrieben, damit sie ihr Kind sehen konnten.«

»Genau. Ich weiß nicht, wie die Behörde mit solchen Taktiken durchkommt. Ich meine, man würde alles unterschreiben, um sein Kind zu sehen, nachdem es einem weggenommen wurde.«

»Sie haben das System entworfen und die Gerichte

gewähren ihnen Ermessensspielraum. Zu viel, meiner Meinung nach.«

»Der Netflix-Fall, der war anders als der, den ich mir ansehe ...«

»In beiden Fällen ging es um den Vorwurf des elterlichen Missbrauchs. In Ihrem Fall war es ein körperliches Problem und im Fall Green dachten sie, die Eltern würden das Kind überbehandeln und mit Medikamenten vollstopfen. Sie dachten, die Schmerzen des Mädchens seien psychisch bedingt. Letzten Endes gibt es Ähnlichkeiten.«

»Die Frau, die die Entscheidung traf, das Duber-Baby wegzunehmen, war eine gewisse Simone Jackson.«

Davis runzelte die Stirn.

»Kennen Sie sie?«

»Leider ja. Nachdem es mir gelungen war, die Greens wieder zusammenzubringen, und bevor die Dokumentation gedreht wurde, fingen Eltern an, sich bei mir zu melden. Ich habe zwei Fälle übernommen, bevor ich merkte, dass dieser Bereich des Rechtssystems nichts für meinen Magen ist. Es ist eine wichtige Arbeit, aber sie passt nicht gut zu mir. Ich werde zu emotional. Das schadet der Arbeit und raubt mir den Schlaf.«

Hatte er persönliche Erfahrungen wie ich? »Ich verstehe. Was können Sie mir über Simone Jackson erzählen?«

»Wo soll ich bei ihr anfangen? Jackson ist selbstgerecht. Die Frau glaubt entweder, sie habe recht, oder sie kann nicht akzeptieren, dass sie sich geirrt haben könnte. Ich weiß nicht alles, aber meiner Meinung nach ist sie nachtragend und da entsteht der größte Schaden.«

»Können Sie das erklären?«

»Es ist eine Sache, im Namen des Kinderschutzes zu handeln, aber wenn Beweise auftauchen, die belegen, dass die Eltern an jeglichem Missbrauch oder jeglicher Vernachlässigung unschuldig sind, sollte man das anerkennen und tun, was nötig ist, um den Fall mit so wenig Schaden wie möglich abzuschließen.«

»Und das tut Jackson nicht?«

»Sie scheint bewusst noch eins draufzusetzen und eine nachtragende Haltung gegenüber den Eltern einzunehmen, die sich wehren.«

»Können Sie ein Beispiel nennen?«

»Sicher. Was der Familie Wilson passiert ist, verdeutlicht dies perfekt. Das jüngste Kind der Wilsons, Emerald, das damals zwei Jahre alt war, kletterte aufs Sofa und fiel herunter. Er schlug mit der Schulter auf die Ecke eines Tisches und zog sich eine Risswunde zu. Die Blutung hörte nicht auf und die Eltern brachten ihn in die Notaufnahme. Sie haben ihn geflickt, wenn ich mich recht erinnere. Es waren ein paar Stiche nötig, aber dabei bemerkte der Notarzt mehrere Verfärbungen an seinem Körper.«

»Er hat die Behörden benachrichtigt?«

»Ja. Das ist Protokoll und damit habe ich auch kein Problem. Wie auch immer, um zur Sache zu kommen, die verantwortliche Sachbearbeiterin war Jackson. Sie ordnete an, die Eltern vom Kind zu trennen, bis ein auf Missbrauch spezialisierter Kinderarzt eine Untersuchung durchführen konnte. Nun, abgesehen davon, dass der Arzt, ein gewisser Anil Khan, den Ruf hat, übervorsichtig zu sein, stellte er fest, dass es sich wahrscheinlich um Missbrauch handelte oder dass eine Reihe von Stürzen schuld war, und die Polizei wurde gerufen.«

»Obwohl es auch von Stürzen hätte kommen können, haben sie die Polizei gerufen?«

»Ja. Jacksons Notizen haben das heruntergespielt, mit

dem Vermerk, dass es, wenn es eine Reihe von Stürzen gewesen wäre, ihrer Meinung nach auf Fahrlässigkeit seitens der Eltern hinausliefe. Die Eltern wurden verhaftet und auch ihr anderes Kind wurde aus dem Haus geholt. Da bekam ich den Anruf.«

Davis nickte. »Was für ein Schlamassel. Ich kann verstehen, warum Sie diese Art von Fällen nicht wollen.«

»Ich habe sofort Untersuchungen durch zwei separate Kinderärzte angeordnet. Beide stellten fest, dass das Kind eine seltene Blutkrankheit hat, die dazu führt, dass es leichter als normal blaue Flecken bekommt.«

»Das wusste vorher niemand?«

»Anscheinend nicht. Wir haben die Krankenakten des Kinderarztes des Kindes besorgt, und da stand nichts drin, aber es war auch nicht so, dass das Kind außergewöhnlich leicht blaue Flecken bekam.«

»Was ist dann passiert?«

»Die Anklage wurde fallengelassen und Emerald wurde wieder mit seinen Eltern vereint. Aber Jackson wollte das andere Kind nicht aus der Pflegefamilie entlassen.«

»Was? Warum nicht?«

»Entschuldigen Sie meine Ausdrucksweise, aber das war reiner Blödsinn. Der Junge hatte eine Strieme auf dem Rücken. Jackson sagte, diese könnte von Schlägen stammen. Die Eltern und der Junge selbst sagten, er hätte sie sich auf dem Spielplatz zugezogen, als er von einer Schaukel gefallen sei. Sie wollte ihn nicht herausgeben, bis ein Kinderpsychologe das Kind befragt hatte. Das hat zwei Tage gedauert.«

»Glauben Sie, das war Vergeltung?«

»Ganz bestimmt. Auch auf die Gefahr hin, albern zu klingen, Jackson ist ein machtgieriger Nazi.«

»Eine einzige Person sollte nicht solche wichtigen Entscheidungen treffen.«

»Sie ist die Schlimmste von allen, aber Doktor Khan und der Verwalter, ein Waschlappen namens Jim Clyde, lassen sich von Jackson auf der Nase herumtanzen.«

»Sie sagten, Sie wären in einen anderen problematischen Fall verwickelt gewesen.«

6

Nach meinem Gespräch mit Davis, dem Anwalt, der es mit Jackson und dem Kinderschutz aufgenommen hatte, war es an der Zeit, mit Jason Grimes zu sprechen, dem Anwalt, der die Dubers im Kampf um ihr Kind vertreten hatte.

Kurz vor der Route 41 bog ich von der Immokalee Road in das Riverchase Shopping Center ab.

Die Kanzlei Grimes Family Law war in einem flachen Gebäude neben Cardinale Dentistry untergebracht. Ich betrat ein kleines, verglastes Foyer und klingelte. Ein Mann in den Zwanzigern hob den Kopf und kam hinter seinem Schreibtisch hervor.

»Wie kann ich Ihnen helfen?«

»Ich habe einen Termin bei Herrn Grimes. Mein Name ist Beck.«

»Einen Moment, Herr Beck.«

Er steckte den Kopf durch eine Tür und trat zur Seite, als ein großer, schlaksiger Mann aus dem Büro kam.

Jason Grimes war Mitte vierzig. Er trug ein langärmeliges weißes Hemd und eine blaue Krawatte und hatte sich vor Kurzem die Haare schneiden lassen. »Herr Beck, schön, Sie kennenzulernen.«

Wir schüttelten uns die Hände und ich folgte ihm in ein Büro, dessen Wände von Fotos gesäumt waren. »Sie haben eine große Familie.«

Grimes ließ sich hinter seinen Schreibtisch gleiten und sagte: »Das sind alles Mandanten.«

»Die müssen Sie wohl mögen.«

»Wenn man eine Familie wieder zusammenführen kann, schafft das eine emotionale Bindung, die anhält. Das Problem ist, dass man nicht jeden dieser Fälle gewinnen kann, und selbst wenn, dauert es leider zu lange.«

»Ich kann mir nicht vorstellen, was diese Eltern durchmachen müssen.«

»Ein Albtraum, und für die Kinder ist es extrem schwierig. Sie sind weder emotional noch intellektuell dafür gerüstet, mit der Trennung oder den Vorwürfen gegen die Eltern umzugehen.«

»Kinder sind zäher, als man denkt; sie passen sich an.«

»Ich bin Anwalt, kein Psychologe, aber alles, was ich gesehen habe, lässt mich glauben, dass diese Erfahrungen Narben hinterlassen, und die Wahrscheinlichkeit ist groß, dass sie für immer bleiben.«

Ich war versucht, ihn zu fragen, ob er schon einmal Kinder in einem Gerichtsverfahren gegen einen Pflegeelternteil vertreten hatte. »Kinder sind widerstandsfähig, aber ich verstehe schon. Es ist alles andere als optimal.«

»Mag sein, dass ein Kind, das so jung ist wie das der Dubers, nicht so stark beeinträchtigt wird, aber die Eltern? Überfürsorglich wäre eine Untertreibung.«

»Das verstehe ich. Was können Sie mir über ihre Erfahrungen erzählen?«

»Was genau ist Ihre Rolle, Herr Beck?«

»Wie ein Journalist versuche ich, Licht in Situationen zu bringen, die es nötig haben. Familien wie die Dubers müssen wissen, dass es Menschen gibt, die sich um sie kümmern, auch wenn das Justizsystem versagt.«

»Ich bin mir nicht sicher, ob hier das Justizsystem versagt hat. In der Welt des Kinderschutzes gibt es eine Menge Grauzonen, und wenn dann noch der menschliche Faktor dazukommt, kann es leicht aus dem Ruder laufen.«

»›Aus dem Ruder laufen‹ ist eine interessante Art, zu beschreiben, was den Dubers passiert ist. Das klingt unbeabsichtigt, und das mag in den meisten Situationen auch der Fall sein, aber ich habe mich ein wenig umgesehen, und ein gemeinsamer Nenner ist Simone Jackson. Ist das nicht eher ein Kunstfehler?«

Grimes strich sich die Krawatte glatt. »Inoffiziell?«

»Alles zwischen uns ist inoffiziell, Herr Grimes.«

»Gut. In den Fällen, mit denen ich zu tun hatte, würde ich sagen, das Verhalten von Frau Jackson ist alles andere als ideal.«

»Alles andere als ideal? Das ist alles?«

»Manche würden es vielleicht als tyrannisch bezeichnen.«

»Können wir am Anfang des Falles Duber ansetzen?«

»Ich erhielt einen Anruf von Jim Duber. Er war mir von einem Kollegen empfohlen worden, der sich mit Strafrecht befasst. Herr Duber klang verzweifelt, und als er Simone Jackson erwähnte, habe ich in meinem Terminkalender Platz für ihn geschaffen. Er und Sarah kamen noch am späten Nachmittag. Zu diesem Zeitpunkt war ihnen das Kind bereits seit mehreren Tagen weggenommen worden.«

»Warum haben sie so lange gewartet, um sich rechtliche Hilfe zu holen?«

»Sie glaubten, nichts Falsches getan und ihr Kind nicht misshandelt zu haben. Sie glaubten, es würde sich alles aufklären, und fügten sich allem, was von ihnen verlangt wurde. Aber wie es meistens der Fall ist, bekamen sie das Gefühl, das System sei darauf aus, sie ohne Grund zu bestrafen.«

»In welchem Zustand waren sie, als Sie sich mit ihnen getroffen haben?«

»Sie waren verständlicherweise sehr emotional. Sarah brach mehrmals zusammen, als sie ihre Sicht der Dinge schilderte.«

»Haben Sie die beiden überprüft, bevor Sie tätig wurden?«

»Obwohl wir verpflichtet sind, unsere Mandanten nach bestem Wissen und Gewissen zu vertreten, heißt das nicht, dass wir ihre Aussagen für bare Münze nehmen. Die Strafverfolgungsbehörden hatten nichts gegen die Eltern in der Hand, und der Kinderarzt hatte das Kind seit der Geburt betreut und regelmäßig untersucht. Es gab nicht den leisesten Hauch eines Fehlverhaltens.«

»Was haben Sie getan?«

»Wir haben einen Antrag gestellt und die Untersuchung durch einen unabhängigen Kinderarzt erwirkt, der die Blutkrankheit feststellte.«

»Wurden die Dubers sofort wieder mit ihrem Kind vereint?«

Er atmete schwer aus. »Nein. Der Kinderschutz wehrte

sich gegen die Freigabe, aber in einer Dringlichkeitsanhörung entschied das Gericht zugunsten der Freigabe.«

»Was für eine verrückte Situation.«

»Und die ganze Zeit, in der das alles passierte, taten die Dubers alles, was von ihnen verlangt wurde. Sie schrieben sich sogar in Eltern- und Aggressionsbewältigungskurse ein. Als sie ihr Kind endlich unter Aufsicht besuchen durften, wurden sie abgetastet wie gewöhnliche Kriminelle.«

»Kaum zu glauben.«

»Und um dem Ganzen die Krone aufzusetzen, erhielten sie drei Monate nach Abschluss des Falles eine Mitteilung, dass die Untersuchung der Vorwürfe des Kindesmissbrauchs gegen sie als« – er machte Gänsefüßchen in der Luft – »stichhaltig befunden wurde. In der Mitteilung hieß es, beide Elternteile würden in ein Kindesmissbrauchsregister eingetragen, bis Katy achtzehn Jahre alt sei. Sie hatten zwanzig Tage Zeit, um Berufung einzulegen. Wir mussten alles stehen und liegen lassen, um sicherzustellen, dass die Berufung rechtzeitig eingereicht wurde.«

»Das ist unglaublich. Wollten die sich nur absichern?«

»Vielleicht, aber so oder so ist es demütigend und entwürdigend. Und so unnötig.«

7

Ich legte den Kinderschutzfall beiseite, um die Frau zu treffen, der der Politiker Kravitz anscheinend übel mitgespielt hatte.

Hanna Ruta saß an einem der Tische im Außenbereich von Parmesan Pete's. Als ich näher kam, winkte ich. Sie stand auf.

»Schön, Sie kennenzulernen, Hanna.« Sie war einige Zentimeter größer als ich. Ihre Frisur könnte eine Auffrischung vertragen; sie ließ sie älter aussehen als die neunundvierzig Jahre, die in ihrer Akte bei der Zulassungsbehörde vermerkt waren.

»Danke, dass Sie sich mit mir treffen.«

»Kein Problem. Ob Sie es glauben oder nicht, das ist das erste Mal, dass ich hier bin.«

»Wirklich? Der Besitzer ist aus New York – Brooklyn, glaube ich –, genau wie Sie.«

»Fast, ich wurde in Jersey geboren.«

»Oh, Ihr Akzent klingt wie einer aus New York.«

Ich hatte einen Akzent? »Ist ja gleich nebenan.«

Ruta hatte ein nettes Lächeln. Sie nahm eine Speisekarte. »Wenn Sie Hühnchen-Parmesan mögen, sagen alle, dass es hier das Beste gibt.«

»Haben Sie es nie probiert?«

Sie rümpfte die Nase. »Ich achte darauf, was ich esse.«

»Das sieht man.«

»So etwas zum Mittagessen würde mir den ganzen Tag verderben.«

»Mir auch. Ich nehme den Rote-Bete-Salat mit Garnelen.«

»Das klingt gut.«

Der Kellner nahm unsere Bestellungen auf, sammelte die Speisekarten ein und ging.

»Erzählen Sie mir von Kravitz.«

Ruta zischte: »Er ist das pure Böse. Mir sind die Augen aufgegangen. Ich weiß, dass Politiker von sich selbst eingenommen sind und lügen, wenn es ihnen passt, aber Kravitz ist eine Klasse für sich.«

Es war zweifelhaft, dass er der Einzige war. »Wie lange haben Sie für ihn gearbeitet?«

»Fast zehn Jahre. Nachdem er seine dritte Amtszeit gewonnen hatte, stieg er in der Rangordnung auf und wurde in ein paar wichtige Ausschüsse berufen. Ich arbeitete für den Bezirkskommissar Leahy und ein Freund sagte, Kravitz stelle Leute ein und ich wäre eine gute Besetzung. Ich habe gerne für Leahy gearbeitet und war nicht auf der Suche, aber Leahy hörte davon und sagte mir, ich wäre dumm, mir diese Gelegenheit entgehen zu lassen.«

»Mehr Geld?«

»Ja, aber damals war es eher die Position. Wie eine Idiotin dachte ich, die ganze Washington-Sache sei aufregend, wissen Sie, an nationalen Themen arbeiten und so.

Mann, lag ich da falsch. Wir haben an nichts anderem gearbeitet, als Geld zu sammeln und Kravitz' Wiederwahl zu sichern.«

»Alle zwei Jahre anzutreten, ist ein Witz. Sobald sie gewinnen, machen sie schon Wahlkampf für die nächste Amtszeit.«

»Genau das habe ich erlebt. Es ist ein Spiel, ein großer Schwindel. Die Leute denken, ihr Kongressabgeordneter arbeitet für sie. Nichts könnte weiter von der Wahrheit entfernt sein. Das ist kompletter Unsinn. Die Hauptsache ist, Geld zu beschaffen. Achtzig Prozent der Zeit treffen sie sich mit Unternehmen, die etwas erledigt haben wollen. Diese Firmen spenden, um zu bekommen, was sie wollen.«

»Geld gegen Gefälligkeiten.«

»Leider ist es genau das.«

»Was hat Sie dazu bewogen, das zu melden, was Sie entdeckt haben?«

»Ich konnte nicht mehr mit mir selbst leben. Die Hauptverantwortung meines Jobs bestand darin, Spender zu verfolgen, sie in Gruppen einzuteilen, wer die Beträge erhöhte, ob eine bestimmte Politik damit verbunden war und wen wir in diesem Bereich noch ansprechen könnten. Außerdem habe ich verfolgt, wie wir Geld sammelten, Quartal für Quartal und Jahr für Jahr. Ich habe mir Dinge wie die Art der Veranstaltungen, den Ort und jedes Detail angesehen, das zu einem guten Ergebnis führte.«

»Ging es immer aufwärts?«

Ruta nickte. »Kravitz war sehr gut darin, die Brieftaschen zu öffnen.«

»Das ist eine Eigenschaft, die die meisten Politiker zu haben scheinen.«

»Das stimmt allerdings. Aber etwas ergab keinen Sinn.

Es sprang mir ein paar Monate nach dem letzten Wahlzyklus, an dem ich beteiligt war, förmlich ins Auge. Die Ausgaben sanken normalerweise im ersten Quartal des Jahres nach der Wahl erheblich, wissen Sie, keine Werbung, Zeitarbeiter wurden entlassen, solche Sachen.«

»Sie hatten Zugang dazu, wie Kravitz das Geld ausgab?«

»Nicht von Anfang an. Kravitz schottete alles ab. Aber ich war schon so lange dabei, dass ich zwei anderen Mitarbeitern Fragen stellen konnte, ohne Verdacht zu erregen.«

»Was haben Sie herausgefunden?«

»Das Erste, was ich sah, war eine Zahlung an eine Firma namens Star Island Properties. Es waren 85.000 Dollar. Als ich fragte, wofür das sei, sagten sie, sie hätten ein einwöchiges Strategietreffen für Top-Spender in Miami abgehalten. Ich hatte von einem solchen Treffen nichts gehört und habe nachgeforscht.« Sie runzelte die Stirn. »Diese Firma vermietet nur Luxusimmobilien auf Star Island. Es kam mir komisch vor, weil Mary, die Frau von Kravitz, gesagt hatte, dass sie für zwei Wochen Urlaub auf einer Insel machen würden.«

Ich schnaubte verächtlich.

Sie sagte: »Ja, sie sind auf eine Insel gefahren, eine Privatinsel, auf der Leute wie Madonna und Gloria Estefan leben. Und der Wahlkampf hat dafür bezahlt.«

»Sind Sie sich da sicher?«

»Ohne jeden Zweifel. Und das war erst der Anfang. Seine Tochter lebt in New York City. Raten Sie mal, wer ihre Miete zahlt? Als ich nach einer Zahlung an eine Firma namens NYLA fragte, wurde mir gesagt, es sei eine Medienagentur, die Anzeigen auf sozialen Plattformen schaltet. Aber ich fand heraus, dass es eine Vermietungsagentur für Luxuswohnungen in New York City ist. Die Zahlungen waren mit ›L Kravitz 18B‹ vermerkt. Seine Tochter heißt Linda und ihre Wohnung ist 18B.«

»Sie haben sich nicht viel Mühe gegeben, es zu verbergen.«

Sie nickte. »Die Arroganz ist das, was mich wirklich wütend gemacht hat. Ich ging unter vier Augen zu Kravitz und sagte ihm, es sähe so aus, als ob Wahlkampfgelder für private Zwecke verwendet worden wären. Ich sagte, das Beste wäre, das Geld an den Fonds zurückzuzahlen. Er sagte, er würde der Sache nachgehen, aber ich wusste, dass er nichts tun würde. Das Nächste, was ich weiß, ist, dass mein Zugang eingeschränkt wurde. Da ich schon so lange dort war, kannte ich die meisten Mitarbeiter schon lange. Zwei von ihnen erzählten mir heimlich, dass sie angewiesen worden waren, sich von mir fernzuhalten, dass ich kein Teamplayer und eine Spionin für die Anton-Kampagne sei, Kravitz' Gegner bei der nächsten Wahl.«

»Und deshalb sind Sie an die Öffentlichkeit gegangen?«

»Wie gesagt, die ganze Sache hat mir zu schaffen gemacht. Ich habe versucht, ihn dazu zu bringen, das in Ordnung zu bringen, aber er zwang mich dazu. Ich hatte keine andere Wahl.«

»Was geschah, als Kravitz mitbekam, dass Sie ihn gemeldet hatten?«

»Er hat die Reihen geschlossen und behauptet, ich hätte die Geschichte erfunden, weil ich die Beförderung nicht bekommen habe, die ich wollte.«

»Haben Sie sich um eine höhere Position bemüht?«

»Nein. Er suchte damals einen stellvertretenden Stabschef, aber ich habe mich weder beworben noch hatte ich Interesse daran, hauptsächlich wegen der damit verbundenen Reisetätigkeit. Washington ist ein abscheulicher Ort.«

Ich lächelte. »Da sind wir uns einig.«

»Es wurde noch schlimmer. Kravitz verbreitete alle möglichen Gerüchte, sogar, dass ich Geld aus der Portokasse genommen hätte, obwohl er mich persönlich angewiesen hatte, fünfhundert Dollar für seine Fahrt nach Washington zu holen. Es war furchtbar. Manche Leute, die ich seit Jahren kannte, haben mich mit anderen Augen angesehen. Das hat wirklich wehgetan.«

»Das klingt schrecklich. Was ist dann passiert?«

»Die parlamentarische Untersuchung, wenn man das überhaupt so nennen kann, verlief im Sande. Kravitz versuchte, mich zum Kündigen zu bringen, aber das kam für mich auf keinen Fall infrage. Ungefähr drei Monate, nachdem die Untersuchung ergebnislos geblieben war, ließ er mich von Camber, seinem Stabschef, feuern. Der Feigling hatte nicht einmal den Mumm, es selbst zu tun. Ich fing an, einen Job zu suchen, und merkte schnell, dass Kravitz mich auf die schwarze Liste gesetzt hatte. Sogar Leahy, der mich für die Stelle empfohlen hatte, sagte, er könne mich mit all den Gerüchten über meinen Ruf nicht wieder einstellen.«

»Sie konnten nichts finden?«

»Ein Master in Politikwissenschaft mit Nebenfach Marketing, und alles, was ich bekommen konnte, war eine Stelle im Backoffice bei City Furniture für weniger als die Hälfte von dem, was ich verdient hatte.«

»Normalerweise lasse ich mich nicht auf politische Fälle ein, aber wenn ich es doch tue, was soll dann Ihrer Meinung nach geschehen?«

Ruta lehnte sich vor. »Kravitz muss zur Strecke gebracht

werden. Er ist ein Monster. Je mehr er damit durchkommt, desto schlimmer wird er.«

8

MEIN PFLEGEBRUDER MARIO PARKTE SEINEN AUDI IN MEINER Einfahrt. Ich drückte auf den Garagentoröffner. Der Mensch, der für mich am ehesten Familie war, bückte sich unter dem sich öffnenden Tor hindurch. »Hey, Mann.«

Wir umarmten uns. Ich fragte: »Wo ist …«

»Hab ich im Auto gelassen.«

Ich hielt den Mund, als er auf den Sender drückte und das sich schließende Tor wieder nach oben fuhr. Er schnappte sich eine Mappe aus seinem Auto und schloss das Garagentor.

»Willst du was trinken?«

»Kannst du mir eine Tasse Kaffee machen?«

»Klar.« Ich schaltete die Keurig ein und nahm eine Kapsel mit kräftiger Röstung aus einer Schublade.

Mario öffnete den Kühlschrank und holte die fettarme Milch heraus. »Wie läuft's mit Laura?«

»Gut.«

»Es wird also ernst, was?«

»Es ist noch zu früh, um das zu sagen. Wie geht's Susan?«

»Gut, aber sie will unbedingt ein Baby haben.«

»Bist du sicher, dass du für so was bereit bist?«

»Ich schätze schon.«

»Bei so was kann man nicht nur schätzen. Außerdem solltet ihr zuerst heiraten.«

»Viele Leute bekommen Kinder, ohne zu heiraten.«

Ich drückte den Brühknopf. »Na und? Das mag vielleicht modern sein, aber gut ist es deswegen noch lange nicht. Ein Baby zu haben, ist eine große Verantwortung.«

Während der Kaffee in eine Tasse lief, sagte er: »Ich weiß, dass es viel Arbeit ist. Meinst du, du könntest das?«

Ich zuckte mit den Schultern. »Ich kann mir nicht vorstellen, ein Neugeborenes zu haben. Die sind so zerbrechlich. Und die Windeln und die schlaflosen Nächte. Ich glaube, ich möchte schon Kinder haben, aber es wäre schön, wenn sie gleich fünf Jahre alt wären, wenn sie auf die Welt kommen.«

Ich reichte ihm die Tasse. Mario sagte: »Dann solltest du ein Kind adoptieren.«

»Ich habe kein Problem mit Adoption, aber ich würde meine Gene gerne an jemanden weitergeben.«

Mario lächelte. »Glaubst du, du hast eine besondere DNA oder so?«

»Nicht wirklich, aber es wäre schön, die Linie meiner Mutter am Leben zu erhalten.«

Marios Gesicht verfinsterte sich. »Meine nicht.«

Seine Mutter war crackabhängig. Sie hatte Mario bekommen, während sie auf Drogen war, und er musste einen Entzug durchmachen. »Wie ist der Kaffee?«

»Ist in Ordnung.«

Ich setzte mich ihm gegenüber an den Küchentisch. »Lass uns an die Arbeit gehen. Was hast du über Simone Jackson herausgefunden?«

»Hier ist ein Bild von ihr.«

Jackson war dünn und hatte kurzes, braunes Haar. Sie war einundvierzig Jahre alt und hatte Augen, so kalt wie ein Januarmorgen in Maine.

Mario sagte: »Sie war ihre ganze Karriere lang Sozialarbeiterin. Jackson hat noch gut drei Jahre bis zur Rente. Mit all den Überstunden, die sie macht, wird sie ihre Bezüge bis zum Anschlag ausschöpfen. Sie nimmt sich nie frei, keine Krankheitstage, nichts.«

»Vielleicht versteckt sie etwas, indem sie die ganze Zeit bei der Arbeit ist. Sie will die Kontrolle behalten.«

»Vielleicht. Alle meinten, man sollte ihr besser nicht in die Quere kommen, weil sie einen dann auf dem Kieker hat. Sie ist ein Nazi.«

»Das ist das zweite Mal, dass ich höre, dass sie jemand so nennt.«

»Wer hat das noch gesagt?«

»Ein Anwalt, der einen anderen Fall bearbeitet hat, in den Jackson verwickelt war.«

»Wem der Schuh passt …«

»Hat sie Familie?«

»Keine, die ich finden konnte. Sie wurde in Chicago geboren, aber ich kam nicht an ihre Geburtsurkunde. In Illinois werden die unter Verschluss gehalten, genau wie in Florida. Jackson kam hierher, nachdem sie ihren Abschluss am Richard Daley Community College gemacht hatte.«

»Freunde?«

»Sie ist nicht sonderlich beliebt. Hängt ein bisschen mit

ein paar Arbeitskollegen rum, aber im Grunde ist sie eine Einzelgängerin.«

»Liebesleben?«

Er schüttelte den Kopf. »Keinen Lebensgefährten. Nie verheiratet, keine Kinder. Aber ich habe die Namen von zwei Ex-Freunden.«

Mario gab mir die Namen und Kontaktdaten und ich fragte: »Hobbys?«

»Sie macht fast jeden Morgen einen Spaziergang, aber außer dem Glücksspiel in Kasinos heißt es Arbeit, Arbeit, Arbeit.«

»Glücksspiel? Die Spielautomaten?«

»Nein. Sie spielt Poker, Texas Hold'em.«

»Wenn man nicht sehr gut ist, ist das in einem Kasino gefährlich.«

»Jackson ist Stammgast im Immokalee Casino und alle paar Monate im Hard Rock in Miami.«

»Interessant. Grab mal ein bisschen tiefer bezüglich ihrer Familie. Ich habe das starke Gefühl, dass da etwas sein könnte.«

»Ich dachte, du verlässt dich nicht auf dein Bauchgefühl. Du hast gesagt, wenn man seine Arbeit macht, müsse man sich nicht auf seinen Instinkt verlassen.«

Nur weniges war so nervig, wie wenn einem die eigenen Worte an den Kopf geworfen wurden. »Was glaubst du, was ich die ganze Zeit getan habe? Auf meinen Händen gesessen und auf dich gewartet?«

»Mann, bist du empfindlich.« Mario schob seinen Stuhl zurück und stand auf. »Ich wollte dich doch nur auf den Arm nehmen, Mann.«

»Wohin gehst du?«

»Ich hab noch was zu erledigen.«

Das Zuschlagen der Tür bestätigte, dass er sauer war. Ob auf mich oder wegen der Erwähnung seiner Mutter, stand in den Sternen.

Ich zog mein Handy hervor und rief meinen Freund und Anwalt Larson an. »Hey, Ray. Haben Sie eine Minute?«

»Sicher. Womit kann ich Ihnen helfen?«

»Ich brauche ein wenig Hilfe, um mehr über Simone Jackson herauszufinden. Sie scheint außer bei der Arbeit keine Familie oder Freunde zu haben, und ich weiß, dass Sie Kontakte in der Windy City haben.«

»Sie kommt aus Chicago?«

»Ja. Jackson war auf dem Richard Daley College.«

»Der gute alte Daley. Er war über zwanzig Jahre lang Bürgermeister von Chicago. Er hat alles kontrolliert, einschließlich der Wahlen, wie manche meinen. Viele Leute glauben, dass JFK ohne Daley nie die Präsidentschaft gewonnen hätte.«

»Vor Jahren habe ich ein Buch gelesen, ich glaube, es hieß *The Making of the President 1960*. Es wurde von jemandem geschrieben, der ihm nahestand, einem Redenschreiber, wenn ich mich recht erinnere.«

»Theodore White. Er war Journalist und stand dem Wahlkampfteam nahe. Kennedys Vater war maßgeblich beteiligt, und Daley hat Illinois für ihn geholt.«

»Sie haben betrogen, richtig?«

Larson kicherte. »Es ist Chicago. Also, wann war Jackson auf dem College?«

»Sie hat 1994 ihren Abschluss als Sozialarbeiterin gemacht. Können Sie eine Möglichkeit finden, einen Kommilitonen ausfindig zu machen, den sie kannte?«

»Sollte kein Problem sein. Das sind öffentliche Unterlagen, aber ich habe einen alten Kollegen, der im Büro des Cook County Clerk arbeitet.«

9

ICH RIEF DEN DRITTEN NAMEN AUF DER LISTE AN, DIE Larson mir gegeben hatte. Eine Frau meldete sich: »Hallo.«

»Hallo, spreche ich mit Keisha Marrow?«

»Wer fragt?«

»Ich bin ein Freund von Simone Jackson.«

»Ich kenne niemanden mit diesem Namen.«

»Sie sind 1994 mit ihr zur Schule gegangen.«

»Vor dreißig Jahren?«

»Ja. Sie ist auch Sozialarbeiterin.«

»Ich bin keine Sozialarbeiterin. Ich arbeite für die Stadt, bei den Wasserwerken.«

»Erinnern Sie sich an eine Simone Jackson?«

»Ich habe Ihnen gesagt, dass ich niemanden mit dem Namen kenne. Und jetzt lassen Sie mich in Ruhe.«

Sie legte auf.

Es gab noch einen Namen auf der Liste, Lanny White. Eine Raucherstimme meldete sich: »Hallo.«

»Lanny White?«

»Ja. Was wollen Sie?«

»Ich versuche, jemanden aufzuspüren, mit dem Sie zur Schule gegangen sind, Simone Jackson.«

Sie zögerte. »Simone? Ich habe sie seit, ich weiß nicht, dreißig Jahren oder so nicht mehr gesehen.«

»Sie kannten sie?«

»Ja, ist ihr etwas zugestoßen?«

»Ja, so verrückt es auch klingt, sie hatte einen Unfall. Körperlich geht es ihr gut, aber ihr Gedächtnis ist hinüber.«

»Oh, mein Gott. Was ist passiert?«

»Sie hatte einen Autounfall und hat sich den Kopf angeschlagen.«

»Man weiß nie, was der nächste Tag bringt.«

»Das ist wohl wahr. Hören Sie, ich rufe an, weil die Ärzte sagen, wir könnten ihrem Gedächtnis auf die Sprünge helfen, indem wir sie an Dinge aus ihrer Vergangenheit erinnern, besonders aus ihrer Jugend.«

»Ich kannte sie nicht besonders gut. Wir hatten zwei Kurse zusammen.«

»Gab es jemanden, sagen wir einen Lehrer, der besonders war, oder ist irgendetwas Bestimmtes passiert?«

»Äh, ich schätze, Mr. McMahon, der Sozialpsychologie unterrichtet hat. Er sah gut aus, und wir haben über ihn gescherzt, Sie wissen schon, wie Mädchen das eben so machen.«

»Das ist eine gute Information. Sonst noch etwas? Irgendwelche Ereignisse, zum Beispiel ein Konzert, auf dem Sie waren?«

»Nein. Wir haben nicht viel zusammen unternommen. Es war ein städtisches College. Wir haben nicht im Wohnheim gewohnt oder so.«

»Was ist mit ihrer Familie? Ich kann niemanden ausfindig machen.«

»Simone hatte keine Familie. Sie hat mir erzählt, dass sie ausgesetzt wurde und im Pflegesystem aufgewachsen ist.«

Ich zögerte. »Oh, nein. Das muss furchtbar gewesen sein. Wussten Sie, wer ihre Pflegeeltern waren?«

»Nein. Sie hat nicht darüber gesprochen. Sie hat nur gesagt, dass sie oft herumgereicht wurde.«

Mir drehte sich der Magen um. »Klingt hart.«

Ich beendete das Gespräch und schickte Larson eine SMS.

———

DER BAU der sündhaft teuren Ritz-Carlton-Residences hatte begonnen. Einhundertachtundzwanzig Multimillionen-Dollar-Wohnungen sollten 2025 bezugsfertig sein. Schwamm im ganzen Land so viel Geld herum?

Ich winkte Cabana Dan zu und machte mich auf den Weg zu Larson. Unter einem wolkenlosen Himmel war der Vanderbilt Beach überfüllt. Mein Vertrauter saß im Schatten auf der Kante einer Chaiselongue und telefonierte. Ich hob den Deckel seiner Kühlbox und schnappte mir eine Flasche Wasser.

Ein Vater stand knietief im Wasser und winkte seinem kleinen Jungen zu. Sobald das Wasser seine Knöchel berührte, wich das Kind zurück. Der Vater stieg aus dem Wasser und hob das Kind hoch. Er sagte etwas und ging ein paar Schritte ins Wasser hinein.

Ein vorbeifahrendes Boot erzeugte eine Welle und der Junge schlang Arme und Beine um seinen Vater. Als Larson sein Gespräch beendete, ließ der Vater den Jungen ins Wasser. Er hielt die Hände seines Sohnes und zog ihn durch das Wasser. Das Lächeln im Gesicht des Jungen brachte mich zum Grinsen.

Larson sagte: »Gott hat den perfekten Spielplatz geschaffen.«

»Ich erinnere mich, wie ich an die Jersey Shore gefahren bin, als ich ungefähr acht war, mit meiner Mom. Mein Vater stand nicht so auf den Strand, aber Mom konnte den ganzen Tag bleiben.«

»Ein guter Ort, um Erinnerungen anzuhäufen. Tommy ist praktisch am Bonita Beach aufgewachsen.«

»Schön.«

»Hat die Liste geholfen?«

»Ja.« Ich erzählte ihm, was ich über Jackson erfahren hatte.

»Kein Wunder, dass sie so eine Zicke ist.«

»Ich habe mich über das Pflegesystem in Chicago informiert. Es ist um Längen schlimmer als das in Jersey. CBS hatte neulich einen Bericht darüber, wie oft Kinder umziehen müssen. Ein Mädchen war siebzehn Jahre im System und wurde siebenundsechzig Mal verlegt.«

»Das ist unfassbar. Wie soll sie da ein normales Leben führen?«

»Das ist unmöglich. Glaub mir, Mario und ich wurden dreimal verlegt, und das macht dich im Kopf fertig. Manche Kinder in Chicago wurden über hundertmal verlegt.«

Larson schüttelte den Kopf. »Wie zum Teufel kann das erlaubt sein?«

»Die Regierung mag gute Absichten haben, aber sie ist ganz sicher nicht rechenschaftspflichtig.«

»Und Jackson steht auf beiden Seiten der Sache.«

»Das ist es, was es so schwer macht.«

»Es ist normal, mit ihr zu sympathisieren.«

»Ich sympathisiere nicht mit ihr.«

Larson sah mir in die Augen. »Okay.«

»Es verkompliziert die Sache nur, weißt du?«

»Natürlich. Aber denk daran, du versuchst, Kinder davor zu schützen, ihren Eltern zu Unrecht weggenommen zu werden.«

»Und Jackson ist nur ein Kollateralschaden?«

»Bist du sicher, dass dir das nicht zu nahegeht?«

»Nein, es ist nur …«

»Es ist schwierig, aber wenn du es nicht tun willst, dann lass es. Nein sagen zu können, ist wichtiger, als Ja zu sagen.«

»Darin bin ich besser geworden.«

»Das bist du.«

»Auf dem Weg hierher habe ich gedacht, dass Jackson echt schlechte Karten hatte, weißt du?«

»Hatte sie, aber du auch, Mario, und Millionen andere. Ich will die Auswirkungen dessen, was auch immer ihr passiert ist, nicht kleinreden, aber denk daran, was Jackson den Dubers und wer weiß wie vielen anderen Familien angetan hat. Das ist einfach grundfalsch.«

»Ich frage mich, ob Jackson den Mist, den sie da abzieht, nur macht, um anderen auf eine verdrehte Art das zu verwehren, was sie nie hatte.«

»Sie mag nachtragend sein, aber es ist am besten, sich darüber nicht den Kopf zu zerbrechen. Konzentriere dich darauf, zu verhindern, dass noch weitere Familien von ihr traumatisiert werden.«

Larson hatte recht, aber er trug nicht den Ballast mit sich herum, den ich zu schleppen hatte. »Dafür werde ich sorgen.«

»Gut. Arbeitest du an einem Plan?«

»Ich habe ein paar Ideen hin und her gewälzt, aber in Anbetracht der Lage ist es wichtig, die richtige Balance zu finden. Ich werde mal sehen, was ich aus ein paar ihrer Ex-Freunden herausholen kann.«

10

ICH SASS MIT MEINEM KAFFEE AUF MEINER LANAI UND scrollte durch die *Naples Daily News*. Auf Seite fünf fiel mir das Foto eines Autounfalls an der Kreuzung von Livingston Boulevard und Vanderbilt Beach Road ins Auge.

Es war dieselbe Stelle, an der mein letzter großer Fall begonnen hatte. Auch bei diesem Unfall gab es einen Toten. Als ich den Namen las, lehnte ich mich zurück. Konnte das derselbe Phil Tascon sein?

Ich googelte den Namen und die Adresse des Verstorbenen. Ich musste an Tascons blaues Haus im Key-West-Stil denken. Er war mein erster Klient.

Tascon wollte Robert McDuff verklagen, den Eigentümer der Baustelle, auf der sein Vater gestorben war. Sein Vater war aus dem zwölften Stock gestürzt und beim Aufprall sofort tot gewesen.

Es wurde keine Strafanzeige erstattet, obwohl die Stadt Naples McDuffs Firma in den letzten neun Monaten sechsmal wegen Sicherheitsverstößen zu einer Geldstrafe verurteilt hatte.

Ich arbeitete zu der Zeit für Larson und er bat mich, mir die Firma und deren Praktiken anzusehen. Es bestand kein Zweifel daran, dass McDuff an allen Ecken und Enden sparte, wo es nur ging, aber er hatte auch eine schriftliche Richtlinie für Arbeiten an einem nicht umfriedeten Gebäude: Jeder, der sich im zweiten Stock oder darüber aufhielt, musste eine Absturzsicherung tragen, es sei denn, es war ein Geländer angebracht.

Tascons Vater hatte angeblich seine Sicherung abgenommen, um pinkeln zu gehen. Und als er ausrutschte, stürzte er über die Kante in den Tod.

Wenn das stimmte, trug sein Vater eine Mitschuld am Unfall, aber dem standen Indizien gegenüber, dass die Sicherheit der Arbeiter hinter der Fertigstellung eines Projekts zurückstand.

Nachdem wir die Ermittlungen abgeschlossen hatten, ließ Larson Tascon hereinkommen, um den Fall zu besprechen. Wir drei saßen an einem Tisch im Konferenzraum.

Tascon hörte aufmerksam zu, als wir erklärten, was wir herausgefunden hatten. Aber er explodierte, als Larson sagte: »Letzten Endes empfehle ich, den Fall außergerichtlich beizulegen.«

»Beilegen? Wovon reden Sie da? Dieser Bastard hat meinen Vater umgebracht!«

»Immer mit der Ruhe. Die Strafverfolgungsbehörden haben den Tod Ihres Vaters als Unfall eingestuft und …«

»Aber Beck hat gesagt, dem Bastard sind seine Arbeiter scheißegal, er sorgt sich nur ums Geld.«

Larson sah mich an und ich sagte: »Es ist wirklich eine Grauzone. Ich glaube, McDuff nimmt es bestenfalls nicht so genau. Ich neige dazu, den Gerüchten zu glauben, dass die

Sicherung Ihres Vaters von McDuff oder jemandem aus seinem Umfeld hinuntergeworfen wurde.«

Larson sagte: »Die polizeilichen Ermittlungen haben das ausgeschlossen.«

»Das haben sie. Ich sagte, ich neige dazu, es zu glauben, aber wir haben keine Beweise.«

»Ich kann das nicht fassen. Er wird damit durchkommen?«

»Wir werden seinen Geldbeutel so hart treffen, wie wir können, aber seine Mittel sind begrenzt. Er ist immer noch wegen des Einbruchs des Immobilienmarktes während der Finanzkrise verschuldet.«

Tascon schüttelte den Kopf. »Das ist, als würde ich Dad noch einmal verlieren.«

»Es tut mir leid, dass Sie das so empfinden. Wir haben unser Bestes getan, aber es gibt nichts Kriminelles, was wir ihm anhängen können.«

Tascon sah mich an und fragte: »Was meinen Sie? Sie wissen genauso gut wie ich, dass McDuff ein Mörder ist.«

Ich nickte. »Aber wir reden hier davon, dass wir es vor Gericht nicht beweisen können.«

»Das ist doch Schwachsinn.«

Larson sagte: »Das ist die Realität, mit der wir arbeiten müssen. Im Vorfeld dieses Treffens hatte ich ein Vorgespräch mit McDuffs Anwalt und es sieht so aus, als würden sie zweihunderttausend zahlen, um die Sache aus der Welt zu schaffen.«

»Das ist also, was dieser Bastard denkt, dass das Leben meines Vaters wert ist?«

»Nein, so ist das überhaupt nicht.«

»Ja, sicher.«

»Warum denken Sie nicht darüber nach, schlafen eine Nacht darüber und wir reden morgen weiter?«

Tascon schüttelte den Kopf und stürmte ohne ein Wort hinaus.

Eine Woche später verließ ich Larsons Büro und ging auf mein Auto zu, als Tascon vorfuhr. Er kurbelte sein Fenster herunter und sagte: »Hey, ich muss mit Ihnen reden.«

»Worüber?«

»Es wird nicht lange dauern. Ich treffe Sie auf dem Parkplatz von Rooms to Go, da können wir reden.«

Tascon machte mir keine Angst, aber wozu die Heimlichtuerei?

Wir parkten im hinteren Bereich des Gebäudes. Ich stieg aus und lehnte mich an mein Auto. Tascon sah sich um, als er näher kam.

»Was ist los?«

Tascon sagte: »Kann ich Ihnen vertrauen?«

»Natürlich. Warum fragen Sie das?«

»Worüber auch immer wir reden, es bleibt unter uns, richtig?«

Ich nickte. »Wollen Sie mir jetzt sagen, was los ist?«

Tascon senkte seine Stimme. »Ich will, dass Sie McDuff töten.«

»Wie bitte?«

»Sie haben mich gehört. Ich will McDuff tot sehen.«

Während ich das verarbeitete, sagte Tascon: »Keine Sorge, ich bezahle Sie dafür, ihn zu töten.«

»Diese Art von Arbeit mache ich nicht.«

»Es wird gut bezahlt. Ich gebe Ihnen die zweihunderttausend aus der Abfindung, die ich bekomme.«

»Wie ich schon sagte, so was mache ich nicht.«

»Er wohnt mitten im Nirgendwo. Wenn Sie ihn nachts aufsuchen, wird es niemand mitbekommen.«

»Wenn es so einfach ist, warum machen Sie es nicht selbst?«

»Würde ich ja, aber die Polizei würde mich sofort verdächtigen.«

»Das würden sie wahrscheinlich.«

»Denken Sie darüber nach. Es sind zweihundert Riesen, und Sie würden einen Drecksack aus dem Verkehr ziehen.«

Bevor ich antworten konnte, ging Tascon zu seinem Auto zurück. Ich stand zehn Minuten auf dem Parkplatz und dachte über das nach, was Tascon wollte.

Ich hatte noch nie zuvor getötet. Ich hatte es versucht. Ich war losgezogen, um den Pflegevater zu töten, der mich missbraucht hatte, aber hatte gekniffen, als ich ihm gegenüberstand. Ich hatte Mallory niedergestochen, aber das war instinktiv gewesen, eine Bestrafung dafür, dass er mich mit einem Stock geschlagen hatte, und nicht mit der Absicht, ihn zu töten.

Mir wurde klar, dass beide Vorfälle aus einem Rachebedürfnis heraus entstanden waren, und stieg wieder in mein Auto und fuhr nach Hause. Zweihunderttausend waren schwer auszuschlagen. Ich war kein Auftragskiller, aber es musste einen Weg geben, Tascon zu helfen, den Tod seines Vaters zu rächen und dafür bezahlt zu werden.

11

DAS MITTAGESSEN BEI GROUPER AND CHIPS WAR EINE DER
kleinen Freuden des Lebens. Ich schnappte mir einen Tisch
im Freien und biss in mein gegrilltes Zackenbarsch-Sand-
wich. Das war genau das Richtige. Während ich die Ecke im
Auge behielt, an der das Krankenhaus lag, schob ich mir ein
Brötchen in den Mund.

Ich sah, wie Ben Barnes die Straße überquerte. Sein
Haar war weißer als auf seinem Führerscheinfoto. Ich
stopfte mir den letzten Rest des Zackenbarschs in den
Mund, stand auf und warf die Styropor-Klappbox in den
Müll.

»Ben? Ich bin Beck.«

Er streckte seine Hand aus. »Hi.«

»Hey, danke, dass du dich mit mir triffst.«

»Kein Problem«, erwiderte er lachend. »Ich esse hier
mindestens zweimal die Woche.«

Ich ging zu meinem Tisch zurück. »Willst du etwas?«

»Ich hole mir eine Portion Süßkartoffelpommes, wenn
wir fertig sind.«

»Das geht auf mich.«

»Das ist nicht nötig.«

»Schon gut, ich weiß es zu schätzen, dass du dir die Zeit nimmst, um mit mir über Simone Jackson zu sprechen.«

»Wie geht es ihr denn?«

»Ziemlich gut. Ich wollte dich etwas über eure gemeinsame Zeit fragen. Wie lange wart ihr beide ein Paar?«

»Etwas über ein Jahr. Ich hätte früher den Absprung schaffen sollen, aber, äh, ich habe versucht, es hinzubekommen.«

»Habt ihr euch am Anfang gut verstanden?«

»Ja. Wir hatten ein paar gemeinsame Interessen.«

»Zum Beispiel?«

»Nun, ich ging gerne in die Kasinos, weißt du, ein bisschen zocken, vielleicht eine Show ansehen, aber nicht so wie Simone; sie konnte sich stundenlang an einen Tisch setzen und spielen.«

»War das das Problem, das euch im Weg stand?«

»Nein, nicht wirklich. Ich will sie nicht als Monster oder so hinstellen, aber sie war kalt, weißt du, emotionslos. Das hat mich gestört, aber ich dachte, das Eis würde schmelzen, je länger wir zusammen wären.«

»Tat es das nicht?«

Er schüttelte den Kopf. »Ich hielt es nicht mehr aus. Versteh mich nicht falsch, ich bin kein Weichei, aber meine Mutter lag im Sterben, und Mom und ich standen uns wirklich nahe. Ich war ein nervliches Wrack, aber Simone schien nicht zu verstehen, wie sehr es schmerzte. Als Mom ins Hospiz kam, tat Simone so, als wäre das nichts. Genau da habe ich mit ihr Schluss gemacht. Das war doch verrückt, oder?«

»Das tut mir leid, das muss hart für dich gewesen sein.«

»War es auch. Mom ist jetzt seit zwei Jahren tot und ich kann es immer noch nicht fassen.«

»Ich weiß, was du meinst. Meine starb, als ich zehn war, und, äh, na ja, es ist einfach scheiße.« Ich nahm einen Schluck von meinem Eistee. »Gibt es noch etwas, das du mir über sie erzählen kannst?«

»Was untersuchst du denn? Steckt sie in Schwierigkeiten?«

»Ich weiß nicht, die Anwaltskanzlei, für die ich arbeite, hat nur um Hintergrundinformationen über sie gebeten.«

»Okay. Hör zu, Simone ist kein schlechter Mensch, aber sie ist nichts für mich.«

»Danke. Holen wir dir diese Pommes.«

Es war nur eine kurze Fahrt, um einen anderen Mann zu treffen, mit dem Jackson zusammen gewesen war. Scott Palmer war Automechaniker in der Werkstatt von Valvoline Oil am Golden Gate Parkway.

Palmer hatte mich gebeten, ihm eine SMS zu schicken, was ich auch tat. Er kam aus der Werkstatt und ich winkte ihn zu mir.

»Danke, dass du dich mit mir triffst. Ich verspreche, mich kurzzufassen. Wie gesagt, ich bin Ermittler für eine Anwaltskanzlei und die braucht Hintergrundinformationen über Jackson. Was kannst du mir über sie erzählen, da du mit ihr zusammen warst?«

»Steckt sie in irgendwelchen Schwierigkeiten?«

»Ich weiß es nicht, aber es ist nichts Kriminelles oder Ähnliches. Solche Fälle bearbeiten wir nicht. Wie lange warst du mit ihr zusammen?«

»Ungefähr acht Monate. Versteh mich nicht falsch, wir hatten unseren Spaß, aber sie ist komisch. Ich meine, Simone ist irgendwie distanziert, verstehst du?«

»Sie lässt einen nicht an sich heran?«

»Ja, als wäre eine Mauer um sie herum oder so.«

»Hat sie jemals über ihre Familie gesprochen?«

»Nie. Ich habe sie ein paarmal gefragt, aber sie sagte nur, dass sie kein enges Verhältnis zu ihnen hätte, und das war's. Ich habe nicht weiter nachgehakt, weil sie in Konflikten aufzublühen schien.«

»Ich habe gehört, sie zockt gern.«

»Das tut sie, und ich auch, aber nicht so oft wie sie. Und sie setzt eine Menge Geld. Eines Nachts verlor sie über tausend Dollar im Immokalee Casino und ich sagte ihr, es sei Zeit, nach Hause zu gehen. Aber sie wollte nicht gehen. Ich landete für etwa zwei Stunden in der Lounge und sah einem Typen beim Klavierspielen zu.«

»War es das Zocken, das euch auseinandergebracht hat?«

»Nicht wirklich. Es waren mehrere Dinge. Ich habe zwei Kinder mit meiner Ex und Simone wollte sie nicht einmal kennenlernen. Ich meine, wir waren schon mehrere Monate zusammen. Letztendlich war es sowieso das Beste.«

»Kannst du mir sonst noch etwas erzählen?«

Er zuckte mit den Schultern. »Es mag albern klingen, aber ich wurde vierzig und wollte zur Feier des Tages irgendwo hinfahren. Nichts Verrücktes. Ich schlug vor, dass wir für ein Wochenende auf die Keys fahren, aber sie lehnte ab und meinte, es sei dumm, so ein Theater um einen Geburtstag zu machen.«

Ich dankte ihm für seine Zeit und fuhr los. Auf dem Heimweg ließ ich mir die Ideen durch den Kopf gehen, wie ich es Simone heimzahlen konnte. Meine Ideen hatten sich seit meinem ersten Fall weiterentwickelt, bei dem das Platzieren von Knochen und indianischen Artefakten auf McDuffs Baustelle den Bau für acht Monate lahmgelegt hatte. Tascom wollte McDuff tot sehen, aber die Stilllegung des Geschäfts hatte zu seinem Bankrott geführt.

Tascom bekam nicht, was er wollte, aber er war zufrieden damit, McDuff aus dem Geschäft gedrängt zu haben. Der Erfolg und das Geld, das er bezahlte, katapultierten mich in ein Geschäft, das mehr Fälle hatte, als ich bewältigen konnte.

12

ALS ICH DEN SAND BETRAT, NAHM EINE DÜNNE Wolkendecke den Schatten die Schärfe. Für einen Dienstag war am Vanderbilt Beach viel los. Mein Anwalt und Vertrauter Larson war undercover an seinem Stammplatz am Strand neben dem Ritz-Carlton-Resort.

»Was liest du da?«

Larson legte ein dickes Buch beiseite. »*The Splendid and the Vile*. Es geht um Churchill und darum, was passierte, kurz bevor Amerika in den Zweiten Weltkrieg eintrat.«

»Er war ein Gigant.«

»Meiner Meinung nach der prägendste Einfluss der letzten hundert Jahre.«

»Stimmt es, dass er gerne nackt herummarschierte?«

»Ja. Das ist diese Sache mit dem Genie und dem Wahnsinn.«

Ich nahm eine Flasche Wasser aus seiner Kühlbox. »Das sieht man überall.«

Ein Boot voller Parasailer legte vom Ufer ab. Larson

zeigte darauf. »Warst du schon mal in so einem Ding oben?«

»Auf keinen Fall. Mit der Höhe habe ich es nicht so.«

»Du wärst überrascht, wie friedlich es ist, wenn man da ganz oben ist.«

»Also, was hast du für mich?«

»Einen neuen Fall. Hast du schon von Gordon Whitmore gehört?«

»Der Name kommt mir bekannt vor, aber ich kann ihn nicht einordnen.«

»South Florida Aeronautics.«

»Ach ja, die Firma, die durch diese Sache mit dem Reverse-Merger an die Börse ging und dann pleite war.«

»Genau die. Sie war fast vierzig Jahre lang ein Familienunternehmen. Whitmore hat es wirklich aufgebaut, aber der nächste Schritt, der Wettbewerb mit den Boeings und McDonnell Douglases dieser Welt, hat ihn an die Börse gedrängt.«

»Sollten die nicht einen Deal mit SpaceX haben?«

»Ich erinnere mich nicht an alle Fakten, aber das stand definitiv im Raum.«

»Warum erzählst du mir das alles?«

»Whitmore ist von der alten Schule. Er ist ein guter Mann, aber vielleicht hat er einen Fehler gemacht, als er auf Berater gehört hat, die Firma von der Börse zu nehmen. Er ist total gestresst. Als alles zusammenbrach, musste er fast zweitausend Leute entlassen. Whitmore besteht darauf, dass die Geschäfte gut liefen, aber dass Gerüchte und Leerverkäufer ihn in den Bankrott getrieben haben.«

»Hat er alles verloren?«

»Seine Familie hatte eine Menge Aktien, also hat er

einen schweren Schlag erlitten, aber er hat über die Jahre wahrscheinlich genug auf die hohe Kante gelegt, um es bequem zu haben.«

»Du hast einen Leerverkäufer erwähnt? Was ist das?«

»Die meisten Leute investieren an der Börse in der Hoffnung, dass eine Aktie steigt, und wenn sie das tut, verdienen sie Geld. Das nennt man, ›long in einer Aktie zu sein‹. Aber man kann auch Geld verdienen, wenn eine Aktie fällt, wenn man dagegen wettet. Die Leute, die das tun, nennt man Leerverkäufer.«

»Wie machen die das?«

»Sie leihen sich Aktien von einem Broker. Wenn der Kurs fällt, kaufen sie sie zum niedrigeren Preis zurück und stecken die Differenz ein. Sagen wir, die Aktie von Firma A steht heute bei hundert pro Aktie. Sie verkaufen sie für hundert, und wenn sie auf achtzig fällt, kaufen sie sie zurück, um zu ersetzen, was sie für hundert bekamen, und verdienen zwanzig Dollar pro Aktie.«

»Was passiert, wenn sie steigt, sagen wir auf hundertzehn?«

»Dann verlieren sie zehn Dollar pro Aktie.«

»Man kann also darauf wetten, dass eine Aktie fällt, und gewinnen. So ähnlich wie die Don't-Pass-Line beim Craps, wo man hofft, dass der Würfler nicht gewinnt?«

Er zuckte zusammen. »Vielleicht, im Großen und Ganzen. Am einfachsten kann man es sich so vorstellen: Man wettet, dass die Aktie fällt, während die meisten Leute hoffen, dass sie steigt.«

»Konträr also.«

»Es ist komplizierter als das. Manchmal glauben die Leute, eine Aktie sei sich selbst vorausgeeilt, weißt du, sie ist zu hoch gestiegen, und manchmal glauben sie, dass makroökonomische Ereignisse, wie neue Technologien, ein Produkt oder ein Unternehmen überflüssig machen werden.«

»Ist das riskanter, als zu hoffen, dass eine Aktie steigt?«

»Ja. Wenn du in einer Aktie long bist, also hoffst, dass sie steigt, und sie fällt oder gleich bleibt, musst du nichts tun. Aber wenn du eine Aktie leerverkaufst und sie steigt – also das Gegenteil von dem passiert, was du willst –, musst du mehr Geld nachschießen, um deine Position zu halten.«

»Und wenn man die Kohle nicht hat?«

»Dann musst du die Position liquidieren und den Verlust hinnehmen.«

»Das klingt kompliziert. Also, was hat das mit Whitmore zu tun?«

»Es ist besser, du gehst zu ihm. Er kann dich auf den neuesten Stand bringen.«

Ich zog die Stirn kraus.

»Du wirst ihn mögen, er ist ein ganz normaler Typ.«

———

ICH LIEß mich auf einen Stuhl am letzten freien Tisch in Joe's Diner fallen. Die Frühstückskarte war eine Hommage an den einstigen Volkssport Amerikas: Baseball. Als Mario herüberschritt, entschied ich mich für das Yogi Berra.

»Hey.« Wir begrüßten uns mit einem Faustgruß.

Mein Stiefbruder sagte: »Ich brauche Kaffee, ganz dringend.«

»Da kommt sie schon.«

Die Kellnerin schenkte zwei Tassen dampfenden Kaffee ein. »Wisst ihr beiden, was ihr wollt?«

»Ich nehme das Yogi.«

»Tja, da du schon hier bist, nehme ich das Babe.« Er lächelte. Sie erwiderte es nicht und ging weg.

Ich nahm meine Tasse. »Beim Stehlen erwischt und rausgeflogen.«

»Ha-ha. Sehr witzig. Sie ist heiß.«

»Warum flirtest du? Läuft es gut mit Susan?«

»Ja, ich spiele nur ein bisschen herum. Ein kleiner, harmloser Spaß.«

Mario nippte an seinem Kaffee. Seine Augen waren blutunterlaufen.

Ich sagte: »Hör zu, diesen Kinderschutzfall werden wir wahrscheinlich übernehmen.«

Er zog eine Augenbraue hoch. »Na schön. Wie viel springt dabei raus?«

»Der wird kostenlos sein.«

»Was? Das ist nicht –«

»Du wirst bezahlt. Keine Sorge.«

»Ich mache mir keine Sorgen. Es ist nur dumm.«

»Diese Leute wurden übers Ohr gehauen und haben kein Geld. Tatsächlich hat sie die ganze Sache vierzig Riesen ins Minus gebracht, weil sie die Anwälte bezahlen musste.«

»Weißt du, du kannst nicht die ganze Welt retten.«

»Das versuche ich auch nicht.«

Er verdrehte seine roten Augen. Kiffte er morgens?

Die Kellnerin kam an unseren Tisch geeilt und stellte unsere Teller ab. »Guten Appetit.«

Mario schnitt mit der Gabel ein Stück ab. »Sieht gut aus.«

Ich schluckte einen Bissen. »Ist es auch.«

»Worum soll ich mich bei dieser Sache kümmern?«

»Es gibt da einen Arzt, Narid Khan, der möglicherweise

alles durchwinkt, was Simone Jackson, die Frau, die viele dieser Fälle leitet, will. Überprüf ihn mal, sieh nach, ob es eine Verbindung zu Jackson gibt.«

»Kein Problem.«

»Er ist im Physician's Regional Hospital am Collier Boulevard.«

13

Als ich vom Mooring Line Drive abbog, fuhr ich rechts auf den Bow Line Drive. Gordon Whitmores Haus lag nicht an der Bucht und war, anders als die meisten anderen in der Nachbarschaft, nicht wiederaufgebaut worden.

Eingebettet zwischen zwei Häusern, die für ihre Grundstücke zu groß waren, stand Whitmores einstöckiges Haus. Laut Steuerunterlagen gehörte ihm das Anwesen seit vierunddreißig Jahren.

Zwei riesige Eichen spendeten dem Vorgarten Schatten. Ich klingelte.

Whitmore, dessen silbernes Haar bereits zurückwich, hatte ein Funkeln in den Augen. »Mr. Beck, kommen Sie bitte herein.«

Das Haus war dunkel, aber gemütlich. Whitmore ließ sich in einem braunen Fernsehsessel nieder. »Peggy ist mit einer unserer Töchter unterwegs, also können wir frei reden.«

»Perfekt. Mr. Larson hat mir schon ein paar Hintergrundinformationen gegeben, aber ich würde es begrüßen, wenn Sie mir alles aus Ihrer Sicht erzählen würden.«

»Sicher. Sagen Sie, kann ich Ihnen etwas anbieten?«

»Nein, danke.«

»Also gut. Nun, mein Dad gründete Ende der Fünfzigerjahre, als der Flugverkehr richtig in Fahrt kam, das, was später South Florida Aeronautics wurde. Es war ein kleines Geschäft, aber es wuchs im Laufe der Jahre. Ich will die Leistung meines Vaters nicht schmälern, aber es ist einfacher, ein Unternehmen zum Laufen zu bringen, wenn die Branche, in der man tätig ist, boomt.« Er zeigte auf mich. »Das sollte man sich merken, falls man sich jemals selbstständig macht.«

»Ich weiß das zu schätzen. Das ist ein guter Rat.«

»Nach meinem Abschluss an der FSU trat ich in die Firma ein und mein Aufgabenbereich erweiterte sich im Laufe der Jahre. Das Unternehmen war im Grunde ein Zulieferer für McDonnell Douglas geworden, und die Abhängigkeit von einer einzigen Firma war mir unangenehm.« Er sah mir in die Augen. »Man muss sein Schicksal so gut wie möglich selbst in die Hand nehmen.«

»Noch ein guter Ratschlag.«

Er lächelte. »Mitte der Neunziger habe ich schließlich die Zügel übernommen und mich darauf konzentriert, die Beziehung zu der Firma auszubauen, die heute Northrop Grumman heißt. Sie hatten einen ansehnlichen Vertrag mit der NASA und der wuchs schnell.«

Whitmore war einer der wenigen, die ihre eigenen Ratschläge befolgten.

»An Raumschiffen zu arbeiten, muss kompliziert sein.«

Er zuckte mit den Schultern. »Ich würde eher sagen, komplex. Es gibt viele Komponenten bei der Herstellung eines Produkts für den Weltraum, aber das macht es nicht zwangsläufig schwierig.«

Darüber musste ich nachdenken. »Fahren Sie bitte fort.«

»Wir haben eine Abteilung gegründet, die sich auf den Satellitenbereich konzentrierte. Die ist durch die Decke gegangen, wie wir es uns nie hätten vorstellen können.«

»Das war eine gute Entscheidung von Ihnen.«

»Es war eine Teamleistung, aber eine Sache, die ich nicht vorausgesehen habe, war, wie viel Kapital man braucht, um die nächste Stufe zu erreichen. Ich meine, wir hatten ein gutes, gewinnbringendes Geschäft. Ich habe mehr verdient, als ich mir je erträumt hatte, aber nur um das zu erhalten, was wir hatten, mussten wir in alle möglichen Hightech-Maschinen und Software investieren.« Er seufzte. »Es ist eine Sache, ein Flugzeug zu bauen, und eine völlig andere, ein Raumfahrzeug zu bauen, das es bis in den Weltraum schafft oder das tut, was Musk mit wiederverwendbaren Raketen macht.«

»SpaceX macht faszinierende Dinge.«

»Das stimmt. Es beweist, dass die Privatwirtschaft der Regierung um Längen voraus sein kann, egal, wie viel Geld die Politiker hineinstecken.«

»Haben Sie mit SpaceX gearbeitet?«

»Die Branche explodierte, und SpaceX und ein paar andere in dem Bereich brauchten zuverlässige Partner, die sie beliefern konnten. Ich wusste, dass wir das schaffen konnten, wenn wir die Mittel hätten. Also sprachen wir mit ein paar Investmentbankern darüber, das Geld für den Bau von zwei neuen Anlagen aufzutreiben. Sie sagten, die benötigten rund zwei Milliarden seien privat unmöglich aufzubringen. Sie schlugen einen Börsengang vor.« Er spottete. »Wissen Sie, was sie tatsächlich sagten? Sie sagten, die privaten Märkte würden nur ein bestimmtes Vielfaches des Gewinns zahlen, aber die Öffentlichkeit würde das Hundertfache von dem zahlen, was wir erwirtschafteten.«

»Das sagt eine Menge darüber aus, wie sie die öffentlichen Märkte sehen.«

»Und wie, aber sie hatten gewissermaßen recht. Sie sagten, der einfachste Weg, an die Börse zu gehen, sei eine umgekehrte Fusion mit einer bereits bestehenden Gesellschaft. Haben Sie schon mal von einem sogenannten SPAC gehört?«

»Nicht wirklich.«

»Das steht für Special Purpose Acquisition Company. Das ist ein Unternehmen ohne operatives Geschäft. Sein alleiniger Zweck ist es, durch einen Börsengang, einen Initial Public Offering, Kapital zu beschaffen. Sobald sie an der Börse sind und das Geld haben, fusionieren sie mit einem bestehenden Unternehmen wie unserem.«

»Klingt irgendwie verrückt.«

»Fand ich auch, aber dieser Brite, Richard Branson, hat es mit seiner Virgin Galactic so gemacht. Dadurch wirkte es legitimer, wenn Sie verstehen, was ich meine.«

»Ich verstehe. Was ist also passiert?«

»Eine Menge. Wir haben mit dem Bau begonnen, und die Dinge liefen ziemlich gut, und dann, wissen Sie, schossen die Kosten in die Höhe. Einiges davon lag an der benötigten Technologie, einiges am ›Mission Creep‹, aber vieles war die Inflation. Unsere Lohnkosten stiegen um über fünfzig Prozent. Es kam eins zum anderen. Unsere Banker sagten, wir könnten eine Kreditlinie von einer Milliarde Dollar von JP Morgan bekommen. Das klang gut, hat uns aber in noch größere Schwierigkeiten gebracht.«

»Sie konnten es nicht zurückzahlen?«

»Wir waren eigentlich auf dem Laufenden, aber in der Darlehensdokumentation gab es eine Klausel, die uns ein großes Problem bereitete. Als wir anfingen, das Geld abzuheben, stand unsere Aktie bei einundfünfzig Dollar pro Stück. Die Klausel besagte: Wenn unsere Aktie unter fünfunddreißig Dollar fällt, können sie den Kredit fällig stellen.«

»Sie zwingen einen, alles zurückzuzahlen?«

»Ja. Dann kam Covid und wir mussten wie alle anderen auch ordentlich einstecken. Aber unsere Aktie hat sich ganz gut gehalten; sie lag bei knapp über vierzig. Dann hat dieser Mistkerl Melvin Weiss die Gerüchteküche angeheizt.« Er schlug mit der Faust auf seinen Oberschenkel.

»Was hat er verbreitet?«

»Lügen. Eine nach der anderen. Er und seine Scheißfirma Chernobyl. Ich meine, wer zum Teufel benennt eine Firma nach einer Katastrophe?«

Das war ein berechtigter Einwand. Vielleicht war es ein Marketing-Gag. »Es ist seltsam. Was haben sie gesagt?«

»Das Schlimmste war der Bericht, den sie veröffentlichten, in dem stand, SpaceX würde niemals Geschäfte mit uns machen und Musk wolle alles betriebsintern erledigen. Es war frei erfunden. Wir hatten eine Woche zuvor ein Treffen mit seinen Top-Leuten gehabt. Wir haben eine Pressemitteilung herausgegeben und dann hat Weiss ein Feuer in unserer Anlage in Cape Canaveral dramatisiert. Es war hauptsächlich auf den Wartungsbereich beschränkt, aber Weiss behauptete, die Fabrik sei zerstört und es würde über ein Jahr dauern, sie wiederaufzubauen. Es war völliger Unsinn.«

»Das ist schrecklich.«

»Oh, das war noch nicht alles. Aus dem Nichts gab es

Bestrebungen, die Werke gewerkschaftlich zu organisieren. Ich konnte es nicht fassen. Wir sind ein eingeschworener Haufen; wir kümmern uns um unsere Leute, und das wissen sie auch. Wir haben ein wenig nachgeforscht und ich bin überzeugt, dass Weiss dahintersteckte.«

»Inwiefern?«

»Er hatte Verbindungen zu einer Gewerkschaft und hat ihnen eine Spende zukommen lassen. Die hatten keine Chance, unsere Leute zu einem Ja zu bewegen, aber die Unsicherheit hat unserem Aktienkurs zugesetzt.«

»Das klingt frustrierend.«

»Das war es auch, und jede Kleinigkeit, wissen Sie, die normale Personalfluktuation, wurde völlig aufgebauscht. Da war dieser eine Kerl, der seit einem Jahrzehnt bei uns war – er war Assistent unseres Leiters der Materialbeschaffung –, er nahm einen Job in Texas an und Weiss ließ es so aussehen, als würden die Leute uns davonlaufen. Er hatte die Frechheit zu behaupten, unsere Leute würden ein sinkendes Schiff verlassen.«

»Ich nehme an, das hat sich auf den Aktienkurs ausgewirkt.«

»Natürlich. Wir fielen auf einen Tiefstand von zweiundzwanzig, bevor wir uns, wie Weiss auf CNBC sagte, ›wie eine tote Katze‹ auf sechsundzwanzig komma fünf erholten.«

»Das ist schrecklich.«

»Ich bin, so schnell ich konnte, per Zoom auf CNBC aufgetreten. Ich habe die Firma verteidigt, aber Weiss war im Studio und schüttelte nur den Kopf. Der Mistkerl sagte, die Leute sollten unsere Aktie abstoßen, denn wo Rauch sei, sei auch Feuer, und wir würden auf null zusteuern. Null. Ich ließ unseren Finanzvorstand alles veröffentlichen, was er gemäß der SEC-Richtlinien veröffentlichen durfte, um zu beweisen, dass wir nicht in Schwierigkeiten steckten. Aber die Presse hat Weiss und seine lange Erfolgsbilanz bei der Vorhersage von Firmenpleiten weiter hochgejubelt.« Er schüttelte den Kopf. »Jetzt weiß ich, wie er das gemacht hat.«

»Hat JP Morgan den Kredit fällig gestellt?«

»In Lichtgeschwindigkeit. Um uns über Wasser zu halten, musste ich Kosten senken. Das Schwerste, was ich je getan habe, war die Entlassung von zweitausend unserer hart arbeitenden Mitarbeiter. Abgesehen von den dämlichen Lockdowns haben wir in über sechzig Jahren, selbst während der Finanzkrise, nie auch nur eine Seele entlassen.«

»Geht es Ihnen persönlich gut, finanziell gesehen?«

»Ja. Ich habe neunzig Prozent meines Vermögens verloren, aber mir und meiner Familie geht es gut, im Gegensatz zu den anderen, die ihre Existenzgrundlage verloren haben. Ich habe vielen von ihnen geholfen, aber zu viele haben ihre Häuser und Autos verloren. Aber mir geht es gut und ich habe kein Problem damit, das von Mr. Larson erwähnte Honorar zu zahlen.«

Ich nickte. »Wenn ich das übernehme, was soll ich Ihrer Meinung nach tun?«

Whitmore beugte sich vor. »Sorgen Sie dafür, dass dieser Mistkerl Weiss niemand anderem mehr schaden kann. Ihm geht es nur ums Geld. Er muss gestoppt werden, bevor er noch mehr Leben ruiniert.«

14

ICH SASS AN EINEM TISCH AM ENDE DER TERRASSE DES DOLCE e Salato. Das italienische Lokal schloss um 15 Uhr, und die verbliebenen Gäste saßen noch bei einer Tasse Espresso.

Wir waren für einen Kaffee verabredet, aber die Gerüche verleiteten mich dazu, einen Kellner herbeizuwinken. Ich bestellte ein Prosciutto Cotto, als ein Mann, den ich von einem Foto als Barney Fitzgerald erkannte, auf die Terrasse schlenderte. Ich stand auf, und wir schüttelten uns die Hände.

»Ich bin froh, dass Sie diesen Ort vorgeschlagen haben.«

Fitzgeralds Gesicht war gerötet. Nicht von der Sonne, sondern vom Alkohol. »Oh, es ist großartig. Ich konnte nicht widerstehen, ein Prosciutto-Sandwich zu bestellen. Wollen Sie auch etwas essen?«

»Nein, ich hatte um sieben Uhr morgens Abschlagszeit und habe schon früh zu Mittag gegessen. Aber ich nehme auf dem Weg nach draußen eine Sfogliatella für meine Frau mit.«

»Eine meiner liebsten. Sie sollten die Bestellung aufgeben, wenn er zurückkommt. Die wollen hier auf die Minute genau um drei Uhr Feierabend machen.«

Er lächelte. »Wissen wir ja. Echte Italiener eben.«

»Wie auch immer, äh, danke, dass Sie sich mit mir treffen.«

»Klar. Für Gordon tue ich alles.«

»Kommen Sie gut mit Mr. Whitmore aus?«

»Sicher. Ich meine, wir hatten zwar einige Meinungsverschiedenheiten, aber Gordon ist das Salz der Erde.«

»Waren Sie die Nummer zwei?«

»Nein. Aber sagen wir, ich war ein vertrauter Leutnant.«

»Was können Sie mir über ihn und das Geschäft erzählen?«

»Da gibt es eine Menge. Ich wüsste gar nicht, wo ich anfangen soll.«

»Wie wäre es damit, als die Dinge anfingen, schlecht zu laufen, wissen Sie, mit der SpaceX-Sache und den Leerverkäufern, die die Firma angegriffen haben? Wie hat Whitmore reagiert?«

»Er ist ein zäher Hund. Wissen Sie, einer von diesen alten Hasen, die keine Angst davor haben, mit dem Kopf gegen die Wand zu rennen, weil sie glauben, dass sie irgendwann einen Riss verursachen.«

»Klingt, als wäre er stur gewesen.«

»Sicher, aber das war auch gut so. Ich meine, wenn er an etwas glaubte, zog er es bis zum Ende durch.«

»Aber das bringt Ärger mit sich, wie der Ausflug in die Überschalljets.«

»Tat es. Wir haben eine Menge Geld reingesteckt, aber wissen Sie, ich glaube, wir waren unserer Zeit einfach voraus.«

Der Kellner stellte ein Kunstwerk auf den Tisch. Hauchdünne Scheiben Prosciutto hingen zwischen zwei Scheiben frischem Brot hervor.

»Darf ich Ihnen etwas bringen?«

Fitzgerald bestellte einen doppelten Espresso und das Gebäck für seine Frau.

»Essen Sie ruhig.«

»Schon gut. Ich möchte weiterreden. Sie erwähnten, dass Whitmore stur sei.«

»Hartnäckig, so sehe ich das lieber.«

»Fair genug. Aber es hat die Firma in Schwierigkeiten gebracht.«

»Ja und nein. Ich meine, wir hatten nicht die Mittel, um dem standzuhalten, was als Nächstes kam, mit dem Feuer und den Lügen über uns. Aber wer hätte das vorhersagen können?«

Ich roch den italienischen Kaffee, bevor er abgestellt wurde.

»Ich bin nicht hier, um Mr. Whitmore zu kritisieren, aber hat sein Managementstil, sagen wir mal, zu den Problemen der Firma beigetragen?«

»Gordon hat sein Bestes gegeben. Ich meine, wir hätten einen dieser Fortune-500-Manager gebrauchen können, aber was hätten wir dadurch verloren? Und glauben Sie, einer dieser Penner hätte in die eigene Tasche gegriffen, als es brenzlig wurde?«

»Whitmore hat sein eigenes Geld reingesteckt, als es schwierig wurde?«

»Oh ja. Ich glaube, er hat zehn Millionen reingesteckt, um Entlassungen zu verhindern. Leider haben sie am Ende trotzdem ihre Jobs verloren, weil dieser Bastard Weiss seine Lügen weiterverbreitet hat.«

»Das ist eine Menge Geld.«

»Whitmore ist einer der besten Menschen, die ich je kennenlernen durfte.«

»Wie zuversichtlich sind Sie, dass es der Firma gut gegangen wäre, wenn Weiss nicht getan hätte, was er getan hat?«

»Daran habe ich nicht den geringsten Zweifel. Wir hatten einige Probleme zu bewältigen, aber die waren sehr überschaubar. Weiss sollte hinter Gittern sitzen, weil er so viele Leben zerstört hat.«

15

Ich war unzählige Male an Melvin Weiss' Haus am Hickory Boulevard vorbeigefahren und hatte immer angenommen, dass in dem Gebäude direkt am Meer ein paar Eigentumswohnungen untergebracht waren. Ich schnappte mir meinen Laptop und mein Aufnahmegerät und stieg aus. Die Brise war warm und salzhaltig.

Eine Frau in Uniform öffnete die Tür. Hinter ihr ging der Golf von Mexiko in einen Infinity-Pool über. »Mr. Beck?«

»Ja.«

»Bitte kommen Sie herein. Mr. Weiss ist auf der Veranda.«

Der Boden des Hauptbereichs war weiß wie eine Eishockeyfläche. Ein rosafarbener Flügel war der Ankerpunkt des Raumes. Große moderne Kunstwerke nahmen den begrenzten Wandplatz ein, den das Haus bot.

Wir gingen an einer geschwungenen Treppe vorbei, die in eine andere Etage führte, und betraten eine Fläche, die sich der Beschreibung als Veranda entzog. Drei Sitzgruppen und ein Esstisch von der Länge einer Rittertafel schufen ein Gleichgewicht zu einem einladenden Pool.

Der Herr des Anwesens saß auf der linken Seite.

Weiss legte ein iPad beiseite und tippte auf seine überdimensionale Armbanduhr. »Auf die Minute pünktlich. Timing ist alles im Leben.«

Seine Zähne waren wie Kaugummi-Dragees. »Wenn man so viele Interviews wie ich führt, muss man pünktlich sein.«

»Meine Mutter hat mir beigebracht, die Zeit aller zu respektieren. Sie sagte immer, wir haben nur so viel davon. Und man weiß nie, wann sie abläuft.«

Ich nickte und mein Blick fiel auf eine Skulptur, eine erkennbare Form aus Edelstahl. »Das ist ein ungewöhnliches Stück.«

»Das ist der Atompilz einer nuklearen Explosion.«

»Tschernobyl?«

»Dort gab es keine Explosion. Das war eine von Menschen verursachte Katastrophe. Eine ziemlich vorhersehbare. Ich habe es kommen sehen, als ich mein Unternehmen gründete, und habe weltweit auf fallende Kurse von Versorgungsunternehmen gesetzt.« Er rieb seinen Zeigefinger und Daumen aneinander. »Habe ein Vermögen gemacht und beschlossen, meine Firma Chernobyl Investments zu nennen.«

»Atomkraft ist doch sicher, oder nicht?«

»Das ist der richtige Weg. Die Russen – Sowjets nannte man sie damals – hatten nicht unsere Sicherheitsstandards und haben sie immer noch nicht. Wir betreiben einen irrsinnigen Overengineering-Aufwand, und mit den technologischen Fortschritten der letzten dreißig Jahre ist

Atomkraft vorhersagbar, billig und die sicherste Energie-
quelle, die wir haben.«

»Sie ist aber in Ungnade gefallen.«

»Das sollte sie nicht sein. Warten Sie mal ab, bis jeder-
manns Stromrechnung in die Höhe schießt. Sehen Sie sich
an, was in Europa passiert ist. Kernenergie muss Teil des
Mixes sein, sonst werden die Preise für alles steigen.«

»Solar- und Windenergie werden es nicht bringen?«

Weiss spottete. »Sie können helfen, aber wollen Sie
etwas unter uns wissen?«

»Sicher.«

»Die meisten dieser grünen Unternehmen werden es
nicht schaffen. Wenn Sie Anteile daran haben, steigen Sie aus.
Aber sorgen Sie dafür, dass das nicht in Ihrem Artikel steht.«

»Kein Problem, Sir.«

»Mel, nennen Sie mich Mel.«

Die Dame, die mich begrüßt hatte, kam mit einem
Tablett auf die Veranda. Sie goss zwei Gläser Eistee ein und
stellte sie auf den Cocktailtisch.

»Danke, Rosa. Könnten Sie die Sonnenblenden herun-
terlassen? Die Blendung ist etwas zu stark.«

»Ja, Sir.«

Ein leises Surren ertönte, als weiße Blenden herunter-
fuhren. Die Blendung war weg, aber nicht der Golf von
Mexiko. Weiss sah auf seine Uhr. »Sollen wir anfangen?«

»Sicher. Ist es in Ordnung, wenn ich das aufnehme?«

»Nur zu.«

Ich schaltete das Aufnahmegerät ein. »Ich wollte Ihnen
dafür danken, dass Sie einem Interview mit dem *Wired
Magazine* zugestimmt haben.«

»Gern geschehen. Ihr Blatt ist eine der wenigen Publikationen, die den Wechsel zum Digitalen überlebt haben. Ich habe ein paar Dollar damit verdient, gegen Leute wie *Life* und *Consumers Digest* zu wetten. Das war ein leichtes Spiel. Wer braucht schon eine Zeitschrift mit Bildern oder eine über Produkte, wenn es Millionen von Bildern und Rezensionen online gibt?«

Ich schüttete zwei Päckchen Süßstoff in mein Glas und nahm einen Schluck. »Gute Frage und eine perfekte Überleitung. Wie haben Sie das kommen sehen, während so viele andere scheiterten?«

»Coca-Cola verrät seine geheime Rezeptur ja auch nicht, oder?«

Ich malte einen Kreis auf das Kondenswasser, das sich auf meinem Glas bildete. »Nein. Aber jede Situation, in die Sie investieren, ist anders. Was können Sie uns über die Prinzipien erzählen, die Sie leiten?«

Er zeigte mit einem Finger auf mich. »Das ist eine ausgezeichnete Formulierung. Und sehr scharfsinnig von Ihnen. Wie Sie sagen, jede Entscheidung zu investieren oder, ehrlich gesagt, mein Geld nicht anzulegen, unterscheidet sich in vielerlei Hinsicht, aber normalerweise gibt es eine Gemeinsamkeit.«

»Ich bin ganz Ohr.«

»Lehnen Sie sich zurück. Melvin schaut sich an, wie ein Unternehmen geführt wird. Schlecht? Ist sein Geschäftsmodell veraltet? Wie die Zeitschriften, über die wir gesprochen haben. Oder steht eine aufkommende Technologie kurz davor, eine Branche zu revolutionieren? Außerdem ist es eine simple Tatsache, dass es für mittelständische Unternehmen immer schwieriger wird zu bestehen. Kleine Familienbetriebe wird es immer geben, aber mittelgroße Unternehmen sind mit Vorschriften überflutet und stehen größeren, besser positionierten Konkurrenten mit den Ressourcen gegenüber, um Politiker zu beeinflussen.«

Sprach er gerade in der dritten Person von sich selbst? Ich nahm einen großen Schluck Eistee und fragte: »Und wenn Sie eines identifizieren, das einem Kriterium entspricht, shorten Sie es?«

»Wenn Melvin glaubt, dass das Timing richtig ist, ja.«

»Warum haben Sie sich entschieden, sich auf die Short-Seite anstatt auf die Long-Seite zu konzentrieren?«

»Noch eine gute Frage. Ehrlich gesagt gibt es weniger Wettbewerb. Es gibt Hedgefonds, die long und short gehen, aber nicht viele reine Short-Seller auf dem Markt.«

»Warum, glauben Sie, werden Leerverkäufer anders betrachtet als diejenigen, die darauf wetten, dass ein Unternehmen steigt?«

»Das ist die amerikanische Psyche. Amerikaner sind ein optimistisches Volk. Nicht mehr so sehr wie früher, aber wir glauben größtenteils an positive Ergebnisse. Leerverkäufe widersprechen diesem Kernglauben.«

»Bekommen Sie viele Hassbriefe?«

Weiss lachte. »Manchmal schon, ja.«

»In Anbetracht der Entlassungen bei einigen der Unternehmen, die Sie geshortet haben, finden Sie das gerechtfertigt?«

Weiss beugte sich vor. »Sehen Sie, was ich tue, ist, diese Unternehmen zu zwingen, der Realität ins Auge zu sehen. Es kann sein, dass Leute ihre Arbeit verlieren, wenn eine Firma Anpassungen vornimmt, um Kosten zu senken und im Geschäft zu bleiben, aber Tatsache ist, ich rette Arbeitsplätze. Wenn sie sich nicht anpassen würden, ginge die Firma pleite und alle würden auf der Straße stehen.«

Ich wechselte zurück zur ersten Person. »Sie betrachten

also, was Sie tun, als einen Dienst am Unternehmen und seinen Mitarbeitern?«

»Melvin ist sich bewusst, dass es für die meisten Leute schwer zu verstehen ist, aber er beschleunigt einfach nur, was ohnehin passieren wird. Wenn wir ein Unternehmen shorten, zwingen wir es zum Handeln. Sie können Maßnahmen ergreifen oder einen langsamen Tod in die Vergessenheit sterben.«

»Die Makro-Chancen sind leicht zu verstehen, zum Beispiel zu sehen, was die künstliche Intelligenz mit bestimmten Unternehmen machen wird. Aber Sie haben Unternehmen ins Visier genommen, denen es scheinbar gut geht, und behauptet, ihre Finanzen seien nicht das, was sie zu sein scheinen. Wie kommen Sie an diese Informationen?«

»Wir puzzeln sie zusammen. Wir sprechen mit vielen Leuten, Angestellten, Lieferanten und Konkurrenten, um ein abgerundeteres Bild zu bekommen als das, was die Führungskräfte der Öffentlichkeit erzählen.«

»Anekdotische Informationen?«

»Manchmal.«

»Können diese nicht falsch interpretiert werden oder einfach falsch sein?«

»Das kann manchmal sein.«

»Was, wenn jemand eine bestimmte Absicht verfolgt, einem Unternehmen Ärger zu machen?«

»Wir schauen uns nicht nur einen einzigen Datenpunkt an.«

»Fair genug. Sie haben im Südwesten Floridas wegen South Florida Aeronautics schlechte Presse bekommen. Gordon Whitmore ist eine lokale Legende.«

»Lokal ist die richtige Beschreibung. Schauen Sie, er

mag ja ein netter Mann sein und so, aber Whitmore ist es gewohnt, dass ihm die Bälle zugespielt werden, und der Sprung in die erste Liga war verdammt viel schwerer, als er angenommen hatte.«

»Ich kenne nicht alle Einzelheiten, aber er hatte ein erfolgreiches Geschäft und alles lief gut, bis die Gerüchte aufkamen, dass die Dinge nicht so gut stünden, wie sie schienen.«

»Das taten sie nicht und das hat sich als wahr erwiesen.«

»Aber nach dem, was ich gelesen habe, und ich habe nicht alles gelesen, gab es keine Grundlage für …«

»Vorhin haben Sie nach dem Vorgehen gefragt. Nun, die Zeit zum Handeln ist, wenn man den ersten Rauch riecht. Wenn man wartet, bis jemand ›Feuer‹ schreit, ist es zu spät.«

Die Schiebetür öffnete sich und Rosa trat heraus. »Entschuldigen Sie, Sir. Die Dame des Hauses bat mich, Sie daran zu erinnern, dass Sie in dreißig Minuten im Club sein müssen.«

»Danke, Rosa. Wir müssen das hier abschließen. Meine Frau organisiert eine Veranstaltung für Youth Haven und möchte mich dabeihaben. Sie leistet eine Menge großartiger Arbeit in der Gemeinde, und ich betrachte es als meine Pflicht, sie zu unterstützen.«

»Ich verstehe. Ich habe gehört, das ist eine gute Organisation.«

»Das ist sie. Meine Frau, Cynthia, ist im Vorstand, und wir veranstalten am Samstagnachmittag eine Party für Freunde und Spender.«

»Das ist nett von ihr, dass sie etwas zurückgibt.«

»Sie ist eine großartige Frau.«

»Wie lange sind Sie schon verheiratet?«

»Es geht auf die vierzig Jahre zu.«

»Wow. Was ist das Geheimnis?«

Er deutete auf das Aufnahmegerät. Ich schaltete es aus.

»Ich hatte Glück mit Cynthia. Ohne sie wüsste ich nicht, wo ich wäre. Wenn man heiratet, muss man daran arbeiten. Wir sind seit achtunddreißig Jahren verheiratet, und ich kann Ihnen sagen, das Wichtigste, was ich gelernt habe, ist, meine Frau nicht zu enttäuschen.«

»Das ist ein guter Rat. Mir fiel es immer schwer, sesshaft zu werden, wissen Sie, mich auf eine Frau festzulegen.«

Weiss beugte sich vor und senkte die Stimme. »Man kann sich anderweitig amüsieren, man darf es nur nicht mehr als das werden lassen und muss sicherstellen, dass die Ehefrau nichts herausfindet.«

Ich lächelte. »Sie lassen es so einfach klingen.«

Er zuckte mit den Schultern. »Ihre wohltätige Arbeit und ihre Besessenheit für alles, was mit Pferden zu tun hat, bieten reichlich Gelegenheit.«

»Reitet Cynthia gern?«

»Das ist milde ausgedrückt. Wir haben eine Ranch in Ocala, und wenn sie dorthin fährt, habe ich Zeit für mein Hobby.« Er lächelte und sagte: »Tut mir leid, aber ich muss jetzt los.«

Ich stand auf. »Schon gut. Ich denke, ich habe genug. Falls nicht, mache ich einen neuen Termin.«

»Klingt gut.«

»Haben Sie etwas dagegen, wenn ich auf dem Weg nach draußen Ihre Toilette benutze?«

Er streckte seine Hand aus. »Die Gästetoilette ist zu Ihrer Linken, gegenüber dem Esszimmer. Es war nett, Sie kennenzulernen.«

Ich schüttelte seine manikürte Hand. »Ganz meinerseits, Sir. Sie haben mir eine Menge zum Nachdenken gegeben.«

Ich schlüpfte ins Badezimmer. Ein Waschbecken war in einen Marmorblock eingelassen, den Michelangelo nur zu gern in die Finger bekommen hätte. Über der Toilette hing ein teures Stück moderner Kunst. Ich benutzte mein Handy und schoss ein Dutzend Bilder.

16

ICH SAẞ AN EINEM TISCH IM AUẞENBEREICH DES TRUE FOOD und staunte, wie überfüllt die Waterside Shops waren. Das Einkaufszentrum war voll von Luxusgeschäften und schien rezessionssicher zu sein. Naples befand sich in einer Blase, aber sie drohte nicht zu platzen.

Frank Locastro schlängelte sich durch die Tische. »Tut mir leid, ich wurde bei einem Anruf mit einem Kunden aufgehalten.«

»Kein Problem. Haben Sie bei Morgan Stanley viel zu tun?«

»Oh, auf jeden Fall. Viele Leute machen sich Sorgen, dass der Markt überbewertet ist, und jetzt, bei den hohen Zinsen, wollen viele ihr Geld lieber liquide halten.«

»Nachdem sie jahrelang nichts bekommen haben, bekommen Sparer endlich wieder etwas.«

»Ja und nein. Vergessen Sie nicht, wenn die Banken Ihnen fünf Prozent zahlen, ist die Inflation höher. Unterm Strich verlieren Sie also immer noch an Kaufkraft.«

»War ja klar.« Ich nahm eine Speisekarte. »Ich mag die Ancient-Grain-Bowl.«

»Die nehme ich auch immer.«

Wir gaben unsere Bestellungen auf und ich sagte: »Erzählen Sie mir die Vorteile des Leerverkaufs einer Aktie.«

»Auf dem Spielfeld wollen Sie nicht mitmischen, Beck.«

»Ich habe nicht vor, das selbst zu tun. Ich erwäge, einen Fall anzunehmen, und dafür muss ich die Sache von allen Seiten verstehen. Also, was spricht dafür?«

»Leerverkäufe spielen eine wichtige Rolle für die Effizienz der Märkte. Sie erleichtern die Sekundärmärkte, verbessern die Preisbildung und beeinflussen die Unternehmensführung.«

»Preisbildung?«

»Der Preis einer Aktie. Wir haben es immer wieder gesehen, wie beim Ansturm auf grüne Energie und insbesondere auf Elektrofahrzeuge. Die Leute stürzen sich darauf, aber außer Tesla ist niemand auch nur annähernd dabei, Geld zu verdienen. Diese Unternehmen werden zu unrealistischen Bewertungen gehandelt, verbrennen Unmengen an Geld und Leerverkäufer können dazu beitragen, sie auf den Boden der Tatsachen zurückzuholen.«

»Indem sie aufzeigen, dass sie niemals so viel Geld verdienen werden, um den Aktienkurs zu rechtfertigen?«

»Indirekt, ja.«

»Und die Sache mit der Unternehmensführung. Erklären Sie mir das.«

»Nun, wenn der Aktienkurs eines Unternehmens hoch ist, kann das die zugrunde liegende Situation verschleiern. Es gibt keinen Druck auf das Management, etwas zu unternehmen, um die Probleme eines Geschäfts zu beheben. Wenn die Leerverkäufer angreifen, ist das Management gezwungen zu handeln.«

Die Kellnerin stellte unsere Bowls ab. Frank sagte: »Hätten Sie mir vor zwanzig Jahren gesagt, dass ich das hier mal essen würde, hätte ich Sie für verrückt erklärt.«

Ich nahm eine Gabel voll Quinoa. »Ich auch. Aber es ist gut.«

Als Frank anfing zu essen, sagte ich: »Leerverkäufer haben also eine Funktion?«

»Ja. Sie bekommen eine Menge schlechte Presse, aber die Guten erfüllen einen Zweck. Sie nehmen Unternehmen genau unter die Lupe und ihre Recherchen sind von unschätzbarem Wert.«

»Wer sind die Guten?«

»John Paulson, er hat zwanzig Milliarden verdient, als er 2008 den Hypothekenmarkt als das erkannte, was er war. Jim Chanos ist auch gut, ebenso wie Ackman und Livermore.«

»Wo ordnen Sie Melvin Weiss ein?«

Sein Augenrollen war vielsagend. »Er war erfolgreich, aber was er mit South Florida Aeronautics abgezogen hat, war nicht ganz koscher.«

»Ich habe gehört, er habe gelogen.«

»Das Unternehmen hatte seine Schwierigkeiten, aber ich habe den Research-Bericht gelesen, den Morgan Stanley herausgegeben hat. Ich bin kein Analyst, aber ihre finanzielle Lage war nicht so schlecht.«

»Können Sie mir den schicken?«

———

ICH MELDETE mich bei meinem VPN an und durchsuchte die Website von *Gulf Shore Life* nach Bildern der Wohltätigkeitsszene von Naples. Toby rollte sich neben meinem Stuhl zusammen. Der Leerverkäufer Weiss und seine Frau tauchten auf Bildern von vier Veranstaltungen des letzten Monats auf.

Tobys Magen machte ein seltsames Geräusch. »Alles in Ordnung mit dir, mein Junge?«

Er rollte sich noch enger zusammen. Es war einen Monat her, dass er mich die ganze Nacht wach gehalten hatte. Bei unserem normalen Spaziergang um sechs Uhr hatte er sich nicht gelöst. Ich würde vor dem Schlafengehen noch einmal mit ihm rausgehen.

Ich teilte meinen Bildschirm, rief die Website von Youth Haven auf und verglich die Damen in deren Vorstand mit denen auf den Bildern von *Gulf Shore Life*. Es gab drei Übereinstimmungen. Ich kopierte die Bilder und notierte mir die Namen.

Bei der weiteren Recherche über Weiss' Frau fand ich heraus, dass sowohl er als auch sie in den Vorständen des Guadalupe Center und des Baker Senior Center saßen. Die Bakers, deren Name in ganz Naples prangte, führten die philanthropische Szene der Stadt an.

Ich navigierte zur Website des Guadalupe Center. Auf der Startseite wurde eine Gala namens »Eine Nacht in Marokko« beworben. Die jährliche Veranstaltung war das Aushängeschild der Wohltätigkeitsorganisation. Es überraschte nicht, die Namen von Cynthia und Melvin Weiss als Co-Vorsitzende auf der Liste zu sehen.

Weiss schien nett genug zu sein, aber es war sicher, dass seine Frau die treibende Kraft hinter ihrem Spendenengagement war. Das Vermögen des Leerverkäufers wurde auf fast sechshundert Millionen Dollar geschätzt. Mehr Geld anzuhäufen, stand hinter dem Erklimmen der sozialen Leiter und dem Streben nach persönlicher Anerkennung zurück.

Gerade als ich eine weitere Suche starten wollte, knurrte Tobys Magen. Ich schob mich vom Schreibtisch weg. »Komm, mein Junge. Wir gehen eine Runde.«

Ich legte ihm die Leine an und wir gingen nach draußen.

Eine dunkle Limousine schlich die Straße entlang. Es war das einzige Auto. Toby zog mich zu einem Briefkasten. Er erledigte sein Geschäft, ich packte es in einen Beutel ein, in der Hoffnung, dass sich sein Magen dadurch beruhigen würde, und wir machten uns auf den Rückweg.

Die Rücklichter des Wagens verschwanden um die Ecke. Als wir uns meiner Einfahrt näherten, erregte ein Rascheln im Gebüsch neben dem Nachbarhaus meine Aufmerksamkeit. Ich blieb stehen und musterte den stockdunklen Bereich.

Toby fing an zu bellen. Ich machte einen Schritt in Richtung des Grünstreifens, und eine schwarz gekleidete Gestalt rannte davon. Ich setzte ihr mit Toby nach. Sie trug etwas.

War es eine Waffe?

Ich hielt inne und der Mann rannte nach links auf den Golfplatz und in die Dunkelheit. Wer war er und was tat er hier? Nachdem ich die Sicherheitsstreife benachrichtigt hatte, zog ich mich ins Haus zurück.

Während Toby auf seinem Greenies-Zahnpflege-Leckerli kaute, schaltete ich die Alarmanlage scharf und vergewisserte mich, dass die Türen abgeschlossen waren. Ich rief den Wachmann im Pförtnerhaus an: In den letzten zwei Stunden hatte niemand einen der beiden Eingänge betreten oder verlassen.

Das war überraschend. Wenn ein Profi in eine bewachte Wohnanlage eindringen wollte, würde ihn das Sicherheitstheater nicht abschrecken. Die Frage war, ob ich ins Visier genommen worden war, und wenn ja, von wem?

17

MARIO KAM LOCKER IN DEN AUßENBEREICH VON RUSTY'S Bar spaziert. Mit seinen Cargoshorts und einer Perlenkette passte er perfekt hierher. Er zeigte mir den Daumen nach oben und steuerte auf den Stehtisch zu, an dem ich hockte.

Er ließ sich auf einen Hocker gleiten. »Hey.«

Als wir uns einen Faustgruß gaben, bemerkte ich den beißenden Geruch von Marihuana. War das Kiffen der Grund, warum er immer so entspannt war? Er schien unsere Erfahrungen in der Pflegefamilie abgeschüttelt zu haben.

Das einzige Mal, dass ich Mario wütend gesehen hatte, war, als wir den Pflegevater aufgespürt hatten, der uns regelmäßig verprügelt hatte. Als die Gelegenheit, das besoffene Arschloch in den tosenden Atlantik zu stoßen, den Bach runterging, verwandelte er sich in ein wütendes Monster, das ich nicht wiedererkannte.

Ich schnupperte. »Hast du gerade einen Joint geraucht?«

»Ja, wieso?«

»Übertreib's nicht mit dem Zeug.«

Er lächelte und zeigte auf mein Wodkaglas. »Übertreib's nicht mit dem Tito's, Papi.«

Ich runzelte die Stirn. »Wenigstens weiß ich, was in einer Flasche ist. Du hast keine Ahnung, was die in das Zeug mischen, das du kaufst. Manche Dealer tun Fentanyl in alles Mögliche.«

»Du machst dir immer Sorgen. Du musst mal runterkommen, Mann.«

Leichter gesagt als getan.

Ein Kellner mit Pferdeschwanz kam an unseren Tisch. »Was darf es für Sie sein?«

Mario antwortete: »Eine Flasche Heineken.«

»Auch etwas zu essen?«

Ich sagte: »Willst du dir eine Platte mit BLT-Slidern teilen?«

»Ja, die sind gut.«

Der Kellner versprach, einen weiteren Slider zu den drei dazuzugeben, die standardmäßig auf der Platte waren, und ging.

Ich senkte die Stimme und fragte: »Was hast du über den Arzt herausgefunden?«

Mario hob einen Finger. Der Kellner tauchte auf, stellte Marios Bierflasche ab und ging wieder.

»Der hat das Rückgrat einer Qualle.« Mario nahm einen Schluck und fuhr fort: »Khan scheint ein ganz netter Kerl zu sein, aber er schwimmt mit dem Strom.«

»Das liegt daran, dass er neu ist und nicht aus den Staaten kommt.«

»Das geht tiefer.«

Ich rührte mit dem Strohhalm in meinem Wodka, anstatt etwas darüber zu sagen, dass ich ihm die Informationen aus der Nase ziehen musste. »Inwiefern?«

»Bitte sehr, die Herren. Guten Appetit.« Der Kellner stellte unsere BLTs und eine Rolle Papiertücher ab.

Mario nahm einen Slider und biss hinein. »Mann, ist der gut. Das einzige Problem ist, dass sie zu klein sind.« Er lachte.

»Was ist mit Khan?«

»Rate mal, wer für ihn beim Visumsantrag gebürgt hat?«

»Das Krankenhaus?«

»Nee.« Er stopfte sich den Rest des Sliders in den Mund.

Ich zählte bis zehn, während er sich den Mund abwischte. »Wer hat Khan ins Land geholt?«

»Simone Jackson.«

»Willst du mich verarschen?«

Er griff nach einem weiteren Slider. »Nee. Khan hat mir erzählt, dass ein Freund seines Vaters bei Physician Regional arbeitet, und die kümmern sich nicht mehr um die ganze Visum-Green-Card-Sache, weil sie das zu viel Geld für Einwanderungsanwälte gekostet hat. Jedenfalls ist dieser Typ mit Jackson befreundet. Er hat Simone von Khan erzählt und dass das Krankenhaus ihn einstellen würde, wenn er ins Land kommen könnte. Jackson hat dann für ihn gebürgt.«

»Und jetzt steht Khan in ihrer Schuld.«

»Ohne Zweifel.«

»Was für Erfahrungen hat er in der Säuglingspflege?«

»Keine, die ich finden konnte. Khan ist ein normaler, du weißt schon, Allgemeinmediziner. Er ist erst seit ein paar Jahren da.«

»Scheiße. Wahrscheinlich hat er gerade erst angefangen, als das Duber-Kind eingeliefert wurde. Er hätte sich auf keinen Fall dem widersetzt, was Jackson wollte.«

»Wahrscheinlich nicht.«

»Hat er irgendwas über sie gesagt?«

»Khan sagte, Jackson kontrolliere ihn ständig; sie vertraut ihm nicht. Oh ja, hör dir das an – er sagte, sie wollte seinen Urlaub nicht genehmigen, als er seine Eltern in Indien besuchen wollte. Obwohl ihm drei Wochen zustanden, hat sie ihn gezwungen, die Reise in nur einer Woche zu machen. Er wollte zur Personalabteilung gehen, hatte aber Angst vor ihren Vergeltungsmaßnahmen.«

»Das ist doch irre, für eine Woche so weit zu reisen. Ich meine, der Flug dauert zwanzig Stunden. Man verliert im Grunde zwei Tage für die Hin- und Rückreise.«

»Diese Frau klingt wie eine Tyrannin, und den Typ kennen wir ja, nicht wahr?«

Ein Bild des letzten Pflegevaters, den Mario und ich hatten, schoss mir durch den Kopf. »Es geht nur um Unsicherheit. Dieses Arschloch Bryant hat uns herumkommandiert, damit er sich gut fühlt.«

»Wir hätten ihn erledigen sollen, als wir die Chance dazu hatten.«

»Das ist egal, er ist jetzt tot.«

»Na, mir ist das verdammt noch mal nicht egal!« Er rutschte vom Hocker. »Sind wir fertig? Ich muss los. Ich lasse neue Reifen auf meine Karre ziehen.«

»Klar. Die Rechnung geht auf mich. Wir reden später.«

Die Wut überraschte mich. Mario war nicht so gelassen, wie er einen glauben machen wollte, oder bedrückte ihn etwas? Ich warf einen Fünfziger auf den Tisch, winkte dem Barkeeper zu und hetzte Mario hinterher.

Er setzte gerade aus einer Parklücke in der Nähe der Tierklinik Pet Oasis zurück. Ich klopfte an die Seite des Wagens und er trat auf die Bremse.

»Was ist los?«

Der Wagen war heiß. »Ich habe vergessen zu erwähnen, neulich Abend war ich mit Toby spazieren. Es war später als sonst und auf dem Rückweg sah ich einen Mann, der sich an der Seite meines Hauses versteckte.«

»Wer war es?«

»Ich weiß nicht. Ist dir irgendwas Seltsames aufgefallen? Irgendetwas Verdächtiges?«

»Nein. Nichts.«

»Okay. Halt die Augen offen.«

»War wahrscheinlich nichts.«

»Der sich um zehn Uhr nachts hinter meinen Büschen versteckt?«

Mario zuckte mit den Schultern. »Es gibt viele zwielichtige Gestalten hier.«

Er hob eine Hand zum Abschied, bog aus der Parklücke und raste davon. Ich starrte ihm nach, als er eine scharfe Linkskurve auf den Tamiami Trail machte und die Reifen quietschen ließ.

Ich wandte mich ab und ging nach Hause. Mein Gespräch mit Cynthia Weiss über das Ergebnis der Autopsie ihres Babys ließ mich nicht los. Die Frau des Gerichtsmediziners zu verärgern, war keine gute Idee, aber es musste getan werden. Ich würde am nächsten Morgen ihren Mann, Melvin Weiss, im Hospiz besuchen. Er musste wissen, dass es einen zweiten Arzt im Untersuchungszimmer gegeben hatte – einen Arzt ohne Erfahrung in der Säuglingspflege und mit einer starken Motivation, alles zu sagen, was Jackson hören wollte.

»Es könnte ein Dieb gewesen sein. Das heißt nicht, dass er es auf dich abgesehen hatte.«

»Vielleicht. Aber sei so oder so auf der Hut.«

Mario lächelte. »Keine Sorge, du nervöses Hemd.«

———

ICH QUETSCHTE mich in eine Parklücke am Cape Hickory Court. Die Sackgasse war mit den Autos von Strandbesuchern zugeparkt. Schräg gegenüber, auf der anderen Seite des verkehrsreichen Hickory Boulevard, lag die Villa, in der ich schon gewesen war. Ein paar Valets machten sich gerade in der Auffahrt des Weiss-Anwesens bereit.

Mit heruntergelassenem Fenster lehnte ich mich hinaus, zoomte mit meiner Kamera heran und schoss mehrere Fotos von dem Paar, das aus einem blauen Bentley stieg. Die Frau in dem weißen Kleid, das ihre Kurven betonte, kam mir bekannt vor.

Bevor sie die Treppe erreichten, fuhr ein silberner Aston Martin vor. Eine jüngere Frau in weißen Jeans und einem roten Oberteil reichte dem Valet ihre Schlüssel. Sie und ihre Beifahrerin, eine hagere, grauhaarige Dame mit der Haltung eines Marines, warteten darauf, dass ein Mercedes hinter ihnen hielt.

Ich schoss ein Dutzend Fotos, hauptsächlich von den älteren Damen, während sich eine Autoschlange bildete, um zu der Wohltätigkeitsveranstaltung zu gelangen. Es war kaum eine Minute vor dem offiziellen Beginn der Veranstaltung. Respektierten sie etwa Weiss' Vorliebe für Pünktlichkeit?

Nachdem ich ein halbes Dutzend weiterer Besucher fotografiert hatte, fuhr ich weg, zufrieden damit, Munition zu haben, falls Weiss kein faires Spiel gespielt hatte.

18

ALS DER JUBEL VON EINEM CRAPSTISCH VERKLANG, SETZTE sich ein junger Mann neben Simone Jackson an einen Pokertisch. Der Dealer gab jedem Spieler am Tisch zwei Holecards. Alle sahen sich ihre Karten an und der erste Spieler warf einen grünen Chip in die Mitte.

Der zweite Spieler erhöhte und warf zwei Chips hinein. Der nächste Spieler passte und schob seine Karten zum Dealer.

Simone Jackson saß an letzter Position. Als der junge Mann neben ihr mit dem Einsatz mitging, warf sie noch einen Blick auf ihre Karten. Nach dem Mann schob auch sie zwei Chips in den Pot.

Der Dealer legte fünf Gemeinschaftskarten verdeckt aus. Er überflog die Spieler kurz und deckte die Flopkarten auf. Die erste Karte war ein Karokönig, die zweite eine Kreuzacht und die dritte ein Karobube.

Jackson schob ihre Karten in die Mitte. Der jüngere Spieler tat dasselbe. Er beugte sich zu Jackson. »Ich hatte ein Blatt wie ein Fuß.«

Jackson schnaubte. »Meins war auch nicht besser. Der Flop hat mir nichts gebracht.«

»Es gibt fast zwanzigtausend verschiedene Flop-Kombinationen.«

»Wirklich?«

Während die verbleibenden Spieler ihre Einsätze machten, sagte der junge Mann: »Neunzehntausendsechshundert, um genau zu sein.«

»Bei der Zahl klingt Gewinnen ja unmöglich.«

»Mathe ist der Freund eines jeden Kartenspielers. Es geht nur darum, seine Chancen zu verbessern.«

»Ich merke mir die Bildkarten und Asse, weißt du, und verlasse mich auf mein Gespür, ob jemand blufft. Darin bin ich ziemlich gut, jeder hat einen Tell.«

»Die meisten schon, aber wir Profis machen das absichtlich immer anders.«

»Du bist Profi?«

»Ja. Schon seit über acht Jahren. Habe als Senior im College angefangen.«

»Wow. Übrigens, ich bin Simone.«

»Freut mich, dich kennenzulernen.« Er streckte seine Faust aus. »Ich bin Carl.«

Jackson zögerte, bevor sie ihre Faust gegen seine stieß. Sie senkte ihre Stimme. »Du lebst davon?«

Er nickte. »Und zwar gut.« Er zupfte am Bündchen seines Ärmels. »Der einzige Nachteil ist, dass die Casinos die Klimaanlage voll aufdrehen.« Er lächelte, als der Gewinner der Hand seine Chips einsammelte.

»Ich habe dich hier noch nie gesehen.«

»Ich bin gerade erst an die Westküste zurückgekehrt. Ich war an der Florida State University und bin nach dem Abschluss dort geblieben, aber ich bin in Bonita aufgewachsen und wollte zurückkommen. Meine Eltern leben noch dort.«

Der Dealer zog Karten aus dem Kartenschlitten und gab jedem Spieler zwei. Jackson nahm ihre Holecards und sah sie sich an. Sie berührte ihren Chipstapel.

Ein Spieler warf einen grünen Chip hinein und der Rest des Tisches ging mit dem Einsatz von fünfundzwanzig Dollar mit.

Der Dealer deckte den Flop auf: eine Kreuzsechs, eine Karoacht und eine Kreuzneun. Die Wette kam zu Carl, der drei Chips aufnahm. »Fünfundsiebzig.«

Jackson warf einen weiteren Blick auf ihre Karten und ging zusammen mit den anderen Spielern mit.

Der Dealer deckte die Turn-Karte auf, eine Karosieben.

Der Einsatz war beim ersten Spieler, der auf den Filztisch klopfte. Der Spieler zu seiner Linken warf Chips im Wert von fünfzig Dollar in den Pot. Der erste Spieler stieg aus, ebenso wie Jackson und ein weiterer Teilnehmer. Carl erhöhte den Einsatz auf hundert. Der verbleibende Spieler sah Carl an und schob zwei weitere grüne Chips in den Pot.

Der Dealer deckte die River-Karte auf, einen Karokönig. Der andere Spieler stöhnte auf. Er und Carl deckten ihre Holecards auf. Carls Flush schlug die Straight und er strich die Chips ein.

Jackson sah zu, wie Carl seine Chips stapelte. Er hatte sechs Türme. Carl schob sie zum Dealer. »Farbe.«

Der Dealer tauschte die Stapel gegen kleinere, jeweils hundert wert, und wechselte sie in zwölf schwarze Chips im Wert von je hundert Dollar. Carl griff in seine Tasche und warf dem Dealer einen grünen Chip zu.

»Danke.«

Carl stand auf und steckte die schwarzen Chips ein. Er sagte zu Jackson: »Viel Glück.«

»Danke. Ich hoffe, wir sehen uns wieder.«

»Ich bin übermorgen wieder hier.«

»Spielst du Texas Hold'em?«

Er lächelte. »Gibt's denn ein anderes Spiel?« Und ging davon.

Jackson nahm die Holecards auf, die der Dealer gerade ausgeteilt hatte. »Wow, der Typ kann wirklich spielen.«

Der Einsatz betrug fünfundzwanzig Dollar. Sie sah sich ihre Karten erneut an: eine Kreuzfünf und eine Pikneun. Sie blickte auf die Flopkarten, erinnerte sich, dass Carl oft früh ausstieg, und schob ihre Karten in die Mitte.

Jackson musste mit ihrem Geld haushalten. Sie musste einen klügeren Weg zu spielen finden, wenn sie aus ihren Schulden herauskommen wollte. Es gab YouTube-Videos, die Systeme anpriesen, und sie hatte im Laufe der Jahre einen Stapel Bücher über Poker gekauft.

Sie sah zu, wie der Flop aufgedeckt wurde: zwei Damen und ein Ass. Früh auszusteigen war die richtige Entscheidung gewesen. Wenn sie die richtige Strategie wählte und sich daran hielt, hätte sie eine bessere Chance, als Gewinnerin nach Hause zu gehen.

Als die River-Karte aufgedeckt wurde, setzte sich eine Frau auf den Stuhl, den Carl freigemacht hatte. Eine schnelle Wettrunde folgte. Der Mann zu Jacksons Linken gewann mit zwei Paaren: Assen und Damen.

Eine weitere Runde Holecards wurde ausgeteilt. Jackson linste auf ihre Karten, als der Dealer die Gemeinschaftskarten auslegte.

Jacksons Herz raste. Sie hielt ein Paar Achten. Als die Wette bei ihr ankam, erhöhte sie nicht, aber die Frau neben ihr erhöhte auf fünfzig Dollar. Als die Wette wieder bei Jackson ankam, erhöhte sie auf fünfundsiebzig.

Alle stiegen aus, außer der neuen Spielerin, die auf einhundert erhöhte. Jackson ging mit dem neuen Gebot mit, was ihr nur noch drei Chips ließ.

Sie hielt Buben. Ihr Herz pochte. Der Dealer deckte die erste Gemeinschaftskarte auf: ein Bube. Jacksons Puls beschleunigte sich. Sie hatte jetzt einen Drilling. Als sie einen weiteren Einsatz machte, hob die andere Frau eine Augenbraue. Die Spielerin ging mit. Der Dealer legte eine Dame hin. Die Frau tat ihre Chips in den Pot. »Ich erhöhe um hundert.«

Jackson konnte sich das nicht leisten. Sie passte.

Als sie die Hand gefoldet hatte, grinste die Frau und zeigte ihre Karten: ein Paar Damen. Jackson stand von ihrem Stuhl auf. »Es tut mir leid, aber Sie müssen mir noch hundertfünfundzwanzig geben.«

Die Frau sagte: »Ich habe meine Chips eingezahlt.«

Jackson nickte dem Dealer zu und der Pitboss kam an den Tisch. »Gibt es ein Problem, Ma'am?«

»Ja. Ich habe mit ihr um Chips gespielt und sie ist mir etwas schuldig.«

Die Frau schüttelte den Kopf. »Ich zeige meine Karten nicht, wenn ich nicht muss. Sie ist ausgestiegen. Ich habe die Hand gewonnen.«

»Regeln sind Regeln. Sie muss die Karten aufdecken.«

Der Pitboss nickte. »Das Gesetz des Landes.«

Die Frau drehte ihre Karten um und gab Jackson die schwarzen Chips.

Jackson nickte. »Wir spielen später weiter.«

Der Dealer deckte die Flop-Karten auf: einen Pik-Buben, eine Herz-Zwei und eine Kreuz-Acht. Die Dame neben ihr setzte hundert. Jackson sagte: »Kredit.« Der Dealer blickte über seine Schulter. Der Pitboss nickte und hielt fünf Finger hoch.

Der Dealer zählte Chips im Wert von fünfhundert Dollar ab und legte sie zusammen mit einem Schuldschein, den sie unterschreiben sollte, vor Jackson hin. Sie kritzelte ihren Namen darauf und schob all ihre Chips in den Pot. »All-in.«

Die Frau zögerte nicht und zählte Chips im Wert von vierhundertfünfundsiebzig Dollar ab. Jackson hielt den Atem an, als der Dealer die Turn-Karte aufdeckte, eine Karo-Sieben. Er sah beide Spielerinnen an, bevor er die River-Karte enthüllte, eine Herz-Zwei.

Jackson deckte ihre Handkarten auf. »Drei Achten.«

Die Frau lächelte und legte ein Paar Buben hin. »Drei Buben.«

Jackson atmete aus. »Das war's für heute Abend.« Sie stand auf und sah den Dealer an. »Ich stehe bei Ihnen in der Kreide; ich kümmere mich beim nächsten Mal darum.«

Sie ging zum Parkplatz und schwor sich, endlich *Harrington on Hold'em* zu lesen. Vor drei Jahren hatte sie mit dem meistverkauften Pokerbuch der Geschichte angefangen, aber die ganze Mathematik darin hatte sie davon überzeugt, dass sie ein visueller Lerntyp war. Sie war in so manches Kaninchenloch abgetaucht und hatte sich unzählige Strategievideos auf YouTube angesehen.

Jackson betrat den Parkplatz. Während sie nach ihren Schlüsseln fischte, fiel ihr Blick auf den Schuldschein. Die fünfhundert Dollar, die sie sich geliehen hatte, erhöhten ihre Schulden beim Casino auf viertausendfünfhundert Dollar.

Es war erst drei Monate her, dass sie bei ihnen reinen

Tisch gemacht hatte. Die zweite Hypothek, die sie aufgenommen hatte, beglich die achtzigtausend, die sie zwei
Casinos schuldete, und die fünfzigtausend, die sie sich von
ihrer Altersvorsorge geliehen hatte.

Wenn sie das Blatt nicht wenden könnte, wäre sie
gezwungen, bei ihrer Pensionierung ihr Haus zu verkaufen.
Dann ginge es zurück in die von Kriminalität geprägten
Viertel und die miesen Wohnungen, in denen sie als Kind
gelebt hatte. Sie straffte die Schultern und schwor sich, alles
dafür zu tun, um das zu vermeiden.

Zwei Männer kamen lachend und sich abklatschend aus
dem Casino. Als sie vom Bordstein traten, erkannte Jackson
sie; sie waren am anderen Pokertisch gewesen. Wie viel
hatten sie wohl gewonnen?

Es war das zweite Mal in diesem Monat, dass sie sie
feiern sah. Welche Strategien benutzten sie? Jackson fuhr
vom Parkplatz und schwor sich, vor dem Schlafengehen
eine Stunde in diesem Pokerbuch zu lesen.

19

SIMONE JACKSON WARTETE, BIS EIN BUS SEINE PASSAGIERE aufgenommen hatte. Als der Strom von Senioren abriss, fuhr sie in eine Parklücke.

Jackson griff in ihre Handtasche und holte ein Blatt Papier hervor. Das Pokerbuch zu lesen war schwierig, aber sie hatte es überflogen und sich Notizen gemacht.

Sie sah sich an, was sie darüber aufgeschrieben hatte, was zu tun ist, wenn man den Einsatz erhöht und ein anderer Spieler noch einmal erhöht:

- *Wenn dein Einsatz noch einmal erhöht wird, überlege, wie viele Spieler noch dabei sind. Je höher die Spieleranzahl, desto größer die Bedrohung.*
- *Wie stehen die Pot Odds? Wenn tausend Dollar im Pot sind und es nur hundert kostet, um dabeizubleiben, dann sind das zehn zu eins, eine sehr günstige Situation, wenn du ein solides Blatt hast.*
- *Wie viele Spieler müssen sich nach dir noch*

entscheiden, ob sie die Erhöhung mitgehen oder nicht?
Mehr Spieler bedeuten mehr Risiko.

* *Ist es noch früh im Spiel? Hast du genug Chips, um*
  den Verlust zu verkraften und weiterzuspielen?

Sie lächelte und stieg aus ihrem Wagen. Das war ein guter Anfang. Es war nicht alles, aber sie hoffte, dass es heute Abend zum Gewinnen reichen würde.

Die Tür glitt auf und ein Schwall eiskalter Luft schlug ihr entgegen. Sie überflog mit dem Blick den Kassenschalter. Sie ging zu einer Frau, die sie nicht kannte, und tauschte achthundert Dollar, fast ihren ganzen Lohn, gegen Chips ein.

Sie stopfte sie in ihre Jeans und steuerte auf die Pokertische zu.

Eine männliche Stimme sagte: »Hey, wie geht's dir?«

Jackson drehte sich um. Es war Carl. »Oh, hi.«

»Spielst du heute Abend?«

»Ja, du auch?«

»Noch nicht sofort. Ich habe noch nichts zu Abend gegessen. Ich will mir was zu essen holen. Willst du mitkommen?«

»Ich habe schon gegessen.«

»Komm doch auf einen Drink oder einen Kaffee mit. Wir können über Poker reden.«

»Klar.«

Sie gingen ins EE-TO-LEET-KE Grill. Jackson fragte: »Weißt du, was der Name dieses Restaurants bedeutet?«

»Nein. Aber ich wette, es ist indianisch.«

»Es ist das Seminolen-Wort für Lager.«

»Interessant.« Er lächelte und zeigte auf den Teppichboden. »Sie müssen die Farbe Rot wohl mögen.«

»Ich weiß.« Sie runzelte die Stirn. »Es ist fast blendend.«

Sie setzten sich an einen Tisch und ein Kellner reichte ihnen die Speisekarten. »Darf ich Ihnen für den Anfang schon einen Cocktail bringen?«

Carl warf einen Blick auf die Karte und sagte: »Ein New York Strip, medium well, und einen Kräutertee.«

Jackson sagte: »Für mich nur einen Kaffee, bitte.«

Der Kellner ging und Jackson sagte: »Das ging aber schnell. Warst du schon mal hier?«

»Nein. Auf der Karte standen drei Strip Steaks. Die Chancen stehen gut, dass das ihr bestes Gericht ist.«

»Da hast du wahrscheinlich recht.«

»Ich will mich nicht einmischen, aber ich würde dir nicht empfehlen, normalen Kaffee zu trinken, wenn du spielst. Er macht dich zu nervös und das führt zu Fehlern.«

»Das ist ein guter Punkt.«

»Was machst du beruflich?«

»Ist es so offensichtlich, dass ich keine professionelle Spielerin bin wie du?«

»Nimm es mir nicht übel, aber ja, das ist es.«

»Ich bin die Leiterin des Jugendamtes in Collier County.«

»Schön. Das ist eine wichtige Berufung.«

»Das ist es. Woran hast du erkannt, dass ich kein Profi bin?«

»Werd nicht paranoid, aber ich habe dich neulich beim Spielen beobachtet, so wie ich das mit allen Spielern mache. Bevor ich mich an einen Tisch setze und spiele, will ich ein Gefühl dafür bekommen, wer da sitzt.«

Jackson nickte. »Du bist ein guter Spieler. Die letzte Hand, als du den Flush hattest, war perfekt gespielt. Du wusstest, dass du ihn geschlagen hattest.«

»Nein, wusste ich tatsächlich nicht. Was ich wusste, war, dass die Chancen zu meinen Gunsten standen. Er hatte eine Straße und ich hatte eine Fünfzig-fünfzig-Chance auf einen Flush.«

»Fünfzig-fünfzig? Wie kommst du darauf? Bei vier Farben sollte es eine Eins-zu-vier-Chance sein.«

»Genau da kommt es ins Spiel, den Überblick darüber zu behalten, was bereits ausgeteilt wurde.«

Der Kellner brachte die Getränke herüber. »Es tut mir leid, aber ich wollte eigentlich einen entkoffeinierten Kaffee bestellen.«

»Kein Problem, Ma'am. Ich bin gleich wieder da.«

Carl sagte: »Wie lange spielst du schon?«

»Schon lange.«

»Wie oft gehst du als Gewinnerin nach Hause?«

Jackson zuckte mit den Schultern. »Nicht oft genug.«

»Das kannst du ändern, aber du musst deine Spielweise komplett umkrempeln.«

»Ich bin ganz Ohr.«

»Also, du musst bei deinen Tells anfangen.«

»Meine Tells? Was mache ich denn?«

»Wenn du ein gutes Blatt hast, berührst du deinen Chipstapel.«

»Wirklich?«

»Ja. Das ist ein eindeutiges Zeichen und sabotiert deine Chance, einen großen Pot aufzubauen. Du musst nicht jede Hand gewinnen, aber wenn du gewinnst, muss der Pot so groß wie möglich sein.«

»Das leuchtet ein.«

»Ich sehe, du trägst keinen Nagellack.«

»Mache ich nie.«

»Gut. Der lenkt nur die Aufmerksamkeit auf deine Hände und auf das, was du mit ihnen machst.«

Sie nickte. »Noch andere Tells?«

Der Kellner stellte Carls Steak und Jacksons entkoffeinierten Kaffee ab.

Carl schnitt ein Stück Steak ab und überprüfte die Farbe. »So nah an medium, wie ich es an einem Ort wie diesem erwarten würde.« Er schob sich das Stück in den Mund und kaute. »Das andere Offensichtliche, was du machst, ist, wenn du mit einem schwachen Blatt checkst oder einen Einsatz erhöhst.«

Ihre Augen weiteten sich. »Was mache ich da?«

»Du schiebst deine Chips energisch rein.«

»Meine Güte, ist das so auffällig?«

»Wenn man weiß, worauf man achten muss.«

»Siehst du, dass andere Spieler die gleichen Dinge tun?«

»Nur die besten Spieler können ihre Emotionen verbergen.«

Jackson nickte. »Daran werde ich arbeiten. Vielleicht die Chips nur noch berühren, wenn ich sie bewege.«

»Oder spiel die ganze Zeit mit ihnen. Sei einfach konsequent, damit sich kein Muster abzeichnet.«

»Wie hast du gelernt, so gut zu spielen?«

»Das hat Jahre und Aberjahre gedauert.«

»Du bist doch erst Ende zwanzig.«

»Achtundzwanzig. Aber ich habe die Zeit investiert, um die Gewinn- und Verlustwahrscheinlichkeiten von Blättern und Situationen zu lernen.«

»Wie viel Zeit?«

Carl legte sein Besteck hin und griff in seine Gesäßtasche. Er legte ein Kartenspiel auf den Tisch.

»Hast du immer ein Kartenspiel dabei?«

»Mindestens eins.« Er nahm die Karten aus der Schachtel und hob sie mit einer Hand ab.

»Das sieht bei dir so einfach aus.«

»Ist es auch, wenn man die nötige Zeit reinsteckt.« Er fächerte das Spiel mit einer Hand auf, schob es wieder zusammen und ließ die Karten mit der anderen Hand federnd von einer Hand in die andere schnellen.

»Du solltest Kartentricks vorführen.«

»Kann ich auch, aber wenn man keine Fernsehshow oder so was bekommt, verdient man das Geld mit dem Spielen.«

»Ah, meinst du, du könntest es mir beibringen? Ich kann dich bezahlen und ich werde dir auch nicht auf die Nerven gehen oder so.«

»Das würde dauern, sehr lange sogar. Die meisten Leute haben nicht das nötige Stehvermögen. Sie haben vielleicht gute Absichten, aber sie halten nicht lange genug durch, um die Lorbeeren zu ernten.«

»Ich schon. Ich bin verdammt hartnäckig.«

»Warum hast du es dann nicht schon längst getan?«

»Ich werde es jetzt tun.«

»Warum? Was hat sich geändert?«

Jackson beugte sich vor. »Weil ich es satthabe, zu verlieren. Ich musste eine zweite Hypothek aufnehmen, um diesen Laden hier zu bezahlen, und ich sitze in einem verdammten Loch. Einem tiefen.«

Carl kaute auf einem Stück Steak und starrte sie an. Er schluckte und legte seine Gabel hin. »Das nenne ich mal einen Motivationsfaktor.«

»Du bringst es mir also bei?«

»Es wird eine Weile dauern, vielleicht ein Jahr bis achtzehn Monate, vielleicht sogar länger, bis sich einiges davon in dein Spiel eingebrannt hat.«

»Das ist in Ordnung. Damit komme ich klar.«

»Es wird dich zwanzig Prozent deiner Gewinne kosten. Auf Nettobasis, also unter Berücksichtigung der Tage, an denen du verlierst. Du bezahlst mich jeden Freitag, ohne Ausreden oder Verzögerungen.«

»Das ist fair.«

»Und frag mich nicht, ob ich dir Geld leihe. Das ist etwas, das ich niemals tue.«

»Ich verspreche, dass ich es nicht tun werde.«

Carl lächelte. »Na gut, dann wollen wir mal mit der Arbeit anfangen.«

20

Carl bezahlte die Rechnung und stand auf. Jackson starrte auf den Fünfziger, den er für die Bedienung liegen ließ, und folgte ihm dann ins Casino. Unter dem Piepen und Klingeln der Automaten sagte Carl: »An den Automaten zu spielen ist wie einen Lottoschein zu kaufen. Ich weiß, dass manche Leute den ganzen Tag damit verbringen, aber die haben miese RTP-Quoten.«

»RTP? Was ist das?«

»Es steht für Return to Player, also die Auszahlungsquote an den Spieler. Die meisten Automaten laufen bei achtzig bis neunzig Prozent. Für jeden Hunderter, den du in den Automaten steckst, gibt er nur achtzig bis neunzig Dollar zurück.«

»Welches Spiel hat die beste Auszahlungsquote?«

»Blackjack, Baccarat und Craps liegen alle bei ungefähr neunundneunzig Prozent, je nach Strategie.«

»Und was ist mit Texas Hold'em? Wie hoch ist da die RTP?«

»Poker ist anders, da spielst du gegen andere Spieler,

nicht gegen die Bank. Die Bank nimmt sich einen Rake von jedem Pot, aber das ist keine große Sache. Wenn du klug spielst, kannst du gewinnen.«

Carl blieb etwa eine halbe Autolänge von einem Pokertisch entfernt stehen. »So, wir werden uns jetzt diesen Tisch ansehen. Ich will, dass du genau studierst, was jeder Spieler macht, und es mit dem Blatt, das er hat, und seinen Einsätzen in Verbindung bringst.«

»Okay. Ich werde auf ihre Körpersprache achten.«

»Genau. Ich werde das Spiel fünfzehn bis zwanzig Minuten lang beobachten, bevor ich entscheide, ob ich mich dazusetze oder nicht. Ich will nicht, dass du spielst, halt einfach die Augen offen. Und auch die Ohren; manche Spieler benutzen ihren Mund, um einzuschüchtern und abzulenken.«

»Werde ich.«

»Beobachten lehrt dich, wie Spieler spielen, und es gibt immer Ähnlichkeiten in den Dingen, die wir Menschen tun. Es lehrt dich auch Geduld, die unbezahlbar ist. Sei nicht so erpicht darauf, dich hinzusetzen und zu spielen. Es ist entscheidend, dass du verstehst, wer in dem Spiel sitzt, in das du einsteigst, und wie die Karten gespielt werden.«

»Wie merkst du dir all die Karten? Und was ist mit denen, die verdeckt sind? Die siehst du ja nicht.«

»Halten wir es an dieser Stelle einfach. Wir können der genauen Wahrscheinlichkeit näherkommen, wenn wir verfolgen, welche Karten gespielt wurden. Fürs Erste werden wir mit Outs arbeiten. Weißt du, was Outs beim Poker sind?«

»Sollte ich wahrscheinlich, aber ...«

»Das ist schon in Ordnung. Outs sind Karten, die dein Blatt verbessern können. Sagen wir, du hast zwei Kreuz in der Hand und im Flop liegen zwei Kreuz. Du brauchst noch eines für einen Flush. Da wir wissen, dass es dreizehn Kreuz in einem Deck gibt, bleiben noch neun andere Kreuz-Karten übrig, die man Outs nennt.«

»Klar, das weiß ich.«

»Gut. Das ist der erste Schritt, um die Gewinnwahrscheinlichkeit, Equity genannt, beim Poker zu berechnen.« Carl deutete auf eine Stelle an der Wand, abseits des Geschehens. »Reden wir dort drüben weiter.«

Er lehnte sich an die Wand. »Also, hinter der Berechnung der Wahrscheinlichkeiten steckt eine Menge Mathematik. Versuch, mir zu folgen, ich halte es einfach. In dem Beispiel, über das wir gerade gesprochen haben, hast du zwei Kreuz und es liegen zwei in den Gemeinschaftskarten. Es gibt zweiundfünfzig Karten in einem Deck und wir können nur fünf davon sehen: deine beiden Hole Cards und die drei Flop-Karten. Damit bleiben uns siebenundvierzig unbekannte Karten.«

Jackson nickte.

»Da wir neun Chancen oder Outs haben, unseren Flush zu machen, ist die Rechnung neun durch siebenundvierzig. Runden wir das mal auf zehn zu fünfzig auf, was zwanzig Prozent sind.«

»Stimmt. Zehn ist ein Fünftel von fünfzig. Also zwanzig Prozent. Ich verstehe.«

»Genau, und keine besonders guten Chancen.«

»Stimmt.«

»Aber wir haben ja noch zwei Karten, die kommen: der Turn und der River. Sagen wir, der Turn ist kein Kreuz, dann haben wir neun Chancen bei den verbleibenden sechsundvierzig Karten, was ungefähr neunzehneinhalb Prozent sind. Das ist etwas höher als am Turn. Der

Schlüssel ist, die beiden zu addieren, was also grob einer Gewinnchance von über vierzig Prozent entspricht, bevor die Turn-Karte aufgedeckt wird.«

»Hmm.«

»Ich sehe schon, wie deine Augen glasig werden.«

Jackson schnaubte und Carl sagte: »Ich weiß, es ist schwierig und es ist besonders schwer, das unter dem Druck des Spiels auszurechnen. Arbeiten wir also mit der Zwei-und-Vier-Regel, um die Sache zu vereinfachen.«

»Vereinfachen klingt gut für mich.«

»Bleiben wir beim selben Beispiel: Du hast zwei Kreuz auf der Hand und zwei liegen im Flop, also sind noch neun im Deck. Wir multiplizieren die neun mit vier, das ergibt sechsunddreißig Prozent am Flop, und mit zwei – neun mal zwei – am Turn, was dir achtzehn Prozent gibt. Du siehst, das ergibt vierundfünfzig Prozent, höher, aber in der gleichen Größenordnung wie das, was wir vorher mit der ganzen Rechnerei ermittelt haben.«

»Die Abkürzung gefällt mir.«

»Sie ist alles andere als perfekt und nur ein Ausgangspunkt.«

»Ich weiß, aber die Sache mit der Zwei und der Vier ist ein guter Trick, um zu gewinnen.«

»Es ist falsch, es als Trick zu betrachten. Hier geht es darum, Mathematik zu nutzen, um die Wahrscheinlichkeiten zu verstehen und deine Gewinnchancen zu verbessern.«

»Ich verstehe schon, aber ich freue mich, die Wahrscheinlichkeiten zu kennen.«

»Das ist ein Babyschritt. Mit dem Unterschied zwischen vierzig und vierundfünfzig Prozent kann man sich einen netten Lebensunterhalt verdienen.«

»Da bin ich mir sicher.«

»Vergiss auch nicht, dass das Beispiel, das ich dir gegeben habe, nur zwei Spieler hatte. Sagen wir, es gibt dich und fünf andere Spieler. Die Wahrscheinlichkeiten sind ganz anders, weil du die Karten der anderen Spieler mitberücksichtigen musst. Genauso wie ihre Spielweise, einschließlich Bluffs.«

»Wie ma–«

»Nicht jetzt. Begnüge dich mit der Zwei-und-Vier-Regel und behalte sie im Hinterkopf.«

»Werde ich.«

»Lass uns gehen.«

Sie standen hinter einem Tisch und sahen zu, wie der Dealer den Spielern Karten zuschob. Nach sechs Händen flüsterte Carl: »Ist dir was aufgefallen?«

Jackson runzelte die Stirn. »Nicht wirklich. Ich meine, die Dame rechts, sie fasst sich ständig an die Brille, aber ich kann kein Muster erkennen.«

»Beobachte weiter, es könnte ein Tell sein.«

»Siehst du was?«

Carl legte den Kopf schief. »Schauen wir uns mal den Craps-Tisch an.«

Jackson folgte ihm. »Ich dachte, du spielst kein Craps.«

»Tu ich auch nicht.« Er senkte seine Stimme. »Hast du bei den beiden Typen, die an den Enden saßen, etwas gesehen?«

Jackson zuckte mit den Schultern. »Ich habe gesehen, dass sie fast jede Hand gespielt haben, aber ich habe nicht viel darauf geachtet.«

»Sie haben sich gegenseitig Zeichen gegeben. Ich muss jetzt gehen, aber du bleibst hier und beobachtest weiter.«

»Nein. Was? Hab ich was verpasst?«

»Die spielen zusammen.«

»Echt?«

»Jep. Sie haben sich Zeichen gegeben, welche Hole Cards sie hatten.«

»Willst du mich verarschen?«

»Wenn es um Geld geht, hört der Spaß auf.«

»Ich hatte keine Ahnung. Ich habe nicht mal auf so was geachtet.«

»Wenn du dich an einen Tisch setzt, betrittst du eine neue Welt; alles und jeder ist Teil des Spiels.«

»Hast du sie etwas tun sehen? Was? Sag es mir, damit ich weiß, worauf ich achten muss.«

»Der erste Kerl legte die Fingerspitzen aneinander und tippte sie gegeneinander. Dann faltete er die Hände, nur um danach wieder die Fingerspitzen aneinanderzulegen und dagegenzutippen und zählte so den Wert seiner Hole Cards ab.«

»Heilige Scheiße. Das ist verrückt, aber es ist eine gute Idee, oder?«

»Betrüger fliegen immer auf. Außerdem erhöht ein Partner das Risiko, erwischt zu werden.«

»Komm, wir gehen zuschauen. Ich will sehen, ob ich es jetzt, wo du es mir gesagt hast, auch erkennen kann, was sie da machen.«

21

JE WEITER WIR NACH OSTEN FUHREN, DESTO ENTSPANNTER
wurde ich. Ein kurzer Abstecher an die Ostküste, um Informationen über Weiss zu sammeln, gab mir auch die Gelegenheit, etwas Zeit mit Laura zu verbringen und mich
bedeckt zu halten.

Laura zeigte nach Osten. »Es sieht so aus, als würde es
da drüben regnen.«

»Und hier ist es sonnig. Die Everglades sind so riesig,
dass sie ihr eigenes Wetter haben.«

»Hast du auf dieser Straße schon mal einen Alligator
gesehen?«

»Nein, aber ich schätze, man würde sie nicht Alligator
Alley nennen, wenn es keine Alligatoren gäbe. Heutzutage
hält der Zaun sie von der Straße fern.«

»Ich dachte, der sei dazu da, die Panther davor zu schützen, von Autos angefahren zu werden.«

»Wahrscheinlich ist er für beide gut. Weißt du, dass sie
hier draußen ein großes Problem mit Pythons haben?«

»Schlangen?«

»Ja, die sind riesig.«

»Igitt.«

»Pythons sind in dieser Gegend nicht heimisch, aber manche Leute hatten sie als Haustiere.«

»Haustiere? Das ist ja widerlich.«

»Sie werden so groß und brauchen so viel Futter, dass ihre Besitzer sie in den Everglades ausgesetzt haben und die Population explodiert ist. Jetzt ist das Gleichgewicht gestört und die meisten einheimischen Wildtiere wie Kaninchen und Füchse sind ausgerottet worden.«

»Oh, nein. Können die denn nichts dagegen tun?«

»Der Staat bezahlt die Leute sogar pro Stunde und pro Fuß Länge, um sie zu fangen.«

»Das machen Leute? Rausgehen und sie fangen? Das ist doch so gefährlich, ich meine, es ist ein riesiger Sumpf.«

»Ich habe gelesen, dass sie schon etwa zwanzigtausend von ihnen gefangen haben.«

»Oh, mein Gott. So viele gibt es davon?«

»Jap. Die Gefangenen werden eingeschläfert.« Ich sah das Schild zum Rastplatz. »Musst du mal auf die Toilette?«

»Nein. Bei mir ist alles gut. Wie lange noch, bis wir in Miami sind?«

»Eine Stunde.«

Als wir auf der Interstate 95 nach Süden fuhren, kam die Skyline von Miami in Sicht. »Hier wird ja wie verrückt gebaut.«

»Ich war seit ein paar Jahren nicht mehr hier. Es sieht anders aus. Eine Menge cooler Gebäude.«

»Und eine Menge Verkehr.«

Ich bog in die Brickell Avenue ein. Laura sagte: »Das ist schön hier, mit all den Bäumen.«

»Ich setze dich bei einem Hotel am Wasser ab. Du kannst auf die Toilette gehen und an der Promenade spazieren.«

»Wie lange wirst du brauchen?«

»Maximal eine Stunde. Ich bin gleich da drüben, im Mandarin Oriental.« Ich zeigte auf eine kleine Brücke, die zu einer Insel namens Brickell Key führte.

»Da lässt es sich bestimmt gut leben. Ich wette, es ist schön ruhig und man ist nur wenige Schritte von allem entfernt.«

»Das schätze ich auch. Bis später.«

Die Empfangsdame führte mich zu einem Tisch im Schatten. Conner Pell stand auf und knöpfte sein hellbraunes Sportjackett zu. Es fehlte nur noch die Fliege. »Mr. Beck.« Er streckte mir eine von Leberflecken übersäte Hand entgegen.

»Schön, Sie kennenzulernen, Mr. Pell.«

»Ganz meinerseits. Bitte nennen Sie mich Conner. Nehmen Sie Platz, nehmen Sie Platz.«

»Das ist ein wunderschöner Ort.«

»Das ist es. Schöne Aussicht, und es weht immer eine sanfte Brise.«

»Ich weiß es zu schätzen, dass Sie sich mit mir treffen.«

»Ein Freund von Ray ist immer willkommen. Sein Vater und ich haben vor langer Zeit zusammen auf dem Parkett der Börse gearbeitet. Wir sind zusammen aufgestiegen.«

»Die New Yorker Börse?«

»Ja. Damals war das Parkett hektisch, um es höflich auszudrücken. Keine Computer, alles wurde von Hand gemacht und Beziehungen zählten.«

»Ich habe Bilder vom Parkett gesehen, Leute, die schreien und mit Papieren wedeln.«

»So wurden Käufer und Verkäufer zusammengebracht. Es war nicht der effizienteste Marktplatz, aber der Hochfrequenzhandel ist auch nicht das Gelbe vom Ei. Wir könnten mehr von der menschlichen Komponente gebrauchen. Werfen Sie einen Blick auf die Speisekarte. Ich kenne sie auswendig.«

Ich warf einen Blick darauf. »Für mich nur einen Salat.«

Eine lächelnde Kellnerin kam herüber. »Sind wir so weit, meine Herren?«

»Ja. Mein Übliches, Leslie.«

»Gewiss. Und für Sie, mein Herr?«

»Den Bauernsalat.«

»Ausgezeichnet.«

Die Musik von einer Jacht wurde lauter, als das Boot näher kam. Pell sagte: »Es ist ein anderer Schlag von Leuten in der Stadt. Ich fürchte, das Miami, in das ich mich zur Ruhe gesetzt habe, ist für immer verloren.«

»Die einzige Konstante ist der Wandel. Es gibt einen Spruch, den ich mag, er könnte von Marcus Aurelius sein: Das Schicksal aller Dinge ist es, sich zu wandeln, sich zu verändern, zu vergehen. Damit Neues geboren werden kann.«

»Da wurden keine wahreren Worte gesprochen.« Er lächelte. »Das Problem ist, ich komme dem ›Vergehen‹ immer näher.«

»Sie sehen fantastisch aus.«

»Ich fühle mich gut, bleibe in Bewegung und engagiere mich. Das ist die einzige Verteidigung gegen das Altern, die zu wirken scheint.«

Die Kellnerin stellte ein pochiertes Ei und einen Avocado-Toast für Pell und meinen Salat ab.

Er war schlank. Ich schätzte ihn auf fünfundachtzig.
»Vielleicht liegt es an der Avocado.«

Er kicherte und steckte sich die Serviette in den Kragen.
»Ray hat mich über die Hintergründe informiert, und ich hoffe, ich kann Ihnen von Nutzen sein. Woran genau sind Sie interessiert?«

»Nochmals, ich weiß diese Gelegenheit zu schätzen und möchte Sie nicht mit vertraulichen Informationen, die Sie vielleicht haben, in eine unangenehme Lage bringen.«

Er schob sich eine Gabelvoll Toast in den Mund und nickte.

»Während Ihrer Zeit in der Börsenaufsichtsbehörde wurden Anschuldigungen gegen Melvin Weiss erhoben. Erinnern Sie sich daran?«

»Lebhaft. Mr. Weiss war gerade im Kommen. Er hatte ein paar kleinere Erfolge gehabt, aber das war vor dem Leerverkauf, der ihn berühmt gemacht hat. Kurz nachdem ich eingeladen wurde, der SEC beizutreten, erhielt die Kommission einen Anruf, in dem eine Unregelmäßigkeit behauptet wurde, die zu starken Leerverkaufsaktivitäten bei Star Enterprises führte, einem Medizintechnikunternehmen, das sich auf Gelenkersatz spezialisiert hatte.«

»Was waren die Vorwürfe?«

»Der Aktienkurs von Star war aufgrund ihrer Hüftgelenke aus Titan gestiegen. Es war ein Fortschritt, der die Lebensdauer des Ersatzes verlängern würde.«

»Man verwendet doch kein Titan mehr, oder?«

»Glücklicherweise hatte ich noch keine Gelenkersatz-OP, aber ich glaube, es ist eine Kombination aus Keramik und einem speziellen Kunststoff namens Polyethylen.« Er schob sein halb aufgegessenes Mittagessen ein paar Zentimeter in die Mitte des Tisches.

Vielleicht war wenig zu essen ein Teil des Geheimnisses, um geistig fit zu bleiben. »Entschuldigen Sie die Unterbrechung.«

»Ganz und gar nicht. Bleiben Sie neugierig, dann wird Ihnen nie langweilig.« Er nahm die Serviette aus seinem Kragen. »Gerüchte machten die Runde, dass das Titan hohe Infektionsraten verursache. Die Aktie fiel rapide und die Leerverkäufer legten nach. Star verteidigte sich, aber die Neuartigkeit des Materials brachte eine gewisse Skepsis mit sich. Ein Leerverkäufer, der seit Jahrzehnten im Geschäft war, kontaktierte unser Büro und behauptete, Herr Weiss habe ihn kontaktiert und gebeten, sich ihm beim Angriff auf Star anzuschließen. Als er Beweise verlangte, sagte Herr Weiss, es sei noch zu früh, als dass die Infektionsdaten schon vorliegen würden.«

»Woher wusste er es dann?«

»Es mag als eine Vermutung begonnen haben, aber letztendlich war es erfunden. Star legte Unmengen an Daten vor, die zeigten, dass die Verwendung von Titan keinen Effekt hatte. Tatsächlich zeigten die Daten, dass die Infektionsraten leicht zurückgingen.«

»Weiss hat gelogen?«

»Ich zögere, es so zu bezeichnen. Er mag geglaubt haben, dass es passieren würde, da mikroskopische Rillen einen Nährboden für Bakterien bieten können, aber Fakt ist, es gab keine Daten, die den Angriff auf Star untermauerten.«

»Was hat die SEC getan?«

Er schüttelte den Kopf. »Nichts. Wir waren ohne Vorsitzenden und hatten eine weitere freie Stelle im Vorstand, die auf die Bestätigung durch den Senat wartete. Der Vorstand war zu dieser Zeit überfordert. Ich wollte das verfolgen, aber als neues Mitglied wurde meine Stimme, sagen wir mal, vom amtierenden Vorsitzenden zum Schweigen gebracht.«

»Was hätte Ihrer Meinung nach getan werden sollen?«

»Meiner Meinung nach hätten wir genügend Beweise gehabt, um Herrn Weiss lebenslang aus dem Wertpapiergeschäft auszuschließen.«

22

MEIN KUMPEL LARSON, EIN ANWALT, SAß AN EINEM TISCH
im Freien bei Pinchers in Tin City. Mit dem Blick aufs
Wasser gerichtet, fragte ich: »Siehst du irgendwelche
Delfine?«

»Noch nicht, aber letzte Woche war ein Seekuhpärchen
direkt am Pier. Die sind die ganze Zeit über da geblieben,
während ich zu Mittag gegessen habe.«

Ich zog einen braunen Klappstuhl hervor. »Ich war seit
Hurrikan Ian nicht mehr hier unten.«

»Die hat es übel erwischt.«

»Ich habe die Bilder von Kelly's Fish House gesehen. Das
Wasser stand, glaube ich, gut zwei Meter hoch.«

»Die Art und Weise, wie die Gemeinschaft wieder auf
die Beine gekommen ist, ist eine Lektion in Sachen Wider-
standsfähigkeit der Menschen hier in Südwest-Florida.«

»Ja, das war unglaublich. Ich weiß nur nicht, wie oft ich
eine Überschwemmung wegstecken könnte, bevor ich
wegziehen würde.«

Die Bedienung kam an unseren Tisch. Larson bestellte

einen Haussalat mit Mahi-Mahi und ich bat um einen Krabbenkuchen.

Larson fragte: »Was hältst du von Ruta?«

»Wenn die Hälfte dessen, was sie gesagt hat, wahr ist, dann steckt das Land mit Leuten wie Kravitz in Washington in größeren Schwierigkeiten, als ich dachte.«

»Es ist kein Dienst an der Öffentlichkeit mehr; sie haben eine Karriere daraus gemacht. Und noch dazu eine lukrative. Weißt du, dass die mit Aktien handeln dürfen? Angeblich nicht mit Insiderinformationen, aber wenn du das glaubst, dann glaube ich auch an den Weihnachtsmann.«

»Das ist deprimierend. Was weißt du über Kravitz?«

»Mehr, als mir lieb ist.«

»Wirklich?«

»Ich wollte, dass du mit Ruta sprichst, damit du dir deine eigene Meinung bilden kannst, bevor ich dir sage, was ich weiß.«

Informationen und meine Zeit waren das, was mich antrieb, aber ich ließ es gut sein, weil ich Larson respektierte. »Was ist mit ihm los?«

Larsons Blick wanderte zu der Bedienung, die unser Mittagessen brachte. Nachdem das Essen serviert war, nahm Larson sein Dressing und träufelte es über den Salat. »Kravitz stammt aus einer Familie mit einer langen Geschichte korrupter Machenschaften. Sein Vater war der Präsident der Stahlarbeitergewerkschaft in New York. Er hat sechshunderttausend Dollar veruntreut, von denen man wusste, und kam damit durch. Es hat drei Jahre gedauert, ihn aus dem Amt zu drängen, und jetzt verbringt er die eine Hälfte des Jahres in Destin und die andere in seinem Haus an der Bucht auf Long Beach Island. Und die Schlange hat eine Eigentumswohnung in Aruba.«

Der Krabbenkuchen war gut. »Er wurde nicht verhaftet?«

Larson spießte ein Stück Mahi-Mahi auf. »Die haben einen Deal gemacht, der schlimmer stinkt als die Müllkippe von Staten Island. Die Gewerkschaft hat ihn verteidigt – den Mann, der sie bestiehlt? Was sagt das darüber aus, wie tief die Korruption in einigen dieser Gewerkschaften sitzt?«

Ich sagte: »Wie der Vater, so der Sohn. Ich verstehe nicht, warum die Untersuchung des Kongresses nirgendwohin geführt hat.«

»Das ist so, als würdest du deine Mutter bitten, dich in der Öffentlichkeit bloßzustellen. Sie schützen die eigenen Leute. Jede Institution auf der Welt schließt die Reihen, wenn einer von ihnen in Schwierigkeiten steckt.«

»Ich verstehe das ja, aber nicht mal eine Rüge? Ein Klaps auf die Finger? Wie sind die damit durchgekommen, gar nichts zu tun?«

»Indem sie die altbewährte Strategie angewandt haben, einen Whistleblower als jemanden darzustellen, der vertrauliche Informationen weitergibt. Das ist besonders wirksam, wenn sie es in« – Larson machte Anführungszeichen in die Luft – »die Interessen der nationalen Sicherheit verpacken.«

»Sie haben Ruta zur Bösewichtin gemacht?«

»Genau, und damit den Schutz, der Whistleblowern angeblich geboten wird, in den Müll getreten.«

»Wie haben die das gemacht?«

»Kravitz hat einen Sitz im Ausschuss für auswärtige Beziehungen. Er behauptete, Ruta habe vertrauliche Informationen über die russische Überwachung preisgegeben, obwohl meine Quellen mir sagen, dass es Kravitz oder sein Stabschef war.«

»Aber wie konnten sie die Tatsache ignorieren, dass Kravitz illegal Wahlkampfgelder verwendet hat?«

»Erstens machen das alle, nicht in dem Maße wie Kravitz, aber Politiker werden immer wieder dabei erwischt, wie sie mit den Fingern in der Keksdose sind. Aber in diesem Fall war die Presse, sobald sie sich auf die nationale Sicherheit beriefen, ausgeschlossen. Kravitz fing an, Ruta schlechtzumachen, und die Geschichte drehte sich dann um das Leck, bevor sie im Sande verlief.«

Ich schluckte den letzten Bissen meines Mittagessens und warf meine Serviette auf den Teller. »Stammt er aus einer reichen Familie?«

»Kommt drauf an, wie viel sein Vater gestohlen hat.«

»Sein Haus in Aqualane Shores ist um die acht Millionen wert. Die Steuern belaufen sich auf zwanzigtausend im Monat.«

»Und er hat eine Wohnung im Herzen von D. C. Die muss mindestens ein paar Millionen wert sein.«

»Alles mit einem Gehalt von hundertvierundsiebzigtausend Dollar. Arbeitet seine Frau?«

Larson lächelte. »Wenn man Einkaufen als Arbeit ansieht.«

»Ich werde Kravitz mal gründlich unter die Lupe nehmen und könnte dabei deine Hilfe gebrauchen.«

———

LAURA und ich saßen auf der Couch und schauten eine Netflix-Serie. Die Handlung war ganz in Ordnung, aber das Lesen der Untertitel und die schreckliche Schauspielerei der türkischen Besetzung machten es schwer, zuzusehen.

Ich sagte: »Die überspielen total.«

»So schlimm ist es doch gar nicht.« Sie griff nach ihrem Handy vom Couchtisch.

»Ich dachte, wir wären uns einig, keine Handys.«

»Ich will nur mal sehen, wann die Serie gedreht wurde. Weißt du, ob Istanbul heute so aussieht?«

»Wer weiß, wann das gedreht wurde? Streaming-Dienste kramen alles aus, was sie nur finden können.«

Sie tippte herum. »Die wurde vor fünf Jahren gedreht. Ich dachte, sie wäre älter. Istanbul hat so ein altes Flair, oder?«

»Ich schätze schon.«

»Warum hat sie das Baby bei dem Kerl gelassen?«

»Ergibt keinen Sinn.«

Mein Handy meldete mit einem Ping eine eingehende E-Mail. Ich stand auf. »Ich muss mal ins Bad.« Toby stand auf und trottete hinter mir her.

Nachdem ich ihn daran erinnern musste, hatte mein Kumpel bei Morgan Stanley mir endlich den Research-Bericht über South Florida Aeronautics geschickt, die Firma, die Weiss geshortet hatte. Ich schlich ins Arbeitszimmer und meldete mich über das VPN an meinem Laptop an.

Der Bericht war zehn Seiten lang. Ich würde ihn lesen, ohne dass Laura es mitbekommen würde. Morningstar und Morgan Stanley hatten die Aktie auf »Halten« eingestuft. Sie empfahlen keinen Kauf, glaubten aber, dass das Aufwärtspotenzial stärker war als die möglichen Abwärtsrisiken.

Mein Blick fiel auf den Abschnitt über die Risiken: *Die Unternehmensführung ist ein unberechenbarer Faktor. Obwohl CEO Whitmore eine bewundernswerte Arbeit geleistet hat, bleiben Fragen bezüglich der erforderlichen Fähigkeiten offen, um in der unbarmherzigen Raumfahrtindustrie zu bestehen. Diese Sorge wird durch ihren gescheiterten Vorstoß in die Überschall-Jet-Reisebranche verdeutlicht.*

Whitmore warb auf einer Jahreshauptversammlung vor fünf Jahren mit einer effekthascherischen Präsentation für die Investition und zerstreute so die von der Investorengemeinschaft geäußerten Bedenken. Die Prognosen erwiesen sich als übermäßig optimistisch und hatten niemals das belastende staatliche Regulierungsumfeld berücksichtigt.

Der Rückzug aus dem Sektor führte zu Abschreibungen, die im Nachhinein in einem einzigen unangenehmen Schritt hätten vorgenommen werden sollen.

Whitmore ist ein solider Manager mit starken Motivationsfähigkeiten. Der Vorstand sollte für den Vorstoß in den Raumfahrtsektor jedoch eine erfahrenere Kraft in Betracht ziehen. –

Es klopfte an der Tür. Ich blickte auf. Es war Laura. »Du hast gesagt, du gehst auf die Toilette.«

»Ja, das war ich auch, und dann habe ich eine Nachricht von der Arbeit bekommen und–«

»Vor fünf Minuten hast du mir noch eine Predigt gehalten, dass ich mein Handy nicht benutzen soll, und jetzt erwische ich dich hier.«

»Aber …«

»Du bist kein bisschen besser als die Zehnjährigen, die ich unterrichte.« Sie schüttelte den Kopf und ging.

»He, warte mal.«

23

EINE SANFTE BRISE WEHTE VOM GOLF HERÜBER. ICH ZOG meine Flip-Flops aus, trat in den Sand und ging zu Cabana Dan.

»Hey, wie läuft's?«

»Viel zu tun, Mann.«

»Ist Larson an seinem üblichen Platz?«

»Ja, Mann. Gleich nördlich von der Ritz-Linie.«

Ich wich Gruppen von stühletragenden Sonnenanbetern aus und ging an der Buschreihe entlang. Als ich mich dem Wassersportverleih näherte, drehte ich mich zum Golf und entdeckte Larson.

Mein Vertrauter und Anwalt sprühte sich gerade mit Sonnencreme ein.

»Schöner Tag, was?«

»Das kann man wohl sagen.« Er hielt mir die Flasche mit dem Sonnenschutz hin. »Creme dich ein.«

»Ich bleibe im Schatten.«

»Die Strahlung wird vom Sand reflektiert. Nimm schon.«

Ich duckte mich unter seinem Sonnenschirm durch. »Mir geht's gut, danke.«

»Ich war um neun hier und der Laden war schon proppenvoll.«

Ein Frisbee krachte gegen meinen Stuhl. Ich warf ihn zurück, während Larson sich auf seiner Liege zurücklehnte.

»Konntest du dich durch die Bürokratie kämpfen?«

Larson lächelte. »Wie der Bürgermeister einer Kleinstadt.«

»Sehr gut. Was hast du bekommen?«

Er schlug eine Ecke seiner orangefarbenen Decke um, unter der ein Manila-Umschlag zum Vorschein kam. »Bitte sehr.«

Ich öffnete die Lasche und zog ein paar Dokumente heraus. »Die finanzielle Offenlegung von Kravitz für den Kongress. Sehr gut.«

»Gern geschehen.«

»Danke für die Hausaufgaben.«

———

NACHDEM DIE KAPSEL in der Nespresso-Maschine durchgelaufen war, nahm ich meinen Kaffee und setzte mich in den Sessel. Toby lag neben meinem Sessel, als ich einen Schluck von meinem schwarzen Gold nahm. Ich beugte mich hinunter, streichelte ihm den Kopf und begann zu lesen.

Der Ethics in Government Act verpflichtete Abgeordnete, Beamte und andere Personen, jährliche finanzielle Offenlegungserklärungen einzureichen. Das Problem war, dass es wie bei den meisten Regierungsvorschriften jede

Menge Schlupflöcher für die eigenen Leute gab, angefangen bei flexiblen Fristen.

Kravitz' Offenlegung war fast zwei Jahre alt, obwohl sie jährlich erforderlich war. Das passte zu dem, was ich gelesen hatte; über sechzig Prozent der Kongressabgeordneten gaben ihr Einkommen und Vermögen verspätet an.

Es gab auch das Problem, dass der Bericht keine genaue Bewertung von Kravitz' Vermögen darstellte, denn mangelnde Wahrhaftigkeit und Auslassungen bei den Angaben wurden selten bestraft. Es war die typische Washington-Masche: Gesetze zu schreiben, die nicht für diejenigen gelten, die sie verfasst haben.

Kravitz' Haus in Naples wurde in der Offenlegung mit zwei Millionen Dollar bewertet. Eine schnelle Suche auf Zillow ergab einen Preis von fast sechs Millionen. Sein Anwesen in Washington lag bei knapp zwei Millionen.

Acht Millionen an Immobilien bei einem Gehalt von 174.000 Dollar? Der nächste Abschnitt der Offenlegung war eine Zusammenfassung der Werte seiner Anlagekonten. Der Gesamtwert von Wertpapieren und Bargeld wurde auf fünfhunderttausend Dollar beziffert.

Der letzte Abschnitt mit der Überschrift »Sonstige Vermögenswerte« listete einen Trust auf, dessen alleiniger Begünstigter Kravitz war. Der Trust, der als Ellie Family Trust bezeichnet wurde, gab seinen Wert mit sechshunderttausend Dollar an Immobilienvermögen an.

Insgesamt belief sich Kravitz' Nettovermögen auf etwas mehr als neun Millionen. Eine große Summe Geld für den Sohn einer Arbeiterfamilie. Er hatte nicht reich geheiratet; auch seine Frau stammte aus bescheidenen Verhältnissen.

Ich rief die Webseite des Steueramtes von Collier County auf und suchte unter Kravitz' Namen. Das einzige

Grundstück, das auftauchte, war sein Haus. Ich gab den Ellie Family Trust ein und eine Liste mit sechs Immobilien erschien.

Bei der Überprüfung jeder einzelnen Immobilie stellte sich heraus, dass der Trust alle in den letzten acht Jahren erworben hatte. Der Gesamtwert der Immobilien, die auf den Namen des Trusts liefen, betrug acht Millionen.

Sofern Kravitz, ein Einzelkind, nicht der Warren Buffett des Kongresses war, war sein Geld schmutzig. Was er Ruta angetan hatte, war verabscheuungswürdig, aber was auch immer er tat, um diesen Reichtum anzuhäufen, war ein Schlag ins Gesicht für jeden Amerikaner.

24

ICH FÜLLTE TOBYS NAPF MIT WASSER UND GAB IHM EIN Leckerli. »Wir sehen uns später, Kumpel.«

Er folgte mir den Flur hinunter und drehte um, als ich die Alarmanlage des Hauses scharf schaltete. Als ich aus meiner Einfahrt fuhr, sah ich einen Mann in eine blaue Limousine huschen. Er hatte vier Häuser weiter auf der Straße geparkt. Ich ließ mir beim Ausparken Zeit.

Ich bog links auf die Crayton Road und dann wieder links ab. Das Auto blieb hinter mir. Ich fuhr rechts ran und die Limousine überholte mich. Der Fahrer war ein Mann, der wegsah, als er vorbeifuhr.

Ich wartete eine Minute und setzte dann meinen Weg nach Bonita Beach fort. Ich bog auf den Hickory Boulevard ab und fuhr eine Meile am Golf von Mexiko entlang, bevor ich langsamer wurde.

Das Haus von Weiss war immer noch beeindruckend. Ich parkte auf der gepflasterten Einfahrt und betrachtete die Villa.

Die Liebe zum Detail war erstaunlich – und teuer. Es

war Geldverschwendung, aber zumindest wurden die Handwerker, die es gebaut hatten, für die zwei Jahre, die es wohl gedauert hatte, um es fertigzustellen, gut bezahlt. Ich betrachtete die ineinander verschlungenen Kupferbänder, die in einem Abschnitt aus dunklem Holz über den Garagen eingearbeitet waren, und ging zur Tür.

Während ich mich fragte, wie hoch die Instandhaltungskosten wohl sein mochten, drückte ich auf die Klingel. Dieselbe uniformierte Frau öffnete die Tür. »Mr. und Mrs. Weiss sind in der Bibliothek.«

Ich starrte auf den Golf von Mexiko; er war faszinierend.

»Mein Herr, hier entlang.«

Ich folgte ihr zu einem Aufzug und sagte: »Wir könnten die Treppe nehmen.«

Sie starrte mich an, als hätte ich sie gebeten, über glühende Kohlen zu laufen. Der Aufzug glitt auf und gab den Blick auf einen Balkon mit einer Aussicht zum Sterben schön frei. Sie stieß eine Doppeltür zu einem abgedunkelten, rechteckigen Raum auf. Es dauerte ein paar Sekunden, bis meine Augen die von hinten beleuchteten Lucite-Bücherregale, die den Raum säumten, würdigen konnten.

Der König und die Königin des Schlosses saßen in gegenüberliegenden Ecken des Raumes.

»Madame, mein Herr, Mr. Beck.«

Der Leerverkäufer Weiss winkte mich zu sich. »Danke, Rosa.«

»Benötigen Sie noch etwas, mein Herr?«

»Nein. Das ist alles.«

Als Rosa rückwärts hinausging und die Türen hinter sich schloss, sagte Weiss: »Cynthia, das ist der junge Mann, von dem ich dir erzählt habe.«

Die schlanke Mrs. Weiss setzte ein einstudiertes Lächeln auf und kam herüber. »Es ist so schön, Sie kennenzulernen.«

Ihren Unterlagen vom Verkehrsamt zufolge war sie zehn Jahre jünger als ihr Mann, aber sie hätte als eines seiner Kinder durchgehen können. Ihr Unterhalt war wahrscheinlich genauso teuer wie der des Hauses.

»Freut mich, Sie kennenzulernen, Mrs. Weiss.«

»Bitte, nennen Sie mich Cynthia.«

»Setzen wir uns hierher. Haben Sie Hunger, Beck?«

Weiss schwebte über einem Tisch voller Platten mit Sandwiches, Obst und Gemüse. Nach einem leisen Klopfen kam eine andere Frau in Uniform rückwärts mit einem Tablett voller Gebäck ins Zimmer. Es war wie aus *Downton Abbey*.

»Ich habe vorhin gegessen.«

»Nehmen Sie sich etwas.«

»Ich probiere etwas Obst.«

»Gut. Cynthia, möchtest du etwas?«

»Nein. Und iss nicht zu viel; wir haben eine frühe Reservierung im Butcher.«

Es war nicht überraschend, dass sie Mitglieder in einem der privaten Dinner-Clubs waren, die in Naples aus dem Boden sprossen.

»Stimmt, ich nehme eins von diesen.« Weiss nahm ein halbes Brötchen, das mit Fleisch und Salat gefüllt war.

Ich spießte ein Stück Melone auf und aß es, während Weiss sein Sandwich verschlang.

»Mr. Weiss erwähnte Ihre Leidenschaft für das Reiten.«

Ihr Gesicht hellte sich auf. »Ich reite, seit ich zehn Jahre alt bin. Ich habe an einer ganzen Reihe von Reitturnieren teilgenommen.«

»Sie hat ziemlich viele davon gewonnen. Hauptsächlich in der Dressur, aber sie hat auch ein Springreiten gewonnen.«

»Wow. Das ist beeindruckend.«

»Ich nehme nicht mehr an Wettbewerben teil, aber meine Liebe zum Reiten und zu Pferden im Allgemeinen wird niemals sterben.«

»Ein Freund von mir ist auch sehr begeistert davon. Er hat einen speziellen Sattel, der von Hermès angefertigt wurde.«

Ihre Augen weiteten sich. »Die Maßanfertigungslinie von Hermès ist großartig. Ihr Freund muss einen guten Draht haben, denn ich glaube, sie nehmen nur ein paar Bestellungen pro Jahr an.«

»Er ist sehr gut vernetzt.«

Melvin Weiss erhob sich und deutete auf eine Ecke des Raumes. »Setzen wir uns dorthin.«

Wir ließen uns in Clubsessel nieder, die um einen Bambustisch herum angeordnet waren. Weiss sagte: »Wir freuen uns, dass Sie über unsere philanthropischen Aktivitäten schreiben werden. Vielleicht motiviert es andere glückliche Seelen, sich mehr zu engagieren.«

Cynthia sagte: »Melvin, die philanthropische Gemeinschaft ist hier unendlich viel aktiver als in der Stadt.«

Ich klappte meinen Block auf und sagte: »Das ist interessant. Sagen Sie mir, was motiviert Ihre wohltätigen Spenden?«

Sie sagte: »Wir sind gesegnet, in der Position zu sein, in der wir uns befinden. Wir betrachten es als unsere Pflicht, die Welt zu einem besseren Ort zu machen.«

Ich wandte mich an Weiss. »Möchten Sie etwas hinzufügen?«

»Nun, ich stimme Cynthia zu« – er ließ seine Porzellanzähne blitzen – »bis auf den Teil über das Glück, das uns an die Spitze des sprichwörtlichen Berges gebracht hat.«

Cynthia schlug die Beine übereinander, sagte aber nichts.

»Über finanzielle Beiträge hinaus sind Sie in mehreren Vorständen aktiv. Möchten Sie etwas zu diesen Rollen sagen?«

Weiss sagte: »Geld ist wichtig; ohne es gäbe es keine Vorstände, in denen man sitzen könnte.«

Cynthia warf ihm einen bösen Blick zu und sagte: »Ja, Geld ist mächtig, aber ohne angemessene Aufsicht und Vision wäre es nicht halb so effektiv. Ich weiß, es ist ein altes Sprichwort, aber ich glaube fest daran: ›Gib jemandem einen Fisch und er ist einen Tag lang nicht hungrig, aber lehre ihn zu fischen und er kann sich für immer selbst ernähren.‹«

»Wie wahr.«

»Cynthia hat Recht. Es gibt nicht genug Wohlstand für alle, und selbst wenn es so wäre, wenn man jemandem etwas gibt, wird es nicht geschätzt. Man muss es sich verdienen, es erschaffen, um es wertzuschätzen.«

»Melvin hat bis zu einem gewissen Grad Recht, aber was ist mit denen, die nicht für sich selbst sorgen können? Kinder, die in missliche Umstände hineingeboren werden, um nur ein Beispiel zu nennen.«

»Hat Sie das zu Youth Haven gebracht?«

»Genau. Obwohl Melvin und ich aus einfachen Verhältnissen stammen, hatten wir Eltern, die ihr Bestes gaben, uns Grenzen setzten und darauf achteten, dass wir unsere Hausaufgaben machten und im Haushalt mithalfen. Das allein ist ein Geschenk, das wertvoller ist als jede Geldsumme. Es hat uns Werte vermittelt, nach denen wir leben.«

Und was für ein dekadentes obendrein. »Als jemand, der seine Mutter und seinen Vater in jungen Jahren verloren hat, kann ich Ihnen da nur zustimmen.«

Cynthia zuckte zusammen. »Ihr vorzeitiger Verlust tut mir leid.«

»Danke. Seit Ihrem Engagement bei Youth Haven hat die Organisation ihren Auftrag erweitert und betreut mehr bedürftige Kinder. Der Fortschritt ist erstaunlich. Worauf führen Sie das zurück?«

»Wie wir bereits angesprochen haben, sind finanzielle Mittel wichtig, aber trotz der beträchtlichen Summen, die wir und andere gespendet haben, glaube ich, dass wir eine größere Wirkung erzielt haben, indem wir den täglichen Verwaltern bei der Leitung und Orientierung geholfen haben.«

»Verwalten Sie den Laden aktiv?«

»Nein. Nichts dergleichen wie eine tägliche Verwaltung. Aber die Leute, die die Einrichtung und ihre Programme leiten, sind wohlmeinend und haben das Wohl der Kinder im Sinn, doch ihre Spezialgebiete liegen hauptsächlich im sozialen Bereich. Wir liefern den Geschäftssinn, um die Effizienz zu steigern, die notwendig ist, um so vielen Kindern wie möglich auf Weltklasseniveau zu helfen.«

»Mir wurde gesagt, Sie hätten bei der Neugestaltung ihrer Spendenaktionen mitgewirkt.«

»Wir verfolgen einen ganzheitlichen Ansatz und betrachten den Betrieb, die Investitionsausgaben, die Personalbeschaffung und die Mittelbeschaffung. Alles sollte mit dem Ziel einer Verbesserung geprüft werden.«

»Ich würde gerne einen Einblick in die Mittelbeschaffung bekommen. Ich habe gerade damit begonnen, mich ehrenamtlich im Guadalupe Center zu engagieren, und die könnten bei den Spendenveranstaltungen, die sie abhalten, Hilfe gebrauchen.«

»Das ist gut von Ihnen. Das ist eine gute Organisation, die wundervolle Arbeit leistet.«

»Können Sie mir irgendwelche Tipps geben?«

»Melvin und ich leiten Uncorked, das ist eine Weinveranstaltung in Mediterra. Es ist eine kleinere Veranstaltung, also sollten wir Zeit haben, unseren Ansatz in Echtzeit zu besprechen, wenn Sie teilnehmen.«

»Das wäre großartig. Wie bekomme ich Karten?«

»Sie werden unser Gast sein.«

»Das ist sehr nett von Ihnen.«

»Gern geschehen.«

»Oh, wäre es in Ordnung, wenn eine der Frauen, mit denen ich zusammenarbeite, mitkäme?«

»Überhaupt kein Problem.«

Ich beendete das Gespräch mit dem Leerverkäufer und seiner Frau und ging. Auf der Rückfahrt rief ich eine Bekannte namens Ginger an. Sie stimmte zu, mich zu begleiten, und ich legte zufrieden auf, weil mein Plan aufging.

25

Nachdem ich mein Auto dem Valet übergeben hatte,
gingen Ginger und ich zur Wohltätigkeitsveranstaltung von
Weiss ins Clubhaus von Mediterra. Gingers rückenfreies
rotes Kleid zog alle Blicke auf sich, als wir zum Anmeldetisch gingen. Man gab uns Bieterpaddel und einen Katalog.

Ich sagte: »Lass uns ein Glas Wein trinken, bevor wir
Weiss suchen.«

Wir schlängelten uns an drei überfüllten Buffettischen
vorbei und hielten an einer der fünf Stationen, an denen
erlesene Weine ausgeschenkt wurden.

Während uns Gläser Cabernet Sauvignon vom Weingut
Round Pond eingeschenkt wurden, ließ ich den Blick durch
den Raum schweifen. Es waren ein paar ältere Gäste da,
aber die meisten Leute waren in meinem Alter. Eine
Gruppe Frauen hatte sich bei den Gegenständen der stillen
Auktion versammelt.

Ich nahm mein Weinglas und stieß mit Ginger an. »Auf
Gesundheit und Glück.«

Eine Stimme hinter mir sagte: »Sie wollen wohl alles, nicht wahr?«

Ich drehte mich um. Melvin Weiss trug ein königsblaues Sakko und eine weiße Leinenhose.

»Herr Weiss.«

Er musterte Ginger und sagte: »Melvin. Nennen Sie mich Melvin.«

»Melvin, das ist Ginger. Ginger, das ist Melvin Weiss, er ist heute unser Gastgeber.«

Er nahm ihre Hand. »Danke, dass du gekommen bist.«

»Das ist wirklich nett von dir, das hier zu veranstalten.«

»Es ist mir ein Vergnügen.«

»Ich mag dein Sakko, es passt perfekt zu deiner Hose.«

Er strahlte wie ein Honigkuchenpferd. »Gibt es irgendetwas, was Melvin für dich besorgen kann?«

Sie senkte ihre Stimme. »Mir ist klar, dass das hier eine Weinveranstaltung ist, aber gäbe es eine Möglichkeit, einen Wodka auf Eis zu bekommen?«

»Natürlich. Hast du schon mal Chopin-Wodka getrunken?«

»Wie der Komponist?«

Weiss lächelte. »Er wird genauso geschrieben, aber es ist ein Super-Premium-Kartoffelwodka. Er wird dir schmecken.«

»Ich hoffe, er schmeckt mir nicht zu gut, denn das klingt teuer.«

»Keine Sorge, meine Liebe, Melvin kann dir alles beschaffen, was du dir wünschst.«

Ihre Stimme wurde eine Oktave höher. »Du bist so nett.«

Weiss legte seine Hand auf ihren unteren Rücken. »Komm mit Melvin, wir holen dir den Drink.«

Als die beiden in der Menge verschwanden, kam ein Kellner auf mich zu. »Darf ich Ihnen nachschenken, mein Herr?«

»Ich bin versorgt, danke. Wissen Sie, wo Cynthia Weiss ist?«

Er zeigte mit dem Finger. »Sie ist draußen auf der Terrasse und unterhält sich mit der Nachrichtensprecherin von WINK.«

Ich erkannte die Moderatorin der Fünf-Uhr-Nachrichten, als sie hineinging. Mit zurückgebundenem Haar trug Cynthia einen cremeweißen Hosenanzug. Ich fing ihren Blick auf und sie lächelte. »Du hast es geschafft.«

Sie gab mir die angedeuteten Küsschen links und rechts zur Begrüßung.

»Nochmals danke für die Einladung.«

»Jederzeit. Ich erinnere mich daran, als ich anfing, mich beim Sammeln von Spenden zu engagieren. Es war nicht einfach, und am Ende habe ich einfach nur Schecks über die benötigte Summe ausgestellt. Aber mir wurde klar, dass es eine breitere Unterstützerbasis erfordert, wenn die Arbeit von Organisationen wie Youth Haven nach unserem Ableben fortgesetzt werden soll.«

»Da stimme ich dir zu. Es schärft das Bewusstsein für die Mission.«

Sie blickte über meine Schulter. »Genau. Hast du Melvin gesehen?«

»Ja, er hat kurz Hallo gesagt, aber dann hat ihn jemand in Beschlag genommen.«

»Wer?«

»Oh, ich weiß nicht, sie haben sich nicht vorgestellt.«

»Eine Frau?«

»Äh, ich bin mir ziemlich sicher, es war ein Paar.«

Ihre Gesichtszüge entspannten sich.

Ich sagte: »Bevor ich es vergesse, ich habe mit meinem Freund Jake gesprochen, dem mit der Hermès-Connection. Ich habe ihm von dir erzählt, und rate mal? Er sagte, ein Atelier aus Frankreich würde nach Naples kommen.«

»Wirklich?«

»Das hat er gesagt. Er wird mir Bescheid geben, wann, und dann mache ich einen Termin für dich.«

»Das wäre fabelhaft. Danke.«

»Ich bin froh, dass ich dir den Gefallen, den du mir hier tust, erwidern kann.«

Sie schenkte mir ein strahlendes Lächeln und sagte: »Gehen wir rein. Wir haben eine neue Idee umgesetzt, und ich würde gerne sehen, wie die stillen Auktionen für diese Artikel laufen.«

Auf einem Tisch, der in den Konferenzraum eines Fortune-500-Unternehmens gepasst hätte, standen Körbe, Schilder und Klemmbretter für die Gebote. Sie fuhr mit dem Finger eine Liste mit Geboten entlang. Ich fragte: »Was habt ihr anders gemacht?«

»Wir probieren drei verschiedene Taktiken aus, allerdings nicht bei denselben Artikeln.« Sie deutete mit einem manikürten Finger auf einen roten Text. »Wir bitten darum, dass die Gebote in Schritten von hundert Dollar abgegeben werden. Wir versuchen zu vermeiden, dass jemand gewinnt, indem er nur einen Dollar mehr als das vorherige Gebot bietet.«

»Wie viel mehr wollt ihr dadurch einnehmen?«

»Wir haben dreiundsechzig Artikel in der stillen Auktion und hoffen, viertausend mehr zu erzielen.«

»Das ist beachtlich.«

»Wir haben auch drei Flaschen Wein zu den Artikeln

hinzugefügt, bei denen es sich um Gutscheine für ein Restaurant handelt. Die Idee war, sicherzustellen, dass ein Gewinner etwas mit nach Hause nimmt. Es wird wahrscheinlich hundert oder zweihundert Dollar zu ihren Geboten hinzufügen, aber es gibt einem ein gutes Gefühl.«

»Das gefällt mir. Du hast drei neue Dinge erwähnt.«

»Wir experimentieren mit Artikeln, die sowohl für den Spender als auch für das spendende Unternehmen einen monatlichen Mehrwert bieten. Anstelle eines Tausend-Dollar-Gutscheins für ein Restaurant haben wir sie in drei oder vier Gutscheine aufgeteilt. Das erinnert den Gewinner an die Veranstaltung und sorgt für mehrere Besuche im Restaurant. Wir probieren das sogar mit einem Nagelstudio und einem Zahnarzt aus.«

»Das klingt nach einer guten Idee.«

»Wir werden sehen. Eines kann ich dir sagen: testen, testen, testen.«

Ich hielt meine Bietkelle hoch. »Ist die für die Live-Auktion?«

»Ja. Als wir anfingen, sie an jeden Teilnehmer auszugeben, schnellte die Beteiligung im Raum in die Höhe.«

»Die Leute fühlen sich animiert, zu bieten.«

»Ja, und es mag vielleicht geschmacklos klingen, aber sie sind zu einer Wohltätigkeitsveranstaltung gekommen, und nun ja, wir sind hier, um Geld zu sammeln.«

Ich hob mein Glas. »Auf ein gutes Ergebnis heute Abend.«

Lächelnd stieß sie mit ihrer Flöte gegen mein Weinglas. Ihr Lächeln zerfiel. Ich folgte ihrem Blick. Lachend waren Mel und Ginger auf dem Weg nach draußen.

»Ich muss mit einem Vorstandsmitglied sprechen. Wir reden später weiter.«

Sie eilte davon und ließ mich allein auf der Terrasse zurück, um das Schauspiel zu beobachten.

»Klar. Viel Glück und nochmals danke für die Einladung.«

Sie ging geradewegs auf ihren Mann zu. Mel verabschiedete sich schnell von Ginger, die zu einem Tisch voller Essen schwänzelte.

Ich machte eine Runde durch den Raum und erkannte dabei fünf der Frauen wieder, die bei der Nachmittagsveranstaltung gewesen waren, die Weiss kurz nach meinem ersten Besuch bei sich zu Hause veranstaltet hatte. Mit Damenbekleidung kannte ich mich kaum aus, aber ich war mir sicher, dass ihre Outfits jeweils mehrere Tausend Dollar wert waren.

Ein Auktionator mit einem Mikrofon sagte: »Meine Damen und Herren, dürfte ich bitte um Ihre Aufmerksamkeit bitten?« Der Raum wurde still. »Der aufregende Teil des Abends ist nur noch fünfzehn Minuten entfernt. Holen Sie sich noch ein Getränk oder etwas zu essen und nehmen Sie Ihre Plätze ein. Falls Sie noch keine Gelegenheit hatten, bei der stillen Auktion auf einen Artikel zu bieten, keine Sorge, es wird nach der Live-Auktion noch Zeit geben, die Gebote für die wunderbaren Pakete, die heute Abend zur Verfügung stehen, zu überprüfen. Würden Sie mir bitte Ihre Bieterschilder zeigen?«

Zusammen mit den restlichen Teilnehmern wedelte ich mit meinem Schild.

»Das ist großartig. Heben Sie sie unbedingt, wenn die Auktion beginnt! Wir werden diesen Kindern die Mittel beschaffen, die sie für ein produktives Leben brauchen. Wir sehen uns in fünfzehn Minuten.«

Ich nahm ein Blatt zur Hand, auf dem die Auktionsartikel aufgeführt waren. Während ich las, kam Mel an meine Seite. »Wo ist Ginger?«

»Sie musste gehen.«

Man konnte förmlich hören, wie ihm der Kamm schwoll. »So früh schon?«

»Sie ist schon eine Erscheinung, nicht wahr?«

Er lächelte. »Sie erwähnte, dass sie bei einer Investition, die sie in Erwägung zog, Beratung bräuchte. Ich wollte ihr gerade meine Karte geben, als Cynthia dazukam. Sie ist sehr empfindlich, wenn es um andere Frauen geht.«

Empfindlich oder erfahren? »Sie sind der richtige Ansprechpartner für Ratschläge.«

»Ich fände es furchtbar, wenn sie einen Fehler machen würde, habe aber keine Möglichkeit, mit ihr in …«

»Möchten Sie ihre Nummer?«

Er unterdrückte das Lächeln, das sich auf seinem Gesicht bildete, und nickte. »Das würde es mir ermöglichen, ihr zu helfen. Schicken Sie sie mir doch per E-Mail.«

26

CARL FÜHRTE SIMONE JACKSON DURCH DAS CASINO, BLIEB kurz an drei Texas-Hold'em-Tischen stehen, bevor er wieder zum ersten zurückkehrte.

Er sagte: »Das hier sieht nach einem interessanten Tisch aus.«

Jackson fragte: »Was lässt dich das sagen?«

»Nun, mir gefällt die Mischung – zwei Frauen, beide einigermaßen attraktiv, und drei Männer ungefähr im selben Alter.«

»Was hat das denn mit irgendetwas zu tun?«

»Jeder Mensch ist anders, aber als Spezies teilen die meisten Menschen grundlegende Wesenszüge: Männchen werden versuchen, die Weibchen zu beeindrucken, und die Männer werden untereinander um die Vormachtstellung wetteifern.«

»Sie werden aggressiv spielen?«

»Genau. Die Frauen werden wahrscheinlich versuchen, diese Verehrer am Tisch auszunutzen und die Männer zu bluffen.«

»Wirklich? Verehrer?«

»Lass es mich anders formulieren. Männchen mit Geld sind für die meisten Weibchen begehrenswert.«

Jackson schnaubte verächtlich. »Das ist so oberflächlich.«

»Ja, aber im Laufe der Menschheitsgeschichte fühlten sich Frauen von Männern mit Ressourcen angezogen. Damals bedeutete das Nahrung, Obdach und Schutz. Heutzutage mag diese Anziehungskraft nicht mehr so stark sein, aber es wäre ein Fehler, zu glauben, dass es sie nicht mehr gibt.«

»Falls du es nicht mitbekommen hast, wir leben nicht mehr in der Steinzeit.«

Carl lächelte. »Natürlich nicht. Ich versuche nur zu vermitteln, dass es immer noch ein Faktor ist.«

»Du stellst Frauen als oberflächlich dar, als wären sie nur ein Haufen Dummköpfe. Was sind Männer, perfekt oder was?«

»Männer können genauso töricht sein; Status und Ansehen sind starke Motivatoren. Und in vielen Fällen führt das blinde Streben danach, der Platzhirsch zu sein, zu irrationalem Verhalten. Nimm es nicht persönlich, versuche, es zu erkennen und auszunutzen.«

Jackson presste die Lippen zusammen.

Carl sagte: »Du bist Sozialarbeiterin, du hast Verhalten studiert. Es gibt bestimmte Züge, die in den meisten von uns vorhanden sind. Casinos haben enorme Vorteile: Sie haben unbegrenzt Geld, Zeit und sind emotionslos. Um also die Bank zu schlagen, musst du alle Informationen nutzen, die dir zur Verfügung stehen.«

»Das ist nicht dasselbe.«

»Ich habe nicht gesagt, dass es dasselbe ist. Ich versuche

dir nur klarzumachen, dass Menschen dumme Dinge tun, um zu bekommen, was sie wollen. Und sobald mehr als eine Person beteiligt ist, besonders in einem Wettbewerbsumfeld, kommt es wahrscheinlich zu, sagen wir, einem Gerangel.«

»Es ist wahr, dass sich Verhaltensweisen ändern, je nachdem, mit wem man zusammen ist. Ich erinnere mich an die Fallstudien, die wir dazu durchgearbeitet haben, besonders in Bezug auf Drogenkonsum und die Rekrutierung und Aktivitäten von Gangs.«

»Das ist ein ausgezeichneter Punkt. Gruppenzwang kann ein wesentlicher Faktor sein. Warum beobachten wir nicht eine Weile, und wenn der Tisch vielversprechend aussieht, spiele ich.«

»Du willst immer noch nicht, dass ich spiele?«

»Noch nicht. Wenn du dich hinsetzt, möchte ich, dass du besser vorbereitet bist.«

»Wie du meinst, Lehrer.« Jackson lächelte.

Sie traten näher an den Tisch heran. Jackson versuchte, Carls Blick zu folgen, um zu sehen, was er studierte. Nachdem sie die Frauen beobachtet hatte, ohne etwas Besonderes zu entdecken, wandte sie sich den Männern zu.

Sie spielten aggressiver und erhöhten die Einsätze häufiger als die Frauen. Es ging gerade um einen der größeren Pötte, und nach einer Runde von Erhöhungen waren nur noch eine Dame in Rot und ein Mann mit einem Brad-Pitt-Ziegenbart übrig.

Die Flop- und Turn-Karten bestanden aus einer Herz-Acht, einer Kreuz-Acht, einem Kreuz-König und einer Karo-Sieben. Jackson vermutete, dass einer der Spieler zwei Kreuzkarten auf der Hand hielt.

Der Dealer deckte die River-Karte auf, eine Pik-Zwei.

Die letzte Gemeinschaftskarte schien keinem der beiden Spieler etwas zu nützen. Die Frau in Rot schob drei schwarze Chips in die Mitte.

Der Mann schob einen kleinen Stapel Chips hinein und verdoppelte den Einsatz. »Sechshundert.«

Die Dame schürzte die Lippen und warf drei weitere Chips hinein. »Ich gehe mit.«

Sie deckten ihre Hole-Cards auf. Die Frau hatte den Flush, aber der Mann hatte mit einem König und einer weiteren Acht ein Full House. Er strich den Pot ein und sagte: »Tut mir leid.«

Die Entschuldigung konnte als höfliches Geplänkel aufgefasst werden. Aber hatte Carl recht? Gab es eine Dynamik im Spiel? Sie wollte mit Carl darüber reden, aber er sagte: »Ich setze mich. Halt die Augen offen.«

»Viel Glück.«

Carl kicherte. »Es gibt ein Element des Glücks, aber das ist nicht das, was dich zum Gewinner macht.«

Er ließ sich auf dem freien Stuhl nieder. Carl war der zweite Spieler, der Hole-Cards ausgeteilt bekam. Er lugte darunter. Die erste Setzrunde begann mit dem Spieler zu seiner Linken. Er setzte fünfzig. Carl war an der Reihe. Er schob seine Karten hinein und wartete auf ein besseres Blatt.

Jackson erinnerte sich an seinen Rat, dass Top-Spieler bei fünfundsiebzig Prozent ihrer Hände schon vor dem Flop passen. Das war etwas, was sie nicht getan hatte und was laut Carl darauf hinauslief, sich auf sein Glück zu verlassen, um ein schlechtes Blatt zu verbessern. Er betonte, dass ein starker Start nicht nur die Gewinnchancen erhöhte, sondern auch Geld sparte.

Sie war zu ungeduldig gewesen und hatte an sich gezweifelt, wann immer der Flop ihr ein gutes Blatt beschert hätte. Jackson beobachtete, wie Carl zum vierten Mal in Folge seine Karten wegwarf. Er hatte keinen Cent ausgegeben, und sie vermutete, dass es an der Zeit war, dass ihm ein gewinnendes Blatt zukam.

Carl lehnte ein Getränk ab, als der Dealer den Spielern die Hole-Cards austeilte. Er schirmte seine Karten mit der linken Hand ab und sah sie sich mit dem rechten Daumen an.

Er ging den Einsatz mit und gewann schließlich einen Pot, den Jackson auf sechshundert schätzte. Carl stieg nach dem Flop aus dem nächsten Pot aus, gewann aber die nächsten drei Hände.

Jackson bemerkte etwas, was die Dame in Rot tat. Sie konnte es kaum erwarten, es Carl zu erzählen, dachte sich aber, dass er es vielleicht auch gesehen hatte.

In der nächsten Stunde passte Carl bei den meisten Händen vor dem Flop. Er gewann jede Hand, die er bis zum Ende spielte, außer einer, und stieg bei sechs weiteren nach dem Flop aus.

Als die Karten ausgeteilt wurden, zählte Jackson die Chipsstapel vor Carl; es waren neun schwarze und zwei grüne Stapel. Er hatte einen guten Abend.

Carl ging beim Einsatz vor dem Flop mit. Der Dealer deckte die Gemeinschaftskarten auf, ein Paar Achten und einen König. Der Spieler zu seiner Linken, der eine Baseballkappe trug, setzte hundert. Der nächste Spieler erhöhte auf zweihundert. Alle Spieler bis auf einen stiegen aus. Carl schob zwei schwarze Chips in die Mitte.

Der Dealer deckte die Turn-Karte auf, eine Karo-Neun.

Der Spieler mit der Kappe setzte dreihundert. Carl schob seine Chips hinein. Der Mann zu seiner Rechten ging ebenfalls mit.

Der Dealer hielt inne, bevor er die River-Karte aufdeckte. Der Mann zu seiner Rechten checkte. Carl tat es ihm gleich und der Herr mit der Baseballkappe sagte: »Fünfhundert.«

Carl schob einen kleinen Stapel Chips in die Mitte. »Ich erhöhe auf achthundert.«

Der andere Spieler stieg aus und der Mann mit der Baseballkappe verzog das Gesicht, als er dreihundert in den Pot legte.

Carl zeigte seine Hand und sein Gegner murmelte: »Verdammt.«

Carl strich den Pot ein und sagte: »Farbe, bitte.«

Der Dealer wechselte seine Chips in solche mit höherem Wert. Carl warf dem Dealer einen schwarzen Chip zu, raffte seinen Gewinn zusammen und sagte: »Gute Nacht, Leute.«

Er ging zur Kasse und Jackson trat an seine Seite.

»Du hast wirklich gut gespielt.«

»Danke.«

Jackson senkte die Stimme und beugte sich vor. »Die Dame in Rot, ich habe gesehen, was sie gemacht hat …«

»Sie hat ihre Hände in den Schoß gelegt, wenn sie geblufft hat.«

»Ich wusste, dass du das mitbekommst.«

»Die Leute denken, wenn sie lässig tun, sieht es nicht so aus, als würden sie bluffen.«

»Ich erinnere mich, im College hieß es, dass Leute zappelig werden, wenn sie täuschen. Aber das hier war anders.«

Dan Petrosini

»Genau. Gut, dass du den Tell bemerkt hast. Genau das ist es, was du tun musst.«

»Danke. Mann, in der letzten Hand hast du den Typen mit dem Hut aber ganz schön reingelegt. Woher wusstest du, dass du ihn geschlagen hattest?«

»Im Flop lagen ein König, eine Acht und eine Zwei, alle in verschiedenen Farben. Ich dachte mir, entweder hatte er einen Drilling, vielleicht drei Achten, oder möglicherweise ein Paar Asse als Handkarten. Und ich saß auf drei Königen. Als er den Einsatz verdoppelte, dachte ich mir, es ist ein Drilling.«

»Aber du bist bei seinem Einsatz mitgegangen. Warum hast du nicht erhöht?«

»Ich wollte ihn glauben lassen, dass ich auf eine Straße oder einen Flush aus war, und außerdem wollte ich den Pot aufbauen, indem ich einen der anderen Spieler drin behielt.«

»Nur einer ist bis zum Turn dabeigeblieben.«

»Und ich habe seinen Beitrag sehr geschätzt.« Carl lächelte.

»Wirst du heute Abend noch in ein anderes Spiel einsteigen?«

»Nein. Ich habe genug verdient. Außerdem brauche ich eine Mütze voll Schlaf; ich spiele morgen ein Turnier in Miami.«

»Ich wünschte, ich könnte bei so etwas mitmachen.«

»Das schaffst du noch. Mach deine Hausaufgaben und vielleicht bist du dann reif dafür. Ich habe eines im Auge, das genau richtig für dich sein könnte. Ich sage dir Bescheid, wann.«

»Danke. Und glaub mir, ich arbeite daran, besser zu werden.«

»Studiere diese Preflop- und Postflop-Hand-Range-Tabellen. Wenn du die verinnerlicht hast und die Regel von Zwei und Vier anwendest, dann kannst du mit den fortgeschrittensten Spielern mitschwimmen.«

27

EINES MEINER WEGWERFHANDYS KLINGELTE. ICH ERKANNTE die Nummer. »Hey, Ginger. Wie läuft's?«

»Hey, Beck. Ich wollte dich nur wissen lassen, dass ich mich mit Melvin Weiss zum Mittagessen treffe.«

»Klingt gut. Pass auf, dass du keinen Ärger machst.«

Sie lachte. »Ich weiß schon, wie ich auf mich aufpasse.«

»Allerdings. Halt mich auf dem Laufenden.«

»Mach ich.«

Ich zog mein normales Handy heraus und tätigte einen weiteren Anruf. »Cynthia, hier ist Beck.«

»Hallo, Beck. Ist alles in Ordnung?«

»Ja. Ich entschuldige mich, dass ich so kurzfristig anrufe, aber mein Freund Jake hat mich gerade wissen lassen, dass der Designer von Hermès in der Stadt ist, aber leider nur für heute. Ich könnte Ihnen einen Termin für einen Sattel verschaffen, wenn Sie möchten.«

»Heute?«

»Ja, François reist morgen früh nach Dallas ab.«

»Verstehe. Wo wäre das denn?«

»Im Ritz-Carlton am Strand.«

Sie zögerte, und ich sagte: »Ich weiß, ein Hotel ist etwas unangenehm, aber bringen Sie ruhig einen Freund oder eine Freundin mit.«

»Ich reite oft mit einer Freundin von mir, die in Port Royal wohnt, und sie wollte schon immer einen Hermès-Sattel. Glauben Sie, es wäre möglich, dass sie auch die Gelegenheit bekommt, einen zu kaufen?«

»Jake lässt sich leicht überreden, und ehrlich gesagt schuldet er mir ein paar Gefallen. Ich sorge dafür, dass er sich um alles kümmert, was Sie und Ihre Freundin brauchen.«

»Oh, vielen Dank. Ich rufe sie an.«

»Großartig.«

»Oh, um wie viel Uhr müssten wir denn da sein?«

»Ich habe ihnen gesagt, dass wir um zwei Uhr da sein würden. Passt das bei Ihnen?«

Sie zögerte, dann sagte sie: »Ja.«

»Gut. Und falls Ihre Freundin nicht kann, bringen Sie einfach jemand anderen mit, wenn Sie sich dann wohler fühlen.«

»Danke. Ich glaube, das werde ich tun.«

»Großartig, dann treffe ich Sie in der Hotellobby, sagen wir um Viertel vor zwei.«

»Das ist perfekt. Danke, Beck. Das ist eine willkommene Überraschung.«

DIE RENOVIERTE LOBBY des Ritz hatte ein schickes, neu-floridianisches Flair. Eine Frau spielte Jazz auf einem Klavier und unterhielt Gäste, die ihr Mittagessen in die

Länge zogen, und andere, die schon vor der Happy Hour anfingen.

Die Gerüchte überschlugen sich, was sie für den Bau eines neuen Turms und die Modernisierung des gesamten Komplexes ausgegeben hatten, aber es schien sich auszuzahlen.

Mit dem Handy in der Hand behielt ich den Eingang im Auge. Cynthia und eine Frau, die ich bei der Youth-Haven-Veranstaltung gesehen hatte, spazierten herein. Ich schickte eine SMS und ging auf die beiden zu.

Sie trugen knielange Röcke, Cynthia einen weißen und ihre Begleiterin einen rosafarbenen, und darüber kurze Jäckchen. Ich traf sie kurz hinter dem Concierge-Pult. »Hallo, meine Damen.«

Cynthia lächelte und sagte: »Das ist Rebecca.«

Die Stirn ihrer Freundin bewegte sich nicht, als sie lächelte. »Schön, Sie kennenzulernen.«

Ich schüttelte ihre schmuckbehangene Hand. »Ganz meinerseits. Sind Sie bereit, ein wenig einzukaufen?«

Rebecca sagte: »Dafür sind wir geboren.«

»Fantastisch. François wartet oben.«

Cynthia fragte: »Ist er nicht in einem der kleineren Banketträume?«

»Nein. Er hat eine Suite im neuen Turm genommen.«

Sie wich einen winzigen Schritt zurück. Ich sagte: »Glauben Sie mir, ich verstehe, wenn Sie sich, äh, unwohl fühlen.« Ich deutete zum Concierge-Bereich. »Wir bitten einfach jemanden, uns zu begleiten.«

Sie sah ihre Freundin an und sagte: »Nein, das ist absolut unnötig.«

»Großartig. Gehen wir.«

Der Aufzug machte »Pling« und hielt im neunten Stock.

Ich folgte Cynthia Weiss und ihrer Freundin in einen breiten, modernen Flur.

»Hier entlang, meine Damen.«

Ich bog links ab und blieb vor der dritten Tür stehen. Die Frauen hielten Abstand. Ich lächelte und klopfte an die Tür.

Die Tür schwang auf. Cynthia klappte die Kinnlade herunter. In einen weißen Frotteebademantel gekleidet, sprang Melvin Weiss' Blick zwischen uns dreien hin und her.

Von drinnen drang Gingers Stimme zur Tür. »Mel, ist das der Zimmerservice?«

Cynthia sagte: »Wie konntest du nur? Du kleiner Mistkerl!« Sie und ihre Freundin marschierten davon.

Melvin trat auf den Flur. »Cynthia, warte. Das ist nicht das, wonach es aussieht.«

Ich betrat das prächtige Zimmer mit Holzboden. Ginger stand auf dem Balkon mit Blick auf den Golf von Mexiko. »Gott sei Dank. Noch eine Minute und ich hätte abhauen müssen.«

Ich warf einen Blick auf einen Eimer mit einer Flasche. »Wie war der Champagner?«

Sie schnappte sich ihre Handtasche und ging zur Tür. Weiss fragte: »Was zum Teufel geht hier vor?«

Wir schoben uns an ihm vorbei.

»Beck, ich verlange eine Antwort! Hast du mir eine Falle gestellt?«

Als sich die Aufzugtüren öffneten, trat Weiss auf den Flur und schrie: »Ich mach dich fertig, du Mistkerl!«

28

ICH SCHAUTE AUF DIE UHR UND SCHALTETE DEN FERNSEHER laut. Die dritte politische Werbung in Folge neigte sich dem Ende zu und die Nachrichten begannen wieder.

Eine Meteorologin stand vor einer Karte von Südwestflorida.

Fast so nervig wie die Werbung war die endlose Berichterstattung über das Wetter. Es war eine Endlosschleife, in der man sich über einen möglichen Schauer bei Höchstwerten in den niedrigen Achtzigern Sorgen machte.

Nachdem sie die aktuellen und zukünftigen Temperaturen an einem Dutzend Orten durchgegeben hatte, versprach die Wetterfrau ein Update und gab zurück zum Nachrichtensprecher.

»Und jetzt schalten wir live zu einer beunruhigenden Geschichte aus Bonita Springs Beach. Für WINK berichtet Amanda Brighthouse, die vor Ort ist. Amanda?«

Der Himmel hinter der blondhaarigen Reporterin war rosarot.

»Danke, Scott. Ich stehe vor der Strandvilla von Melvin

Weiss. Mr. Weiss und seine Frau Cynthia sind feste Größen in der philanthropischen Gemeinschaft von Südwestflorida. Das dürfte sich jedoch bald ändern, da der wohlhabende Finanzier beschuldigt wird, Frauen in den Badezimmern eben dieses Hauses gefilmt zu haben.«

Der Bildschirm teilte sich in zwei Hälften, auf der einen Seite die Reporterin, neben ihr vier Bilder von Frauen. »Wie Sie auf diesen gruseligen Bildern sehen können, wurden weibliche Gäste von Mr. Weiss ohne deren Zustimmung oder Wissen gefilmt. Wir haben die Gesichter unkenntlich gemacht, um ihre Privatsphäre zu schützen, aber WINK News hat mit zwei der Frauen gesprochen, die bestätigten, kürzlich bei einer Wohltätigkeitsveranstaltung im Hause Weiss gewesen zu sein.«

Die Bilder der Frauen wurden durch ein Bild von Weiss im Smoking ersetzt.

»Es ist nicht bekannt, wie lange die geheimen Aufnahmen gemacht wurden oder wie viele Frauen von der versteckten Kamera erfasst wurden.«

»Heute früh hat die Polizei das Haus von Weiss durchsucht. Unsere Quellen sagen uns, dass kein Aufnahmegerät gefunden wurde. Uns wurde mitgeteilt, dass die Polizei glaubt, Mr. Weiss sei vor der Razzia gewarnt worden. Das Büro des Sheriffs von Collier County gab eine Erklärung ab, dass Mr. Weiss morgen befragt werden solle.«

»Wir baten Mr. Weiss um eine Stellungnahme zu den Vorwürfen, aber sein Büro verwies uns an seinen Anwalt, James Stockton. Mr. Stockton bestritt, dass sein Mandant für die Aufnahmen verantwortlich sei. Er behauptete, es handele sich um einen Versuch, Mr. Weiss zu diskreditieren, und wiederholte, dass bei der Durchsuchung kein Gerät gefunden wurde.«

»Als wir Mr. Stockton drängten, uns Informationen darüber zu geben, wer den Ruf seines Mandanten schädigen wolle, sagte Stockton, Mr. Weiss habe viele Feinde. Er fuhr fort, dass die Haupttätigkeit von Weiss' Firma, bekannt als Chernobyl, darin bestünde, gegen die Aktien von Unternehmen zu wetten, die Weiss für überbewertet hielt. Der Begriff für solche Investitionstätigkeiten ist Short-Selling.«

»Unser Wirtschaftsressort bestätigte, dass Chernobyl wegen kontroverser Wetten gegen viele Firmen in die Kritik geraten ist, darunter auch ein Unternehmen direkt vor unserer Haustür, South Florida Aeronautics, dessen Gründerfamilie aus Naples stammt.«

»WINK News wird diese Geschichte weiterverfolgen und Sie über neue Entwicklungen auf dem Laufenden halten.«

Ich kraulte Tobys Kopf. »Und so macht man das, mein Junge.«

Ich sprang von der Couch auf und sagte: »Komm, Toby, lass uns eine Runde gehen.«

Ich hakte die Leine an seinem Halsband ein und eines meiner Wegwerfhandys klingelte. »Hallo, Mr. Whitmore.«

»Hallo, Beck. Haben Sie den Nachrichtenbericht über Melvin Weiss gesehen?«

»Ja, den habe ich gesehen. Verrückt, oder?«

»Sie hatten damit doch nichts zu tun, oder?«

»Womit?«

»Mit dem, was Weiss getan hat, dass er diese Frauen gefilmt hat.«

»Wer Böses tut, dem widerfährt Böses. Und wer Gutes tut, dem widerfährt Gutes.«

»Sind Sie ein Fan der Psalmen?«

»Nicht wirklich. Meine Mutter hat das früher ständig gesagt.«

»Also waren Sie nicht beteiligt an ...«

»Ich muss los. Einen schönen Tag noch.«

»Oh, den werde ich haben. Ich werde meine Frau heute Abend zum Essen ausführen, etwas Besonderes, um zu feiern.«

Ich warf das Telefon auf die Couch und wir gingen nach draußen. Toby zerrte an der Leine und ich beschleunigte meine Schritte. Das gute Gefühl, das mich überkam, als die Nachricht bekannt wurde, hatte bereits begonnen zu verblassen.

In dem Versuch, daran festzuhalten, ging ich die Ereignisse durch, die Weiss zu Fall gebracht hatten. Es half nicht. Warum hielt es nicht an? Lag es daran, dass Weiss ein leichtes Ziel war? Sein arrogantes Selbstvertrauen hatte mir etwas gegeben, womit ich arbeiten konnte, aber den zweigleisigen Plan zu entwickeln und umzusetzen, war etwas, das nur wenige tun konnten.

Als Toby an einem Baum sein Bein hob, überlegte ich, ob die Befriedigung nachließ, weil die Strafe, die Weiss erhielt, zwar peinlich, aber nicht fatal war. Musste ich die Grenze überschreiten, die ich mir geschworen hatte, nicht zu übertreten?

Zurück im Haus gab ich Toby ein Leckerli und griff nach meinem Handy. Ich klickte auf die Benachrichtigung der *Naples Daily News* und wurde auf deren Startseite weitergeleitet. Die Schlagzeile war nicht zu übersehen:

»In Ungnade gefallener Finanzier von Polizei befragt«

Melvin Weiss aus Bonita Springs Beach wurde vom Büro des Sheriffs von Lee County wegen Fotos befragt, die angeblich von

Frauen aufgenommen wurden, die das Badezimmer in seiner Strandvilla benutzten.

Die anstößigen Bilder wurden WINK News anonym zugespielt und lösten eine Untersuchung aus. Weiss behauptet, von nichts zu wissen, und sein Anwalt glaubt, dass ihm eine Falle gestellt wurde. Eine Durchsuchung des betreffenden Badezimmers, einer Gästetoilette im Erdgeschoss, durch die Ermittler förderte kein Aufnahmegerät zutage.

Mr. Weiss gab keinen Kommentar ab, als er die Befragung verließ. Sein Anwalt gab eine Erklärung ab, in der es unter anderem hieß, dass sie eine energische Verteidigung aufbauen und den guten Namen seines Mandanten wiederherstellen würden.

Ich las die nächste Zeile zweimal: *Melvin Weiss, sechzig Jahre alt, und seine Frau Cynthia leben seit zehn Jahren in dem Haus, in dem die Fotos aufgenommen wurden. Die Weisses sind in der philanthropischen Gemeinschaft von Südwest-Florida aktiv.*

Das Paar ist seit achtunddreißig Jahren verheiratet, doch die Eheleute haben sich kürzlich getrennt, und Cynthia Weiss, die nun auf der Ranch des Paares in Ocala lebt, hat einen Scheidungsanwalt eingeschaltet. Es ist unbekannt, ob die heimlichen Filmaufnahmen für die Trennung verantwortlich waren.

Die Anspannung in meinem Nacken ließ nach, als mir klar wurde, dass Cynthias Schmerz wahrscheinlich nur von kurzer Dauer sein würde. Nahm der Kollateralschaden, zu dem sie geworden war, mir die Genugtuung, es Weiss heimgezahlt zu haben?

Ohne ihn wäre sie besser dran. Ihr gesellschaftliches Leben würde zwar auf den Kopf gestellt werden, aber die Scheidungsabfindung würde sie für den Rest ihres Lebens in Samt und Seide betten.

Obwohl ihm die Sache peinlich war, würde ihr Mann, Melvin, weiterhin sagenhaft reich sein. Wahrscheinlich würde er umziehen, vielleicht nach Miami, und sein Privatleben neu aufbauen. Das Bild von ihm auf einer Yacht in der Biscayne Bay schoss mir durch den Kopf.

Die Anspannung in meinen Schultern kehrte zurück. War das, was wir Weiss angetan hatten, genug? Sollte er vollständig aus dem Weg geräumt werden? Weiss hatte eine Menge Leute verletzt, aber nicht körperlich. Und wenn er verschwinden müsste, wäre ich dann fähig, es zu tun?

Und wenn ich es täte, würde das gute Gefühl, das die Rache für andere mit sich brachte, dann anhalten?

29

LAURA UND ICH SAßEN NACH DEM ABENDESSEN NOCH AUF der Veranda. Ich sagte: »Es ist so klar draußen. Man kann eine Million Sterne sehen.«

»Glaubst du, es gibt woanders auch Leben?«

»Du meinst auf einem anderen Planeten?«

»Ja.«

»Ich weiß nicht, ich schätze, das ist möglich, da es da draußen ja eine Menge Sonnensysteme geben soll.«

»Glaubst du, dass eine wie auch immer geartete Lebensform da draußen weiter entwickelt ist als wir?«

Ich zuckte mit den Schultern. »Wer weiß? Vielleicht sind wir ein Experiment, das sie gerade durchführen.«

»Wie meinst du das?«

»Wir gehen doch auch gerne in den Zoo oder sonst wohin, um Tiere zu beobachten. Vielleicht beobachtet uns irgendeine außerirdische Rasse zu ihrer Unterhaltung. Weißt du, eine fortgeschrittene Form einer Reality-Show.«

Sie schnaubte. »Nein, im Ernst. Glaubst du, dass wir zu

unseren Lebzeiten noch Besuch von Außerirdischen bekommen?«

Mein Handy vibrierte und ich schob mich vom Tisch weg. »Wer sagt denn, dass sie nicht schon längst hier waren?«

Ich holte mein Handy hervor. »Es ist Larson. Da muss ich rangehen.«

Ich ging ins Haus. »Hey, Ray, was gibt's?«

»Ich dachte, du möchtest vielleicht wissen, dass CNBC morgen früh einen Beitrag über Weiss' Chernobyl-Fonds bringen wird.«

»Schön. Was ist die Stoßrichtung?«

»Es sieht so aus, als ob sich die institutionellen Anleger in Scharen zurückziehen. Sie können nicht riskieren, dass bei Weiss noch weitere Probleme auftauchen.«

»Ist das der Todesstoß für seine Firma?«

»Institutionen machen etwa sechzig Prozent des von ihm verwalteten Geldes aus. Er wird sich halten, vielleicht den Laden dichtmachen und ihn als Family Office oder so etwas in der Art neu positionieren.«

»Also überlebt er es und macht weiter wie bisher?«

»Wahrscheinlich. Aber ich glaube nicht, dass er riskieren würde, mit den Fakten zu spielen; jede Position, die er in Zukunft einnimmt, wird genauestens unter die Lupe genommen werden.«

Ich spottete. »Das wird nicht von Dauer sein, die Leute werden sich bald wieder etwas anderem zuwenden.«

»Du hast bei ihm ganze Arbeit geleistet. Whitmore gibt uns vielleicht einen Bonus.«

»Ich weiß nicht, vielleicht hätten wir weitergehen sollen.«

»Du hast sein Geschäft lahmgelegt und seiner Frau die Augen geöffnet. Was hättest du noch tun können?«

»Ich weiß nicht, aber irgendetwas an Weiss ist …«

»Es ist vorbei. Mach weiter, du hast Jackson und Kravitz, um die du dich kümmern musst.«

»Die beiden Sachen laufen gerade gut an.«

Laura öffnete die Schiebetür und kam ins Haus.

Larson sagte: »Gut, ich muss sagen, die Pläne scheinen perfekt zu sein.«

»Hoffen wir es mal. Hör zu, ich muss los. Wir sprechen uns später.«

Laura fragte: »Was wollte Ray?«

»Irgendetwas wegen eines Falles.«

»Welcher Fall?«

»Nichts Wichtiges. Lass uns wieder rausgehen.«

»Ich verstehe nicht, warum du mir nicht erzählen kannst, was du beruflich machst. Das ist nicht richtig. Ich fühle mich dadurch wie eine totale Außenseiterin.«

»Das stimmt nicht. Es ist nur so, dass es, du weißt schon, Vertraulichkeitsfragen gibt und ich nicht wirklich auf die Details eingehen kann.«

»Schon gut. Du kannst mir nicht alles erzählen. Das verstehe ich.«

»Danke.«

Sie stemmte die Hände in ihre wunderschönen Hüften. »Gib mir eine Zusammenfassung.«

»Es ist kompliziert und hat mit einer Menge Finanz-kram zu tun, den ich selbst kaum verstehe.«

»Versuch's mal mit mir.«

»Okay. Es gibt da einen Typen, der Geld damit verdient, wenn Aktien fallen. Und er spielt nicht fair. Er verbreitet

Lügen und bringt andere dazu, sich gegen ein Unternehmen zu verbünden, damit dessen Aktie fällt.«

»Klingt nicht nach einem netten Mann.«

»Ist er auch nicht, er betrügt auch seine Frau. Und hat ein Ego so groß wie der Goodyear-Zeppelin.«

»Was für ein Arschloch.«

»Ja. Sehr von sich selbst eingenommen.«

»Was hast du gemacht?«

»Wir haben ihn öffentlich blamiert und er ist so gut wie pleite.«

»Wie habt ihr das gemacht?«

»Das ist alles, was ich dazu sagen kann.«

»Weiß seine Frau, dass er sie betrogen hat?«

»Wir haben dafür gesorgt, dass sie es herausfindet.«

Sie lächelte. »Gut. Ich bin froh, dass sie nicht länger zum Narren gehalten wird.«

»Sie haben sich bereits getrennt und auf diesen Kerl kommen noch mehr Probleme zu.«

»Wie meinst du das?«

Ich hatte genug gesagt. »Ach nichts, aber er wird die Hälfte seines Vermögens an seine Frau verlieren, sein Geschäft bricht zusammen und wer weiß, was sonst noch passieren wird.«

30

Es war gut, allein in meinem eigenen Bett zu sein, doch meine Nase war zu. Als ich mich auf die rechte Seite drehte, damit sie frei wurde, gab es ein Geräusch. Ich erstarrte. Angestrengt lauschte ich, doch ich konnte nichts hören. Es war still.

Toby schlief tief und fest. Ich entspannte mich. Es war nichts.

Meine Nase wurde frei, ich rollte mich auf den Rücken und döste wieder ein.

Ein Kitzeln im Rachen ließ mich husten. Etwas lag in der Luft. Toby sprang auf die Beine. Ich fuhr kerzengerade hoch und schnüffelte – Rauch!

Ich sprang aus dem Bett und öffnete die Schublade des Nachttischs. Die Glock in der Hand, sagte ich: »Na los, Junge.«

Der Flur war diesig. *Piep. Kreisch!* Ein Rauchmelder ging los. Ich öffnete die Schiebetür, die nach hinten führte. »Raus mit dir, Toby. Na los!«

Toby bellte, rührte sich aber nicht. Ich griff nach meinem Handy auf der Küchentheke, während ein beißender Geruch in meinen Nasenlöchern brannte. Es brannte.

Ich wählte den Notruf, während ich das Haus durchsuchte. Der Flur zur Garage war voller Rauch.

»Na los, Junge.« Jaulend folgte mir Toby nach draußen, als die Rauchmelder kreischten.

Bewegungsempfindliche Lichter erhellten die Veranda. Das Gras war nass. Als ich um die Hausecke bog, hielt ich inne. Das Garagenfenster flackerte orange. Eine nahende Sirene hielt mich davon ab, zurück ins Haus zu stürmen.

Was zum Teufel war passiert? War es das Auto? Es war kein Elektroauto, also konnte es kein Batteriebrand sein.

»Heilige Scheiße, Beck! Dein Haus brennt!«

Dave, mein Nachbar, trabte herüber.

»Ja, im Moment aber nur die Garage.«

»Mann, du hast Glück, dass du aufgewacht bist.«

»Ich reagiere empfindlich auf Rauch. Ich habe ihn nicht gerochen, aber irgendetwas hat mich zum Husten gebracht.«

Dave kraulte Tobys Kopf. »Ich wette, er hätte dich geweckt, wenn du nicht aufgewacht wärst.«

»Wahrscheinlich. Tu mir einen Gefallen und nimm ihn, bis das hier vorbei ist.«

»Klar doch.«

Mit hupender Hupe bremste ein Feuerwehrauto bis zum Stillstand. Fünf Feuerwehrleute sprangen vom Wagen. »Zurückbleiben!«

Es dauerte ein paar Minuten, das Feuer zu löschen. Der Einsatzleiter der Truppe eskortierte mich durch die Vordertür ins Haus. Wasserpfützen sammelten sich auf dem

Küchenboden. Die Wände des Korridors zur Garage waren durchnässt und mit schwarzen Überresten des Rauchs gezeichnet.

Ich war dankbar, dass das Haus verschont geblieben war, aber das Wasser hatte mehr Schaden angerichtet als das Feuer. »Sie sind gerade noch rechtzeitig gekommen.«

»Es gibt einen Grund, warum die Vorschriften verlangen, dass Garagenzugangstüren massiv sein müssen. Wäre sie das nicht gewesen, hätten Sie die Bude hier verloren.«

Ich spähte in die Garage. »Wie hat es angefangen? War es das Auto oder etwas in der Garage?«

»Es war Absicht.«

»Brandstiftung?«

»Zu neunundneunzig Komma neun Prozent sicher.«

Als ich gerade »Sind Sie sicher?« sagte, fuhren zwei Polizeiautos hinter das Feuerwehrauto.

»Das Tastenfeld für das Garagentor hing herunter. Jemand hat die Drähte verdrillt, um eine Verbindung herzustellen. So sind sie reingekommen.«

Würde die Überwachungskamera, die ich hatte, denjenigen identifizieren, der versucht hatte, mich zu rösten? »Wird es eine Untersuchung geben?«

»Absolut. Wir werden das genau feststellen und von da an weitermachen.«

»Okay.« Ich drehte mich um und legte meine Hand auf den Türgriff eines kleinen Schranks, in dem sich die Elektronik befand. Die gesamte Ausrüstung war durchnässt.

»Das werden Sie alles ersetzen müssen. Wir konnten kein Risiko eingehen.«

»Ich verstehe. Hören Sie, ich muss ein paar Anrufe machen.«

Mit dem Handy in der Hand ging ich um das Haus herum auf die Veranda. »Mario?«

Er antwortete schläfrig: »Was ist los?«

»Jemand hat mein Haus angezündet.«

»Was zum Teufel? Wer war es?«

»Das weiß ich noch nicht. Aber du solltest besser vorsichtig sein. Es könnte mit etwas zu tun haben, was wir gemacht haben.«

»Ein Fall?«

»Das denke ich.«

Er schnaubte. »Eine Vergeltung für eine Vergeltung.«

»Könnte sein. Ich weiß nicht, warum es mir in den Sinn kam, aber glaubst du, es könnte Mallory gewesen sein?«

»Aus der Fischfabrik?«

»Ja.«

Mario sagte: »Das ist Jahre her. Nee, das kann nicht sein.«

»Du sagst doch immer, die beste Vergeltung ist die, die sie nicht kommen sehen.«

»Ja, aber das ist viel zu lange her. Das war vor ungefähr zwanzig Jahren.«

»Er sagte, er würde mich kriegen, und wenn es das Letzte wäre, was er tut.«

»Ja, aber er ist jetzt ein alter Mann.«

»Er wäre erst um die fünfzig.«

»Ich glaube nicht. Vergiss nicht, die Royal-und-Caden-Sache hat dich in die Zeitungen gebracht.«

»Dieser verdammte Idiot in O'Learys Büro hat es durchsickern lassen. Obwohl sie es zurückgenommen haben.«

»Was ist mit Royal und seiner Bande?«

»Von diesen Schlägern ist nicht mehr viel übrig.«

»Royal könnte das vom Gefängnis aus steuern.«

Meine Schultern verspannten sich. »Vielleicht.«

»Er hat nichts zu verlieren.«

Diese Erinnerung war nicht hilfreich. »Wir müssen die Fühler ausstrecken.«

Eine Stimme rief: »Mr. Beck?«

»Ich muss los, der Einsatzleiter sucht mich. Pass auf jeden Fall gut auf dich auf.«

Ich ging zu dem Feuerwehrmann hinüber. Er sagte: »Die Polizei möchte mit Ihnen reden.«

———

LARSON ÖFFNETE die Tür in einem Ferrari-T-Shirt und Turnshorts. »Geht es dir gut?«

»Ja, danke, dass ich bei dir übernachten durfte.«

Ich folgte ihm in die Küche. »Wo ist Toby?«

»Ich habe ihn bei einem Nachbarn gelassen.«

»Was zum Teufel ist passiert?«

Ich stellte meine Reisetasche ab. »Das war ohne Zweifel Brandstiftung.«

»Mann, du hättest umkommen können.«

»Ich glaube, das war die Absicht.«

»Jemand versucht, dich umzubringen?«

»Sieht so aus. Die Polizei sagte, die Glühbirnen der Bewegungsmelder waren losgeschraubt. Sie sind über das Tastenfeld vom Garagentor reingekommen und haben das Feuer an der Tür gelegt, die ins Haus führt. Ein Glück, dass ich die immer abschließe.«

»Ein Profijob?«

»Schwer zu sagen, aber sie haben einen Brandbeschleuniger mit einem Haufen Handtücher und Zeitungen benutzt.«

»Großer Schaden?«

»Mein Auto ist hinüber und drinnen gibt es einen Wasserschaden. Ich brauche ein neues Garagentor und –«

»Schon gut. Hauptsache, du bist in Sicherheit.«

Die Frage war nur, für wie lange? »Ich weiß, aber wir müssen denjenigen zur Strecke bringen, der dahintersteckt.«

»An wen denkst du?«

»Im Moment liegt unser alter Freund Royal wohl ganz vorn. Wenn er es nicht ist, könnte es jemand sein, dem wir es heimgezahlt haben … es besteht eine geringe Chance, dass es jemand von ganz früher ist, aber das bezweifle ich.«

»Wen meinst du?«

»Als Mario und ich aus dem Pflegesystem abgehauen sind, haben wir alles getan, um zu überleben, und Jobs in einer Fischfabrik an der Delaware Bay angenommen.«

»Daran erinnere ich mich. Was war da noch mal passiert?«

»Da war dieser Idiot, Bob Mallory. Er war der Vorarbeiter am Band und ein fieser Schweinehund. Er hat mich ständig geschubst, mich mit seinem Stock gestoßen und mir ins Ohr gebrüllt. Alle sagten, er hätte es auf mich abgesehen, aber niemand wusste, warum.«

»Erzähl mir, was da los war.«

Ich schüttelte den Kopf. »Eines Tages sah er mir zu, wie ich am laufenden Band Fischbäuche aufschlitzte. Er saß mir im Nacken und kritisierte mich für alles Mögliche. Wenn ich einen nicht perfekt aufgeschnitten hatte, pieste er mich mit seinem verdammten Stock. Ich sagte ihm, er solle aufhören, und er starrte mich nur an. Ich machte mit dem

Ausnehmen weiter und er fing an zu schreien. Ich sagte ihm, er solle die verdammte Fresse halten, und da schlug er mich, genau hier, wo mich dieser Mistkerl von einem Pflegevater geschlagen hatte. Da brannten bei mir die Sicherungen durch. Ich wirbelte nur herum und stach mit dem Messer, das ich benutzte, auf ihn ein.«

31

ICH STAND AUF MEINEM RASEN UND SAH ZU, WIE DAS Sanierungsteam die Trümmer aus der Garage räumte. Es war kaum zu fassen, dass jemand mein Haus angezündet hatte. Während ich darin war.

Mein Handy klingelte. Es war Larson. »Hey.«

»Sind sie aufgetaucht?«

»Ja. Danke, dass du deine Beziehungen hast spielen lassen.«

»Jederzeit. Da ganz Fort Myers Beach wieder aufgebaut wird, haben alle mehr Arbeit, als sie bewältigen können.«

»Und die Preise sind der Wahnsinn.«

»Die Versicherung wird das meiste davon übernehmen.«

»Der Gutachter war gleich heute Morgen hier.«

Ein dunkelblauer Crown Victoria fuhr vor und blockierte meine Einfahrt. Ich sagte: »Ich muss auflegen, Ray. Detective Moreno ist gerade vorgefahren.«

Wir schüttelten uns auf dem Gehweg die Hände. »Was zur Hölle ist hier passiert?«

»Ich weiß es nicht. Ich habe geschlafen und nichts gehört. Ich schätze, der Rauch hat mich aufgeweckt.«

»Dein Hund ist nicht aufgewacht?«

»Ich wünschte, ich könnte so tief schlafen wie er.«

»Wer wünscht sich das nicht. Aber Scheiße, du hast Glück, dass du aufgewacht bist.«

»Ich weiß. Der Rauchmelder ging los, als wir das Haus verließen, also wäre ich so oder so aufgewacht.«

»Ich habe gehört, das Feuer wurde absichtlich gelegt.«

»Daran besteht kein Zweifel. Sie sind durch die Garagentür rein und haben einen Brandbeschleuniger benutzt.«

Er schüttelte den Kopf. »Irgendeine Ahnung, wer dahintersteckt?«

»Nicht wirklich.«

»Jemand, dem du auf die Füße getreten bist?«

»Könnte sein. Mir fällt nur gerade nichts Konkretes ein.«

»Was ist mit Royal? Er könnte vom Gefängnis aus seine Fäden ziehen.«

»Brandstiftung ist nicht seine Art.«

»Wovon redest du? Seine Leute waren in die Sache mit dem Wohnhaus in Cape Coral verwickelt, das ein paar Monate vor Ian in Rauch aufging.«

»Das hatte ich vergessen. Aber sie haben nie jemanden dafür verhaftet.«

»Royal hat immer seine Spuren verwischt, bis du ihn ausgetrickst hast. Es würde Sinn ergeben, dass er sich rächen will.«

Drang Royal in mein Revier ein? »Vor ein paar Nächten war ich später als sonst mit Toby Gassi. Auf dem Rückweg sah ich einen Mann an der Seite meines Hauses. Er haute ab, bevor ich reagieren konnte, und entkam.«

»Hmm. Er könnte die Gegend ausgekundschaftet haben.«

»Das habe ich mir auch gedacht.«

»Du solltest besser aufpassen.«

»Das tue ich immer.«

»Ich werde dem Captain sagen, dass er dafür sorgen soll, dass hier zwei- oder dreimal pro Nacht ein Streifenwagen vorbeifährt.«

»Danke.«

»Brauchst du irgendwas? Eine Bleibe?«

»Nein, danke. Ich gehe nirgendwohin. Die Sanierungsleute meinten, es würde acht bis zehn Tage dauern, bis alles repariert und abgenommen ist.«

»Was ist mit einem Auto?«

»Enterprise bringt mir eins vorbei. Die sollten jeden Moment hier sein.«

»Alles klar. Ich frage beim Branddezernat nach und sage dir Bescheid, falls sich aus dem, was sie gesammelt haben, etwas ergibt.«

»Danke.«

»Na gut, dann. Sei vorsichtig.«

Moreno ging zu seinem Auto zurück, und ich sagte: »Hey, ich weiß es zu schätzen, dass du nach dem Rechten siehst, Moe.«

»Dafür sind Freunde doch da.«

Eine Stunde später war das Reparaturteam weg und ich stieg in den Mietwagen. Es war ein riesiger SUV. Ich war schon alles Mögliche und überall gefahren, aber als ich in den Tahoe kletterte, überkam mich ein unbehagliches Gefühl.

Es war das größte Gefährt, hinter dessen Steuer ich je

gesessen hatte. Hing die Nervosität mit der Größe zusammen oder damit, wohin sie mich brachte?

Laura sollte heute Abend zum Essen vorbeikommen. Wenn ich es verschieben würde, wäre sie sauer. Wenn ich hinauszögerte, ihr zu erzählen, was passiert war, würde sie es herausfinden und alles wäre noch schlimmer.

Ich parkte auf dem Parkplatz bei Rosedale Pizza und ging in Richtung Magnolia Square. Der Apartmentkomplex war seit ein paar Jahren geöffnet, und der Lack war langsam ab. Laura war vor ein paar Monaten in eine kleine Wohnung eingezogen.

Als ich aufblickte, sah ich sie. Sie saß auf der winzigen Terrasse mit Blick auf den Pool. Ich schickte ihr eine SMS: *Rate mal, wer unten wartet?*

Oh mein Gott. Du bist hier? Ich telefoniere gerade mit einem Patienten. Bin gleich unten.

Ihre gelbe Bluse war so strahlend wie ihr Lächeln. »Was für eine schöne Überraschung!«

Sie schlang ihre Arme um mich. »Hast du geraucht?«

»Nein.«

»Du riechst wie ein Aschenbecher.«

»Beim Haus ist was passiert.«

»Was? Oh, nein. Hattest du ein Feuer?«

»Ja. In der Garage.«

Sie musterte mich von oben bis unten. »Geht es dir gut?«

»Mir geht es gut.«

»Was ist mit Toby?«

»Dem geht es super. Mein Auto ist Schrott.«

»Was ist passiert?«

»Setzen wir uns doch an den Pool.«

Sie musterte mein Gesicht. »Okay, aber was ist los?«

Ich ging zu einem runden Tisch und öffnete den Sonnenschirm. Wir setzten uns in den Schatten und Laura sagte: »Was verschweigst du mir?«

»Beruhige dich. Es gab ein Feuer und alles ist in Ordnung. Außer meinem Auto.«

Sie presste die Lippen aufeinander. »Wann ist das passiert?«

»Letzte Nacht.«

»Und das sagst du mir erst jetzt?«

»Ich musste mich um den Versicherungstypen kümmern und einen Handwerker organisieren, um …«

»Du konntest mich nicht anrufen? Das dauert nur eine Minute.«

»Ich wollte es dir persönlich sagen.«

»Wann letzte Nacht?«

Ich war versucht zu flunkern, aber da ich wusste, dass sie mich eines Tages darauf festnageln würde, sagte ich: »Gegen eins. Ich habe geschlafen und bin aufgewacht …«

Sie packte meine Hände. »Oh mein Gott. Du hättest verletzt werden können oder, oder …«

»Ist schon gut, es ist alles gut ausgegangen. Wie gesagt, das Auto hat einen Totalschaden und die Garage braucht eine Menge Arbeit, aber bis auf einen kleinen Teil des Flurs ist alles andere in Ordnung.«

»Ich verstehe nicht, wie hat es angefangen? Die Autobatterie?«

»Nein.«

»Was dann? Irgendwas mit der Elektrik?«

Ich schüttelte den Kopf. »Der Feuerwehrhauptmann ist sich nicht sicher, aber er glaubt, es könnte Brandstiftung sein.«

Ihre Augen weiteten sich. »Was? Brandstiftung?« Sie zog ihre Hände weg. »Was ist hier los, Beck?«

»Mach dir keine Sorgen, mir geht es gut.«

»Jemand hat versucht, dein Haus niederzubrennen, mit dir darin, und du kommst mir mit deinem ›Mach dir keine Sorgen‹-Blödsinn?«

»Alles ist in Ordnung. Wirklich.«

»Hältst du mich für dumm oder was?«

Ich griff nach ihrer Hand, aber sie riss sie weg. »Nein. Natürlich nicht.«

»Wie kannst du das dann sagen? Jemand hat versucht, dich umzubringen. Verstehst du das nicht?«

»Sei nicht so dramatisch.«

»Wie würdest du es denn nennen, mitten in der Nacht aufzuwachen, weil das Haus brennt? Dramatischer geht's ja wohl nicht.«

»So schlimm ist es nicht.«

Sie stand auf. »Entweder du sagst mir, was los ist, oder ich …«

»Komm schon. Setz dich, und ich erzähle dir, was ich weiß.«

Mit einem Schmollmund setzte sie sich. »Ich warne dich, verschweige mir bloß nichts.«

Ich beugte mich vor. »Das tue ich nicht. Wie gesagt, ich bin aufgewacht und habe Rauch gerochen. Toby und ich sind raus und haben den Notruf gewählt. Die Feuerwehr kam und hat den Brand gelöscht. Das ist alles.«

»Äh, was ist mit der Brandstiftung?«

»Ja, nun, sie sagten, es sei Brandstiftung.«

»Also ist es jetzt definitiv Brandstiftung und vorher war es nur möglicherweise?«

»Ich wollte dir keine Angst machen.«

»Hat jemand die Person gesehen, wie sie das Feuer gelegt hat?«

»Nein, sie haben einen Brandbeschleuniger gefunden, so was wie Benzin, das in der ganzen Garage verspritzt war, und ich habe nie Benzin herumstehen.«

»Wie sind sie reingekommen?«

Sie würde eine gute Detektivin abgeben. »Über das Tastenfeld draußen.«

Sie kniff die Augen zusammen und sagte: »Was hast du getan, dass jemand hinter dir her ist?«

»Ich weiß es wirklich nicht.«

»Komm schon, Beck. Hör auf mit den Spielchen.«

»Ehrlich, ich zerbreche mir den Kopf darüber, wer es sein könnte.«

Sie lehnte sich in ihrem Stuhl zurück. »Das muss doch mit deinem Job oder was auch immer du beruflich machst, zusammenhängen, oder?«

Ich zuckte mit den Schultern. »Vielleicht.«

Laura stand auf. »Wenn du nicht offen zu mir sein kannst, wird diese Beziehung nicht funktionieren.«

»Hey, warte mal eine Minute.«

»Ich muss los. Ich habe einen Zoom-Call für die Uni.«

32

Ich parkte auf der anderen Straßenseite des Lowdermilk Parks und ließ meinen Blick schweifen. Nur Leute in Flip-Flops, die Liegestühle trugen. Marios flaches Gebäude schrie förmlich 1970er-Jahre-Florida. Ich sprang die Betontreppe hinauf und klopfte an seine Tür.

Mario, in abgeschnittenen Jeans und T-Shirt, öffnete die Tür. »Hey, Kumpel.«

Trotz der niedrigen Decken wanderte mein Blick sofort zur Aussicht. Ich trat ein. »Mach die Tür zu.«

»Was ist los?«

»Larson hat angerufen. Er hat eine Spur, wer versucht hat, mich bei lebendigem Leibe zu verbrennen.«

»Wer ist der Mistkerl?«

»Erinnerst du dich an Switzer, den Kerl aus Punta Gorda?«

»Heilige Scheiße. Der hat das Auto seiner Frau angezündet. Ich fasse es nicht, dass wir nicht an ihn gedacht haben.«

»Er wurde ein paar Tage, bevor mein Haus angezündet wurde, auf Bewährung entlassen.«

»Wir sollten den Mistkerl zur Rede stellen. Wo wohnt er?«

»Immer mit der Ruhe. Das Timing könnte ein Zufall sein.«

»Bist du nicht derjenige, der immer sagt, es gibt keine Zufälle, nur Beweise?«

»Im Moment haben wir nur seine Entlassung und die Tatsache, dass er schon mal Brandstiftung begangen hat.«

»Das reicht mir. Was willst du tun?«

»Hier ist ein Foto von ihm. Halt die Augen offen. Detective Moreno wird die Patrouillen um unsere beiden Häuser verstärken.«

»Aber …«

»Larson wird sich bei seinem Kontaktmann von Verizon erkundigen, ob er an Switzers Telefondaten ohne einen Durchsuchungsbefehl herankommt.«

»Glaubst du, er kriegt sie?«

»Wir wollen nur wissen, ob er in jener Nacht in Nord-Naples war.«

»Okay. Daumen drücken. Wenn er es ist, schnappen wir uns den Mistkerl.«

———

DIE SONNE SPIEGELTE sich auf der Motorhaube, meine neue Karre stand auf einem Tieflader. Das Timing war perfekt. Ich rief Laura an, die gerade bei Lululemon in den Waterside Shops einkaufte. Der Fahrer ließ die Ladefläche herunter und ich wies ihn in die Einfahrt ein.

Er reichte mir ein Klemmbrett. »Ich bräuchte Ihre Unterschrift für die Papiere.«

Ich umrundete den BMW. »Kein Problem.« Nach einem

kurzen Blick auf die Dokumente unterschrieb ich sie. Er gab mir meine Durchschläge und ich steckte ihm einen Zwanziger zu.

»Danke. Wenn Sie Ihre alten Nummernschilder haben, kann ich sie Ihnen dranmachen.«

»Schon gut. Das schaffe ich selbst. Einen schönen Tag noch.«

Ich legte die Papiere auf den Beifahrersitz und ging hinein, um das Nummernschild zu holen.

Mit dem Schild in der Hand ging ich wieder nach draußen. Ein Lieferwagen des Malers fuhr vor meinem Haus vor. Ich legte das Nummernschild ab und wartete, bis der Maler ausstieg.

»Hallo, ich schaue nur nach, was gemacht werden muss.«

»Werden Sie heute nicht fertig?«

»Nicht heute. Wahrscheinlich morgen. Ich muss noch einen Auftrag auf Marco Island abschließen. Je nachdem, was hier zu tun ist, kann ich es vielleicht morgen dazwischenschieben.«

»Das hoffe ich. Ich möchte das gern hinter mich bringen.«

»Sie und jeder andere auch.«

Ich führte ihn hinein und fünf Minuten später saß er wieder in seinem Lieferwagen.

Ich kniete am Heck des Wagens. Gerade als ich die erste Schraube am Nummernschild festzog, fuhr Laura vor. Sie sprang förmlich aus ihrem Wagen.

»Hey.« Ich gab ihr einen Kuss auf die Wange.

»Wow. Das ist ein schönes Auto. Das Weiß ist schöner, als ich gedacht hätte.«

»Ich weiß, oder? Es hat irgendwie Tiefe.«

»Das Nummernschild hängt schief.«

Ich hob den Schraubendreher. »Ich war gerade dabei, es anzubringen, als du kamst.«

»Mach es lieber jetzt, sonst vergisst du es noch.«

»Okay. Sieh dir den Innenraum an, er riecht brandneu.« Ich kniete mich hin, als Laura auf den Fahrersitz kletterte.

Es dauerte eine Minute, das Schild zu befestigen, dann öffnete ich die Beifahrertür. »Ziemlich schick, was?«

Sie nickte kaum.

»Was ist los?«

Sie hob die Versicherungskarte vom Sitz und hielt sie hoch. »Mike?«

»Äh, ja. Mein zweiter Vorname ist Beck.«

Sie stieg aus dem Auto. »Auf keinem der Papiere steht eine zweite Initiale.«

Ich wollte ihr sagen, sie solle die Finger von meinen Dokumenten lassen, wusste aber, dass wir uns davon nie erholen würden. »Mag sein, aber mein zweiter Vorname ist Beckstoffer. Das ist der Name meines Großvaters.«

»Und ich muss zufällig herausfinden, dass du in Wahrheit Michael heißt?«

»Ich … ich … ich benutze Beck schon so lange, dass ich nicht einmal daran gedacht habe …«

»Hör auf mit den Ausreden, okay? Seit wir uns kennen, versteckst du Dinge vor mir.«

»Das ist nicht fair.«

»Wirklich?«

»Es ist nicht wahr. Ich mag nur ein bisschen Privatsphäre.«

Sie schnaubte. »Du findest nicht, dass du geheimniskrämerisch bist?«

»Nein. Es ist ja nicht so, als ob …«

»Du redest nicht über deine Familie, nicht über deinen Job, und du benutzt nicht deinen richtigen Namen? Wie soll ich dir, oder irgendjemand anders, da vertrauen? Wie kann man eine Beziehung mit jemandem führen, wenn ...«

»Komm schon. Natürlich kannst du mir vertrauen.«

»Wie denn? Wenn ich nichts über dich weiß.«

»Du übertreibst.«

»Tue ich das? Du sagst mir nie, was du wirklich beruflich machst. Soweit ich weiß, könntest du ein Drogendealer sein oder so etwas. Alles ist so mysteriös bei dir.«

»Das ist lächerlich. Ich habe dir doch von dem Wall-Street-Typen erzählt ...«

»Erzähl mir von deiner Familie.«

»Lass uns reingehen. Ich erzähle dir alles.«

33

ICH NAHM LAURA AN DER HAND UND FÜHRTE SIE INS HAUS. »Willst du etwas trinken oder so?«

»Nein.«

Ich ging zum Gefrierschrank und holte eine Flasche Tito's Wodka heraus.

»Was machst du da? Es ist erst zwei Uhr.«

»Ich habe das Gefühl, ich brauche einen Drink.«

Sie stemmte die Hände in die Hüften. »Ist das, was du mir erzählen wirst, so schlimm?«

»Nein. Darum geht es nicht. Lass uns ins Wohnzimmer gehen.«

Ich stürzte meinen Drink hinunter und setzte mich neben sie. Die Wärme des Schnapses breitete sich in meiner Brust aus. »Was willst du wissen?«

»Warum jemand versucht hat, dein Haus niederzubrennen.«

»Ich weiß es wirklich nicht. Du musst mir glauben.«

Sie stand auf. »Ich wusste es, wieder nur Scheiße.«

»Warte.« Ich zog sie an der Hand. »Setz dich. Ich weiß es nicht, aber ich habe ein paar Vermutungen.«

»Und?«

Ich klopfte auf die Couch, und sie setzte sich.

»Wir denken, es könnte jemand aus dem Arbeitsumfeld sein, aber wir sind uns nicht sicher.«

»Was machst du wirklich beruflich?«

»Ich helfe Menschen.«

»Wie?«

»Weißt du, manchmal funktioniert das Justizsystem nicht. Jemandem wird Unrecht getan und das System versagt. Ich versuche, die Dinge für sie wieder geradezubiegen.«

Sie runzelte die Stirn. »Entweder du sagst es mir freiheraus oder was auch immer wir haben, ist vorbei.«

»Das versuche ich doch.«

»Gib mir ein konkretes Beispiel für deine Arbeit.«

»Ich habe dir von dem Finanztypen erzählt, der gelogen hat, um Geld zu verdienen.«

»Tu mir den Gefallen. Gib mir noch ein Beispiel.«

»Also, wir hatten einen Klienten, dessen Frau bei einem Autounfall getötet wurde. Der Fahrer stand unter Alkoholeinfluss, aber er wurde wegen eines Formfehlers freigesprochen.«

»Das ist schrecklich.«

»Ist es. Ich kann nicht auf die Einzelheiten eingehen; du weißt schon, wir unterschreiben Verschwiegenheitserklärungen und so.«

»Also, was habt ihr getan?«

»Wir haben dafür gesorgt, dass er verhaftet wird.«

»Wie habt ihr das gemacht?«

»Darauf kann ich nicht eingehen, aber er hat bekommen, was er verdient hat.«

»Gib mir noch ein Beispiel.«

»Okay. Ich wünschte, ich könnte dir von den Fällen erzählen, an denen wir gerade arbeiten, aber das geht einfach nicht.«

»Bist du eine Art Privatdetektiv?«

»Nein, aber wir ermitteln und arbeiten mit den Strafverfolgungsbehörden zusammen. Manchmal bittet uns die Polizei sogar um Hilfe in kniffligen Situationen.«

»Das klingt, als würdet ihr Dinge tun, die sie nicht tun können.«

»Manchmal.«

»Das muss gefährlich sein.«

»Wir sind sehr vorsichtig und wir nehmen nicht alles an, was an uns herangetragen wird. Wir sind sehr wählerisch.«

»Du sagst immer ›wir‹. Wer ist ›wir‹ außer Mario?«

»Ein paar Anwälte und einige Leute von den Strafverfolgungsbehörden.«

»Ist das, was du tust, legal?«

»Ich sehe mich als Berater. Ich zahle meine Steuern und hatte noch nie Ärger.«

»Außer als jemand versucht hat, dich bei lebendigem Leib zu verbrennen.«

»Jeder Job hat seine Risiken.«

»Ach, komm schon. Wenn du Barkeeper bist, versucht dich niemand umzubringen. Warum ist jemand hinter dir her?«

»Es könnte sein, dass er am kürzeren Ende von dem saß, was wir tun, aber wir sind uns nicht sicher. Wir haben eine Spur zu jemandem, und die Polizei überprüft ihn.«

»Die Polizei hilft euch?«

»Ja. Wir arbeiten oft zusammen.«

Sie wurde still.

»Erklärt das alles?«

»Benutzt du deshalb deinen zweiten Vornamen?«

Ich zögerte.

»Denk dir keine Geschichte aus.«

»Vor langer Zeit habe ich in einer Fischverarbeitungsanlage an der Delaware Bay gearbeitet. Es war ein schrecklicher Job, lange Arbeitszeiten und miese Bezahlung, aber ich war minderjährig und brauchte das Geld. Ein Vorarbeiter dort war ein elender Mistkerl. Er hatte es vom ersten Tag an auf mich abgesehen. Er schikanierte mich und schubste mich herum. Er wusste, dass ich mich nicht beschweren konnte, weil ich keine Arbeitspapiere hatte, und eines Tages ging er zu weit, und, äh, ich bin ausgerastet.«

Ihre Augen weiteten sich. »Du, du hast ihn umgebracht?«

»Nein. Wir sind aneinandergeraten und ich habe ihn ziemlich übel verprügelt. Er hat geblutet und ich bekam Angst, also bin ich abgehauen und in Florida gelandet. Damals habe ich angefangen, meinen zweiten Vornamen zu benutzen. Es hat nicht wirklich geholfen, mich zu verstecken, aber ich habe ihn benutzt und er ist geblieben.«

»Das war in Delaware?«

Ich nickte.

»Ich dachte, du wärst aus New Jersey.«

»War ich auch. Es ist kompliziert.«

»Bist du von zu Hause weggelaufen?«

Technisch gesehen war ich das. »Ja.«

»Wie alt warst du?«

»Fünfzehn.«

Sie griff nach meiner Hand. »Oh mein Gott. Das ist so jung, um auf sich allein gestellt zu sein.«

»Es war okay. Das ist jetzt Vergangenheit.«

»Es ist gut, darüber zu reden.«

War es nicht. »Ich habe es überlebt. Viele Leute machen alle möglichen Dinge durch. Es ist keine große Sache.«

»Was hast du mit fünfzehn gemacht? Du konntest nicht Auto fahren oder irgendwas.«

»Wir sind kurz vor den Sommerferien los und nach Wildwood runtergefahren. Wir haben Jobs auf der Strandpromenade bekommen.«

»Wer ist wir?«

»Mario und ich.«

»Ihr seid zusammen weggelaufen?«

Ich grub Fossilien aus, die ich lieber unberührt gelassen hätte. »Ja.«

»Haben eure Familien euch nicht gesucht?«

»Nicht wirklich.«

»Oh. Warst du deshalb wegen deiner Mutter so empfindlich?«

»Nein. Sie war eine großartige Mutter.«

»Ich bin sicher, das war sie, aber warum hat sie nicht versucht, dich zu finden?«

Ich sprang auf. »Weil sie tot war. In Ordnung? Und bevor du fragst, mein Vater ist auch gestorben.«

Sie brauchte eine Sekunde, um es zusammenzufügen. »Du warst in einer Pflegefamilie?«

Ich nickte.

»Oh mein Gott. Was ist mit deinen Eltern passiert?«

Ich setzte mich wieder. »Meine Mutter wurde von einem verdammten Wiederholungstäter umgebracht. Der

Bastard war auf Kaution frei. Mein Vater hat das nicht verkraftet und sich zu Tode gesoffen.«

Ihre Augen wurden wässrig. »Das ist so traurig. Hattest du keine andere Familie, bei der du unterkommen konntest?«

Ich schüttelte den Kopf.

»Kein Wunder, dass du nicht darüber reden willst.« Sie nahm meine andere Hand. »Weißt du, du musst dich für absolut nichts schämen.«

Das tat ich auch nicht. »Ich komme mit allem klar. Ich sage nicht, dass es einfach war, aber Mario und ich sind wieder auf die Beine gekommen.«

»Was hast du gemacht, nachdem du an der Promenade von New Jersey gearbeitet hast? Bist du nicht zur Schule gegangen?«

»Ich musste die Schule abbrechen. Aber das habe ich wettgemacht, indem ich wie ein Verrückter gelesen habe. Weißt du, man kann nur auf zwei Arten lernen: von einer anderen Person oder aus einem Buch.« Ich lächelte. »Oder heutzutage, schätze ich, durch YouTube-Videos.«

»Wo habt ihr gewohnt?«

»In einer Strandstadt war das einfach. Mario und ich teilten uns ein Zimmer in einer Pension, in der auch die Rettungsschwimmer wohnten.«

»Igitt. Das muss ja widerlich gewesen sein.«

»Es war nicht schlimm. Außerdem war das Zimmer, das wir in der Pflegefamilie hatten, wie ein Besenschrank.«

»Und als der Sommer vorbei war, was habt ihr da gemacht?«

»Wir haben uns mit einem der Rettungsschwimmer angefreundet, einem guten Jungen namens Ricky. Mario hatte ihm erzählt, dass wir auf der Flucht waren, und er hat auf uns aufgepasst. Wir sagten ihm, dass wir Arbeit brauchten. Sein Bruder arbeitete in einer Fischverarbeitungsfabrik an der Delaware Bay, und Ricky hat uns den Job besorgt, obwohl wir minderjährig waren.«

»Dort hattet ihr diesen Streit und seid wieder abgehauen?«

»Ja. Wir sind runter nach Florida gegangen. Wir haben auf den Feldern gearbeitet, und ich sage dir, das sollte man jedes Kind, das die Schule schmeißen will, ein paar Monate lang machen lassen. Das ist knüppelharte Arbeit.«

»Es tut mir leid, dass du so viel durchmachen musstest. Was ...«

»Ich gebe mein Bestes, mich zu öffnen, aber es ist wirklich anstrengend. Können wir das vertagen?«

»Klar, klar.«

»Ich muss heute Nachmittag zu einer Spendenaktion für den Kongressabgeordneten Kravitz.«

»Sieh dich an, vom Orangenpflücker zur politischen Veranstaltung. Wie bist du denn dazu eingeladen worden?«

»Durch einen Kontakt von Larson.«

»Hat es mit der Arbeit zu tun?«

»Wie wäre es, wenn wir uns zum Abendessen treffen?«

»Gerne.«

Ich gab ihr einen Kuss auf die Wange. »Ich hole dich um sieben ab.«

Nachdem Laura weggefahren war, schob ich den Cocktailtisch vom Teppich und rollte den Teppich zusammen. Ich kniete mich hin und legte meine Fingerkuppen auf den Safe. *Klick.* Ich schwang die Tür auf und holte einen Stapel Hunderterscheine heraus. Ich zählte fünftausend ab, steckte sie in einen Umschlag und deckte den Safe wieder zu.

34

JEDER PARKPLATZ DES LAPLAYA GOLF CLUB WAR BESETZT. Ich parkte am Straßenrand und schlüpfte ins Restaurant.

Der Name des Kongressabgeordneten Kravitz in roten, weißen und blauen Buchstaben dominierte den runden Raum. Fähnchengirlanden in ähnlichen Farben schmückten den Anmeldetisch. Ich meldete mich an und klebte mir ein Namensschild an mein Sakko.

Ich ging zur Terrasse, wo Kravitz und eine Assistentin von Spendern umringt waren. Die Frau neben Kravitz trug ein hellblaues Business-Kostüm und hatte ein Schlüsselband um den Hals. Sie war seine Stabschefin.

Ich wartete, während ein lächelnder Kravitz den Anwesenden jovial die Hände schüttelte. Bei mir schrillten alle Alarmglocken. Seine Fähigkeit, aufrichtig zu wirken, würde perfekt nach Washington oder Hollywood passen.

Ich fing den Blick seiner Assistentin auf und lächelte. »Ich würde dem Kongressabgeordneten nur gerne kurz danken.«

Ihr Blick wanderte zu meinem Namensschild. »Natürlich, Mr. Beck.«

»Danke.«

»Ach, richtig, Sie sind ein Freund von Mr. Larson.«

»Ja. Er hat mir vorgeschlagen, den Kongressabgeordneten kennenzulernen.«

»Das war nett von ihm.« Sie hob einen Finger und flüsterte Kravitz etwas ins Ohr.

Der Kongressabgeordnete lächelte und streckte die Hand aus. »Mr. Beck, es ist mir immer eine Freude, einen Freund von Ray kennenzulernen. Wie geht es ihm denn?«

»Er lässt schön grüßen.«

»Und ich grüße ebenfalls zurück. Zwischen den Reisen nach Washington und meinen gesetzgeberischen Pflichten war es schwierig, in Kontakt zu bleiben, aber richten Sie ihm aus, dass ich mein Bestes tun werde, um einen Termin zu finden.«

»Das würde ihn freuen. Ich weiß, Sie sind beschäftigt, aber ich wollte Ihnen nur für alles danken, was Sie für unsere Gemeinschaft tun.«

Man hätte eine Sonnenbrille gebraucht, um sich vor dem Strahlen seines Lächelns zu schützen. »Das ist nett von Ihnen, aber es ist mein Job, und den nehme ich sehr ernst.«

»Das weiß ich, und deshalb trage ich gerne dazu bei, dass Sie im Amt bleiben.«

»Das wissen wir zu schätzen. Im Herbst erwartet uns ein knappes Rennen.«

Es würde nicht einmal annähernd knapp werden, aber das konnte man dem Spenderkreis nicht sagen. »Keine Sorge, Sir, wir werden dafür sorgen, dass Sie Ihr Amt behalten.«

Die Assistentin tippte ihm auf die Schulter. »Congressman, es ist Zeit anzufangen. Cory muss noch kurz mit Ihnen sprechen, bevor Sie beginnen.«

Kravitz sagte: »Danke Ihnen allen. Ich muss jetzt die Veranstaltung eröffnen.«

Als Kravitz in die Ecke ging, trat ich vor seine Assistentin. »Ich hätte gerne eine kurze Minute unter vier Augen.«

»Äh, wir wollen gerade …«

»Es geht um eine Spende.«

»Sicher.«

Ich folgte ihr in die Lobby. Mit dem Rücken zum Raum zog ich einen Umschlag aus meiner Brusttasche. »Hier ist ein Beitrag.« Ich hob die Lasche und zeigte ihr ein Bündel Scheine. »Hier sind fünftausend drin.«

Sie zögerte.

»Ich bin von der alten Schule. Habe ich von meinem Vater, er hat Banken nie getraut.«

Sie sah sich in der Gegend um und nahm den Umschlag. Sie stopfte ihn in ihre Handtasche und sagte: »Vielen Dank. Wir schicken Ihnen eine Quittung per Post.«

»Das ist nicht nötig. Ich möchte ihm nur helfen, wiedergewählt zu werden.«

»Wir sind Ihnen für Ihre großzügige Spende sehr dankbar.«

»Da ist noch mehr drin.«

»Darf ich fragen, was Sie beruflich machen?«

»Ich bin ein Fürsprecher für mehrere Unternehmen, die die Arbeit des Kongressabgeordneten zu schätzen wissen.«

»Sind Sie ein Lobbyist?«

»Man könnte es so nennen.«

»Bei welcher Firma sind Sie?«

Ich reichte ihr eine Karte. »Ich stehe mit Winter and Partners in Verbindung.«

Sie verzog das Gesicht. »Die kenne ich nicht. Sind sie in Washington ansässig?«

»Nein, wir sind ein kleines, lokales Unternehmen. Und keine Sorge, wir konzentrieren uns auf Angelegenheiten in Florida und arbeiten niemals im Auftrag einer ausländischen Organisation oder Regierung.«

Sie lächelte und ging zurück durch die offenen Türen. Ich sah zu, wie sie wartete, bis Kravitz mit seinem Gespräch fertig war. Sie flüsterte ihm etwas ins Ohr. Nickend fiel der Blick des Kongressabgeordneten auf mich. Ich gab ihm einen Daumen nach oben und ging zu meinem Auto.

Ich ließ die Autotür offen, stellte die Klimaanlage auf volle Pulle und rief Larson an. »Hi, Beck.«

»Bist du noch am Strand?«

»Nein, ich bin vor einer Stunde nach Hause gekommen. Was ist los?«

»Ich habe Kravitz getroffen und seiner Assistentin eine meiner ›Winter and Partners‹-Karten gegeben.«

»Gut. Mary weiß, was sie sagen muss, falls sie anrufen.«

»Nicht falls. Sie werden mich überprüfen.«

»Kein Problem, das ist abgedeckt.«

———

In Gedanken bei Kravitz stellte ich die Tüten mit dem Essen zum Mitnehmen auf die Arbeitsplatte. Laura sagte: »Drinnen oder draußen?«

»Ich würde lieber draußen essen. Lass mich den Tisch abwischen. Hol du die Servietten und das Besteck.«

Laura hob die Styroporschalen heraus und reichte mir eine. »Das ist der Branzino.«

Sie spießte ein Stück Fisch aus ihrer Mahlzeit auf. »Nemo macht den besten Snapper-Salat.«

»Der Laden ist immer gut.«

»In der Hauptsaison ist es dort hektisch, aber das Essen ist immer gleichbleibend gut.«

»So beständig wie die Lügen eines Politikers.«

»Was?«

»Ich wollte nur sagen, man kann sich auf sie verlassen, so wie man sich darauf verlassen kann, dass ein Politiker dir einen vom Pferd erzählt.«

Sie schüttelte den Kopf. »Kann ich das Olivenöl haben?«

Als ich ihr die Flasche reichte, klingelte mein Handy. »Da muss ich rangehen.«

Ich trat an den Rand der Veranda. »Hey, Moe. Was gibt's?«

»Es war nicht Switzer.«

Ich war mir sicher gewesen, dass es der Kerl war, gegen den ich ausgesagt hatte. »Bist du sicher?«

»Ja. Seine Telefondaten zeigen, dass er in Lee County war.«

»Er hätte es zu Hause lassen können.«

»Switzer hat sich in dieser Nacht bewegt, hat aber nie die Grenze nach Collier überquert.«

»Verdammt. Ich dachte, er wäre es gewesen.«

»Sieht nicht so aus. Irgendwelche anderen Ideen?«

»Langsam glaube ich, dass es jemand von ganz früher sein könnte, bevor ich nach Florida kam.«

»Wer?«

»Ich erzähl's dir, wenn wir uns sehen. Danke, dass du wegen Switzer nachgefragt hast.«

Ich drehte mich um, und Laura stand hinter mir. »Wer war das?«

»Detective Moreno.«

»Wer ist Switzer?«

Sie würde eine großartige Verhörspezialistin abgeben. »Erinnerst du dich, dass ich dir von dem Fall erzählt habe, den ich hatte, und von dem Kerl, von dem ich dachte, er könnte das Feuer gelegt haben?«

»Ja. Der Mann, der das Auto seiner Ex abgefackelt hat.«

»Ja, aber er war in der Nacht nicht in der Gegend.«

»Haben sie sein Handy geortet?«

Ich musste in ihrer Gegenwart vorsichtig sein. Sie konnte eins und eins zusammenzählen. »Ja.«

»Also, wer, glaubst du, war es dann?«

»Ich weiß es nicht.«

»Du hast dem Detective gerade gesagt, es sei jemand von ganz früher.«

»Können wir bitte aufessen?«

Sie stemmte die Hände in die Hüften. »Du hast dem Polizisten gesagt, es war jemand, den du kennst. Wer ist es?«

»Ich bin mir nicht sicher, aber es könnte dieser Vorarbeiter aus der Fischfabrik sein, in der ich gearbeitet habe.«

»Der Typ, den du verprügelt hast?«

»Ja.«

»Warum sollte er jetzt, nach all den Jahren, hinter dir her sein?«

»Setz dich.«

Sie setzte sich. Ich sagte: »Das ist schon lange her. Ich war kaum sechzehn und wir hatten gerade erst Jobs am Fließband bekommen, und der Vorarbeiter, dieser Mistkerl Mallory, hat mich und Mario ausgenutzt, aber auf mich hatte er es besonders abgesehen.«

»Du hast mir von ihm erzählt. Ich kapier's nicht, du hast

ihn vor Jahren verprügelt. Warum sollte er jetzt hinter dir her sein?«

»Ich weiß es nicht. Er mag mich einfach nicht. Er hat mir immer die beschissensten Jobs gegeben und saß mir ständig im Nacken. Er hatte diesen Gehstock oder was auch immer das war dabei und stupste mich damit, ungefähr zwanzigmal pro Schicht.«

Ihre Augen verengten sich. »Wirst du mir erzählen, was wirklich passiert ist?«

»Okay, okay. Eines Tages hatte er es auf mich abgesehen, kaum dass das Band anlief. Ich habe Fische ausgenommen.«

»Igitt.«

»Daran gewöhnt man sich.«

»Ich würde mich nicht daran gewöhnen.«

»Na ja, an dem Tag stand er direkt hinter mir und kritisierte mich ohne Unterlass. Er hat mich ein paar Mal angestupst und mir dann eine an die Seite vom Kopf verpasst. Genau da, wo meine Narbe ist, und da bin ich einfach ausgerastet.«

»Das ist ja schrecklich. Hast du ihn zurückgeschlagen?«

Ich blickte auf meine Hände. »Ich habe ihn niedergestochen.«

»Oh mein Gott. Du, du hast –«

»Nein. Nein, ich habe niemanden umgebracht. Ich habe ihn schwer verletzt, richtig schwer. Er hat überlebt.«

»Hast du Ärger bekommen?«

»Ich bin abgehauen. Mario und ich sind für eine Weile nach Atlanta und dann nach Florida gekommen.«

»Und deshalb hast du angefangen, deinen zweiten Vornamen zu benutzen?«

Sie könnte bei manchen meiner Fälle eine echte Hilfe sein. »Ja. Ich meine, in Atlanta habe ich unter falschem

Namen Teller gewaschen, aber als ich hierherkam, habe ich einfach Beck benutzt.«

»Suchen die Cops nicht nach dir?«

»Nein. Mallory hat nie Anzeige erstattet oder so was. Ich meine, es war Notwehr, aber das Risiko konnte ich nicht eingehen. Er war der Boss und ich war nur ein Kind.«

»Warum denkst du, dass er es ist?«

»Er hat gesagt, er würde mich kriegen, und wenn es das Letzte wäre, was er tut.«

35

MEIN HANDY AUF DEM NACHTTISCH VIBRIERTE. ICH schnappte es mir und sprang aus dem Bett. Es war ein Alarm von meiner Überwachungsanlage. Jemand war an der Haustür meines Hauses.

Ein Mann in einem Kapuzenpulli spähte durch ein Fenster an der Vorderseite. Wer war das? Das Schwarz-Weiß-Bild war körnig. Der Mann bewegte sich zur Seite des Hauses und wurde von einer anderen Kamera erfasst. Sein Hinken erinnerte mich an jemanden aus Royals Gang.

Laura richtete sich auf. »Beck? Was ist los?«

Ich ging in die hinterste Ecke des Hotelzimmers. »Nichts. Geh wieder ins Bett.«

»Was ist es denn?«

»Nichts. Nur eine Benachrichtigung von der Kamera-App. Sieht nach einer Fehlfunktion aus.«

»Komm wieder ins Bett.«

»Gleich.« Ich rief beim Wachdienst am Tor an. »Hallo, hier ist Beck. Können Sie einen Wagen zu meinem Haus schicken? Es sieht so aus, als würde jemand versuchen einzubrechen.«

»Nein, nein. Ich bin in Miami.«

»Geben Sie mir Bescheid.« Bevor ich auflegen konnte, war Laura aus dem Bett.

»Jemand ist bei deinem Haus?«

»Ich weiß nicht. Ich will nur auf Nummer sicher gehen, das ist alles.«

»Lüg mich nicht an! Du hast denen gesagt, dass jemand versucht einzubrechen.«

»Beruhige dich.«

»Beruhige dich? Jemand ist hinter dir her und ich soll mich beruhigen?«

»Reg dich ab. Es ist −«

»Oh, jetzt weiß ich also, warum wir nach Miami gekommen sind, um vor jemandem wegzulaufen, der hinter dir her ist.«

»Nein. Das stimmt nicht.«

Mit den Händen auf ihren wundervollen Hüften sagte sie: »Tja, sag mir, was los ist, oder ich gehe.«

»Gehen? Hast du vergessen, dass du in Miami bist?«

»Was glaubst du, ich kann nicht auf mich selbst aufpassen?«

»Natürlich nicht.« Ich trat auf sie zu, aber sie wich zurück.

»Wenn du mir nicht sagst, was los ist, bin ich hier weg. Und zwar für immer, das meine ich ernst.«

Ich legte meine Hände auf ihre Schultern. »Okay, okay. Entspann dich einfach und ich erzähle es dir.«

Sie setzte sich auf die Bettkante. Als ich einen Stuhl herüberzog, heulte von der Straße unten eine Sirene auf. Ihr Timing war beschissen.

»Ich will diesmal die reine Wahrheit, nichts beschönigt.«

»Die Wahrheit ist, ich habe keine Ahnung, wer zum Teufel hinter mir her ist.«

»Großartig. Jemand hat versucht, dich bei lebendigem Leibe zu verbrennen, und du erwartest von mir, dass ich glaube, du weißt nicht, wer es ist.«

»Wenn ich es wüsste, würde ich etwas unternehmen. Ich würde meine Freunde bei der Polizei informieren. Glaubst du, ich will für diesen Jemand auf dem Präsentierteller sitzen?«

»Es hat mit der Arbeit zu tun, oder?«

»Könnte sein. Aber ich komme ehrlich gesagt nicht darauf, wer.«

»Nenn mir deine drei wahrscheinlichsten Vermutungen und warum sie sich an dir rächen wollen.«

Wenn es einen Feueralarm gäbe, würde ich ihn auslösen. »Wenn es überhaupt jemand ist, dann könnten es einer von zwei Leuten sein.«

Sie beugte sich vor. »Wer und warum?«

»Also, der eine Typ, das ist ein korrupter Arzt. Der erfindet alles Mögliche, um Unternehmen um Geld zu erleichtern.«

»Was hast du ihm angetan?«

»Äh, wir, äh, haben ihn kaltgestellt.«

Ihre Augen weiteten sich. »Du hast ihn umgebracht?«

»Nein, nein. So etwas mache ich nicht. Wir haben ihn nur auf frischer Tat ertappt. Ich habe sozusagen verdeckt ermittelt und behauptet, ich sei bei Walmart ausgerutscht, und er sagte, er würde mir ein MRT besorgen, um einen Schaden nachzuweisen, und allen möglichen Blödsinn. Wir haben ihn auffliegen lassen und er hat seine Approbation verloren.«

»Oh. Glaubst du, ein Arzt würde versuchen, jemanden umzubringen?«

»Er könnte einen Profi angeheuert haben.«

»Einen Auftragsmörder, wie wir ihn in dieser Hulu-Serie gesehen haben? In Naples?«

Ich wollte ihr nicht sagen, dass all der Sonnenschein, den wir hatten, auch Schatten warf, die eine Welt des Verbrechens und der Gefahr verbargen. »Es klingt verrückt, aber außer ihm könnte es der Typ sein, von dem ich dir in Delaware erzählt habe.«

»Warum haben die Leute das Bedürfnis, sich zu rächen, wenn sie diejenigen sind, die damit angefangen haben? Ich meine, dieser Schläger in der Fischfabrik, er hat dich doch ständig schikaniert.«

Schikanieren war damals noch nicht einmal ein Wort. »Es liegt in der Natur des Menschen, es jemandem heimzuzahlen.«

»Natur des Menschen? Es ist zerstörerisch, das ist es. Einen Groll zu hegen bedeutet, jemandem zu erlauben, mietfrei in deinem Kopf zu wohnen.«

Das machte mich zu einem Vermieter. Ich setzte mich neben sie aufs Bett. »Jedenfalls ist das los. Okay?«

Sie ergriff meine Hand. »Nein. Es ist nicht okay. Jemand ist hinter dir her. Es ist nicht sicher, nach Hause zu gehen. Wir sollten hier bleiben.«

»In Miami?«

»Ja, bis das vorbei ist. Ich habe meinen Laptop und kann von hier aus arbeiten.«

Weglaufen lag nicht in meiner DNA. »Das wird überhaupt nichts lösen. Wenn ich nicht da bin, werden wir nie herausfinden, wer es ist.«

»Du willst dich also als Köder benutzen lassen?«

»So ist es nicht.«

»Wirklich? Wie ist es dann?«»Ich habe die Polizei, die sich den Arzt und Mallory, den Typen aus Delaware, ansieht. Es wird nichts passieren.«

»Du könntest bei mir wohnen, bis sie ihn schnappen.«

»Danke, aber so weit ist es noch nicht.«

»Also, solange du nicht in unmittelbarer Gefahr bist, willst du nicht bei mir bleiben?«

»So ist es nicht, und das weißt du.«

»Warum hast du dann noch nie bei mir übernachtet? Kein einziges Mal?«

»Es ist einfach einfacher, wenn du zu mir kommst. Ich habe ein Haus. Warte mal.« Mein Telefon vibrierte. Es war der Wachmann aus meiner Nachbarschaft. Das Gespräch war kurz und ich legte auf.

»Sie konnten niemanden finden.«

»Haben sie das Video überprüft?«

»Haben sie, es war nichts zu sehen.«

»Das ist jemand von innerhalb.«

Sie war eine Olympiasiegerin im Ziehen voreiliger Schlüsse. »Es ist kein Nachbar. Jemand könnte über den Zaun gesprungen sein.«

»Hat denn niemand etwas gesehen?«

»Komm, lass uns wieder ins Bett gehen.«

»Ich kann nicht schlafen, während das alles passiert.«

Ich küsste ihre Schulter. »Perfekt. Da wir schon mal wach sind, weiß ich, was wir tun können.«

36

Ich fuhr auf der Route 41 nach Süden, bog rechts auf den Bayshore Drive ab und parkte vor einem der Einkaufszentren, die Südwestflorida zupflasterten.

Eingeklemmt zwischen einem Big Lots und dem Grand Buffet befand sich ein Ladenlokal, das das Büro von Marty Kravitz, dem Vertreter des 19. Kongresswahlbezirks von Florida, beherbergte. Die Fenster waren mit Postern des Kongressabgeordneten bedeckt, die alle in den Farben der US-Flagge gehalten waren.

Patriotismus war ein Thema, das die meisten Politiker für sich nutzten. In Südwestflorida kam das gut an, aber in Wahrheit ging es nicht darum, was gut für das Land war, sondern was den Politikern und den Geschäftsinteressen nützte, die sie mit Geld überschütteten.

Einer der vier makellos gepflegten Mittzwanziger hinter den Schreibtischen sprang von seinem Sitz auf. »Willkommen im Büro des Kongressabgeordneten Kravitz. Wie können wir Ihnen heute helfen?«

»Ich habe einen Termin bei Mr. Kravitz.«

»Fantastisch. Sind Sie ein Wähler des Kongressabgeordneten?«

»Ja.«

Er reichte mir ein Klemmbrett. »Wir müssen Sie bitten, sich einzutragen.«

»Okay.«

»Ich melde Sie beim Kongressabgeordneten an.«

Genoss er es, dieses Wort zu sagen? Fühlte er sich dadurch wichtig?

Ich zog mein Jackett aus und füllte das Formular aus. Da ich mir sicher war, dass ich mit Spendenaufrufen für seine Kampagne bombardiert werden würde, benutzte ich ein Yahoo-E-Mail-Konto, das ich nur einmal im Monat abrief. Ich gab das Klemmbrett zurück und wurde in Kravitz' Büro geführt.

Das Büro war eng und mit einem Schreibtisch, einer mit Fotos von Kravitz mit dem Präsidenten und verschiedenen Senatoren beladenen Kredenz sowie zwei Stühlen ausgestattet.

Sein Händedruck war fester, als ich ihn in Erinnerung hatte. »Schön, Sie wiederzusehen. Setzen Sie sich. Können wir Ihnen etwas anbieten?«

Ich warf einen verstohlenen Blick auf ein Blatt Papier in der Mitte seines Schreibtisches. Darauf stand mein Name. »Nein, danke. Mir fehlt an nichts.«

»Danke für Ihre Spende. Eine Kampagne zu führen, ist heutzutage unglaublich teuer.«

»Das glaube ich Ihnen. Die Inflation hat die Kosten für alles in die Höhe getrieben.«

Er blickte auf das Dokument. »Wie können wir Ihnen heute helfen? Geht es um die Unterkunft, über die Sie mit meinen Mitarbeitern gesprochen haben?«

»Ja. Ich denke, das ist etwas, was die Gemeinschaft braucht und was Washington unterstützen sollte.«

»Erzählen Sie mir, was Sie vorhaben.«

»Nun, wir können es verwirklichen, wenn wir die Finanzierung bekommen. Ich weiß, dass Sie im Finanzausschuss sitzen, und der sitzt am Geldhahn der Bundesregierung, richtig?«

Er machte sich gerade. »Nicht für alles, aber die meisten frei verfügbaren Ausgaben müssen durch unseren Ausschuss gehen.«

»Es ist kein Geheimnis, dass viele Frauen von ihren Partnern misshandelt werden und nicht die finanziellen Mittel haben, sie zu verlassen. Unsere oberste Priorität ist es, diesen misshandelten Frauen einen sicheren Zufluchtsort zu bieten.«

»Das ist eine ehrenwerte Idee, aber der Landkreis hat bereits das Frauen- und Kinderhaus, das vom HUD, dem Ministerium für Wohnungsbau und Stadtentwicklung, mitfinanziert wird. Ich weiß nicht, wie groß die Bereitschaft wäre, das zu duplizieren.«

»Das ist eine wunderbare Organisation, aber wir glauben, dass der Markt unterversorgt ist. Das Frauenhaus hat zwei Einrichtungen mit sechzig Betten, eine in Naples und die andere draußen in Immokalee. Letztes Jahr ist das Sheriff's Office von Collier County zu zweitausend Einsätzen wegen häuslicher Gewalt gerufen worden.«

Er schüttelte den Kopf. »Eine traurige und enorme Zahl, aber ich bin nicht sicher, ob diese Anrufe einen Bedarf an Unterbringung nach sich ziehen.«

»Unsere Studien haben gezeigt, dass mehr Frauen die Möglichkeit nutzen würden, wenn sie verfügbar wäre.«

»Eine kleine, aber wachsende Gruppe von Abgeordneten will doppelte Programme streichen. Ich fürchte, so etwas könnte sich nur schwer durchsetzen lassen.«

»Ich habe Vertrauen, dass Sie Ihre Kollegen davon überzeugen können, dieses wichtige Projekt zu finanzieren.«

»Wie viel Geld wäre für den Bau einer Einrichtung notwendig?«

»Weniger, als es sein sollte, da das Grundstück gespendet wird. Wir haben ein festes Angebot von einem Bauunternehmer, der eine ähnliche Einrichtung in Sarasota gebaut hat. Wir verwenden deren Pläne, um Geld zu sparen und die Sache zu beschleunigen.«

»Klug. Wie viel wird es kosten?«

»Zwölf Millionen, ein Tropfen auf den heißen Stein in Washington.«

»Haben Sie geprüft, womit der Landkreis finanziell helfen könnte?«

»Deren Mittel sind erschöpft, aber der Staat Florida hat gesagt, wenn die Bundesregierung beteiligt ist, würde er bis zu zwei Millionen dazugeben.«

»Sie brauchen also zehn Millionen?«

»Ja. Das ist ein Schnäppchen, besonders heutzutage.«

»Das wird Zeit brauchen. Die Bundesregierung bewegt sich im Schneckentempo. Ich werde einen Grund finden müssen, um meine Kollegen im Ausschuss zu motivieren.«

Ich zog einen Umschlag aus meiner Tasche und legte ihn auf seinen Schreibtisch. »Hier ist ein Anreiz, um die Dinge voranzubringen.«

Kravitz blickte zur Tür, die geschlossen war. »Wahlkampfspenden können wir immer gebrauchen. Danke.« Er hob die Klappe an, spähte auf den Stapel Fünfziger, bevor er den Umschlag in eine Schreibtischschublade schob.

»Gern geschehen.«

Ich beugte mich vor und senkte meine Stimme. »Falls Bargeld ein Problem ist, habe ich ein paar Optionen, keine davon nachverfolgbar.«

»Interessant.« Er deutete dorthin, wo er den Umschlag hingelegt hatte. »So etwas muss verdaulich sein.«

»Ich werde Ihnen keine Bauchschmerzen bereiten.«

Kravitz lächelte. »Dann werden wir bestens miteinander auskommen.«

»Ich freue mich auf eine lange, für beide Seiten vorteilhafte Beziehung.«

Er seufzte. »Das ist das Problem mit Washington, jeder will ein einseitiges Geschäft machen.«

Das Problem der Hauptstadt war, dass es dort zu viele Leute wie Kravitz gab. »Das ist bedauerlich. Also, wie schnell können Sie das in die Wege leiten?«

»Lassen Sie mich die Lage sondieren. Sobald ich die Bereitschaft des Ausschusses ausgelotet habe, kann ich Ihnen ein besseres Bild von den Finanzierungsmöglichkeiten geben. Aber wie gesagt, es ist zweifelhaft.«

»Sie sind dafür bekannt, das zu tun, was gut für Ihre Wähler ist, und das hier passt genau ins Bild.«

»Ich bin stolz darauf, was wir erreicht haben, aber – und ich möchte die Situation der vielen misshandelten Frauen keineswegs verharmlosen – es gibt bereits Programme, die sich um diese Bevölkerungsgruppe kümmern.«

Ich stand auf. »Vielen Dank für Ihre Zeit, Herr Abgeordneter. Wann höre ich von Ihnen?«

»Ich fliege heute Abend nach Washington. Geben Sie mir ein paar Tage Zeit.«

Ich trat hinaus in den Sonnenschein. Mein Handy vibrierte erneut. Es war Susan, Marios Freundin. Ich schickte ihr eine SMS: *Ich rufe dich zurück, sobald ich kann.*

Sie antwortete: *Mario ist im Krankenhaus.*

Ich wählte Susans Nummer. »Hey, was ist los?«

»Kann gerade nicht reden, der Arzt ist eben hereingekommen. Wir sind im North Naples NCH.«

»Hat ihn jemand angegriffen?«

Klick.

»Hallo? Susan?«

Sie hatte aufgelegt. Ich sprang in meinen Beamer. Hatten dieselben Leute, die mein Haus angezündet hatten, sich auch Mario vorgenommen?

37

Ich bremste quietschend auf einem Parkplatz und raste zum Eingang der Notaufnahme des Krankenhauses. Mario war in Zimmer vier. Ich hielt inne, bevor ich hinter den Vorhang blickte.

Mario trug eine Sauerstoffmaske und schlief. Als Susan aufsprang, musterte ich seinen Körper. Es gab keine äußerlichen Anzeichen eines Angriffs.

Susan umarmte mich und begann zu weinen. »Was ist passiert?«, fragte ich.

»Sie sagen, er hatte eine Überdosis.«

»Überdosis? Bist du sicher?«

»Das haben sie gesagt. Ich habe ihn auf dem Boden gefunden, und er hatte einen Krampfanfall oder so etwas.«

»Wie viel hat er denn genommen?«

»Nicht so viel.«

»Hör auf mit dem Scheiß. Er ist nicht ohne Grund hier. War es Koks?«

»Er nimmt es wirklich nicht oft. Zumindest, soweit ich

weiß. Ich meine, er kifft zu viel, aber das ist auch schon alles.«

»Mach die Augen auf. Ich wusste, dass er den Mist zieht. Ich habe ihm gesagt, er soll die Finger davon lassen –«

Eine Frau in einem weißen Kittel betrat den Bereich. »Hallo, ich bin Dr. Varita.«

Ich sagte: »Hallo. Sind Sie sicher, dass Mario eine Überdosis hatte?«

»Ich fürchte ja.«

»Von Kokain?«

»Ja. Wir haben einen Drogentest gemacht, und er war positiv.«

»Wie viel hat er genommen, dass er eine Überdosis hatte?«

»Das ist schwer zu bestimmen. Das Risiko einer Überdosis ist äußerst unvorhersehbar. Jemand kann durch eine winzige Menge eine Überdosis erleiden, während andere höhere Dosen vertragen, bevor sie daran zugrunde gehen.«

»Was ist mit ihm passiert?«

»Kokainkonsum stellt ein erhebliches Risiko für Ihr Nervensystem dar, und im Fall Ihres Freundes führte er zu einem Krampfanfall. Es hätte schlimmer kommen können; wir haben schon zu viele Konsumenten ins Koma fallen sehen.«

»Durch Fentanyl?«

»Nicht nur durch Fentanyl. Kokain allein kann ein Koma auslösen. Es ist eine gefährliche Droge.«

»Die Leute sind verrückt, wenn sie diesen ganzen Mist nehmen.«

»Ihr Freund kann von Glück reden, dass er keinen Herzstillstand erlitten hat. Herzinfarkte sind ein großes Risiko, da Kokain den Herzrhythmus stark beeinträchtigt. Er hatte einen Krampfanfall.«

Ich schüttelte den Kopf. »Er wird doch wieder in Ordnung kommen, oder?«

»Wenn er aufhört zu konsumieren, wird er wieder gesund.«

»Irgendwelche bleibenden Schäden?«

»Wir gehen nicht davon aus, dass es langfristige Folgen geben wird. Aber es war eine knappe Sache.«

Susan sagte: »Das hoffe ich. Wie lange muss er hier bleiben?«

»Wir werden ihn vorsichtshalber über Nacht hierbehalten. Wenn er stabil bleibt, kann er morgen früh nach Hause gehen.«

»Okay. Vielen Dank.«

Die Ärztin nahm ihre Brille ab. »Wir legen Ihrem Freund dringend nahe, professionelle Hilfe in Anspruch zu nehmen. Der Umgang mit einer Sucht ist kompliziert. Das Krankenhaus kann mehrere gute Anlaufstellen in der Umgebung empfehlen.«

Susan sagte: »Okay, Frau Doktor, ich werde ihn fragen.«

Die Ärztin nickte. »Es ist sehr wichtig, dass er die Beratung bekommt, die er braucht.«

»Ich hoffe, er ist einverstanden.«

Hoffnung, da war wieder dieses Wort. Hoffnung war nichts als ein Gefängnis für die Faulen. Hoffen hat noch nie etwas bewirkt. Man musste sich vorbereiten, planen und handeln, wenn man etwas wollte. Hoffen überließ die Dinge dem Zufall.

Die Ärztin ging. Ich drehte mich zu Susan um. »Mario muss sich helfen lassen.«

»So schlimm ist es nicht. Er macht das nur ab und zu.«

»Er ist ein Süchtiger.«

»Nein, ist er nicht!«

»Hast du gehört, was die Ärztin gesagt hat? Er muss an einem Programm teilnehmen.«

»Er wird nicht gehen wollen.«

»Weißt du, dass seine Mutter auf Crack war, als er geboren wurde? Er musste wie ein Süchtiger auf Entzug gesetzt werden.«

Sie runzelte die Stirn. »Er hat es mir erzählt.«

Mein Handy vibrierte. »Ich muss rangehen, es ist Larson.«

Ich trat auf den Flur. »Hey, Ray. Was ist los?«

»Ich habe gehört, Mario ist im Krankenhaus.«

Sein Netzwerk war besser, als ich dachte. »Ja, er hat mit Koks rumgespielt und hatte einen Anfall. Aber es geht ihm jetzt gut.«

»Jesus. Warum zum Teufel spielt er mit diesem Dreck herum? Mit seiner Vorgeschichte –«

»Ich weiß. Ich werde ihn in ein Programm bringen, damit er die Hilfe bekommt, die er braucht.«

»Ich habe einen Kontakt bei Celadon. Ich werde das arrangieren.«

»Oh, Mann, das wäre großartig.«

»Kein Problem. Ich spreche mit ihnen und sage dir Bescheid.«

»Danke, Mann.«

»Hey, ich wollte dich wissen lassen, dass Kravitz sich über dich erkundigt hat. Er hat bei Winter and Partners angerufen, und die haben deine Tarnung bestätigt.«

»Perfekt.«

MARIO SAß auf dem Krankenhausbett und band sich die Turnschuhe zu. Mein Pflegebruder lächelte, als er mich hereinkommen sah.

Ich umarmte ihn. »Hey, Bruder. Wie fühlst du dich?«

»Perfekt. Bereit, von hier zu verschwinden.«

»Gut. Haben sie dich entlassen?«

Susan sagte: »Ja, er hat sich gerade abgemeldet.«

»Großartig. Lass uns los.«

Susan sagte: »Ich muss meine Mutter zum Arzt bringen. Ich treffe euch dann zu Hause.«

Mario küsste sie auf die Wange. »Okay, bis später.«

Ich führte Mario zu meinem Auto. Er stieg ein und sagte: »Ich verhungere, das Essen in dem Laden ist furchtbar.«

»Alle haben gesagt, dass es viel besser ist als früher.«

»Es ist immer noch Krankenhausfraß. Lass uns zum North Naples Country Club fahren. Ich sterbe für einen Smokehouse-Burger.«

»Ich kenne was Besseres in Fort Myers.«

»Wo?«

»Wirst du schon sehen.«

Wir fuhren nach Fort Myers rein und den Palm Beach Boulevard entlang. Als ich an einer Ampel an der Freemont Street hielt, tippte ich eine SMS. Ich bog ab und fuhr in Richtung Wasser.

»Ist der Laden am Wasser?«

Ich klappte die Sonnenblende herunter. »Jep. Man hat von da eine unglaubliche Aussicht.«

Ich bog in eine kreisförmige Auffahrt ein, die zum Celadon Recovery Campus führte.

»Was zum Teufel?«

»Ganz ruhig.«

»Da gehe ich nicht rein!«

»Wir haben gestern Abend darüber geredet. Das wird dir guttun.«

»Ich habe gesagt, dass ich da nicht hingehe. Den Scheiß brauche ich nicht.«

Ich packte ihn am Arm. »Komm schon, Kumpel, gib's doch zu, du hast ein Problem, und dieser Ort wird dir helfen, es zu besiegen.«

»Ich schaffe das allein.«

»Hör mir zu, Bruder. Warum willst du dich so quälen? Du musst alle Hilfsmittel nutzen, die es gibt.«

»Ich kann das alleine schaffen.«

»Wahrscheinlich könntest du das, aber warum das Risiko eingehen? Warum die Sache in die Länge ziehen?«

»Nein, Mann. Komm schon. Du weißt doch, ich …«

»Du musst mir vertrauen. Du vertraust mir, oder?«

»Ja, Mann. Aber das ist doch verrückt.«

»Wenn du das nicht für dich selbst tun willst, dann tu es für mich. Ich kann dich nicht verlieren, Bruder. Okay?«

Er ließ den Kopf hängen. »Wie lange muss ich hierbleiben?«

»Das liegt an dir. Wenn du Fortschritte machst, bist du in dreißig Tagen wieder draußen.«

»Dreißig Tage! Das ist viel zu lang.«

»Die Zeit vergeht wie im Flug.«

»Ich habe nichts bei mir.«

»Susan holt deine Sachen. Es wird alles gut. Komm, bringen wir es hinter uns.«

Marios Lippe zitterte. »Werdet ihr zwei mich besuchen kommen?«

»Natürlich.« Ich konnte ihm nicht sagen, dass Celadon entscheiden würde, wann er Besuch empfangen durfte.

Er atmete tief durch und öffnete die Tür. »Okay. Ich bin bereit.«

Als wir uns dem Eingang näherten, kam ein Mann aus der Einrichtung, gebaut wie ein Footballspieler. »Willkommen im Celadon. Mein Name ist Paul, ich bin der Leiter.«

»Danke. Ich bin Beck und das ist Mario.«

Wir schüttelten uns die Hände und Paul sagte: »Ab hier übernehmen wir, Beck. Kommen Sie rein, Mario, ich zeige Ihnen alles. Ihr Aufenthalt bei uns wird Ihnen gefallen.«

Mario sah mich an. Ich blinzelte eine Träne weg. Wir umarmten uns. Ich sagte: »Alles wird gut, Bruder. Wir sehen uns in ein, zwei Tagen.«

Mit einem flauen Gefühl im Magen eilte ich zu meinem Auto und schaute über die Schulter. Mario verschwand in der Einrichtung. Ich konnte nicht anders, als mich schuldig zu fühlen. Es war zu seinem eigenen Besten, aber ich fühlte mich beschissen, ihn dort zurückzulassen.

Ich wurde den Ausdruck auf seinem Gesicht nicht los. Es war derselbe verlassene Blick, den Bev hatte, als wir sie in der Pflegefamilie zurückließen. Ich schlug auf das Armaturenbrett. Wie zum Teufel war es so weit gekommen? Würde er es schaffen oder noch tiefer in den Drogensumpf abrutschen?

38

EINE SANFTE, WARME BRISE HALF EINEM VATER UND SEINEM Sohn, einen gelben Drachen in den Himmel steigen zu lassen, und ein paar Familien genossen ein Picknick am späten Nachmittag auf der weitläufigen Wiese des Baker Parks. Die Einfachheit dieser Momente ging mir zu Herzen.

Werde ich das jemals erreichen? Das Klingeln einer Fahrradglocke ließ mich vom Gehweg zur Seite treten. Ein Mann, der wie Larson aussah, fuhr mit seiner Tochter Fahrrad.

Ich sah ihnen nach, wie sie davonradelten, und dachte, dass Larson mit den kleinen Dingen im Leben glücklich zu sein schien. Er genoss es, am Strand zu sitzen, und hatte ein prall gefülltes Bankkonto. Larson war kein Einzelgänger, aber er schien seinen Frieden gefunden zu haben, selbst nach dem Tod seiner Frau. Reichte es ihm, seinen Sohn Tommy von Zeit zu Zeit zu sehen?

Larson ging selten aus und war mit seinem Leben zufrieden. Während ich mich fragte, wie er das schaffte, sah ich Kravitz vom Parkplatz herüberkommen. Ich setzte meine Brille auf und ging auf ihn zu.

Wir schüttelten uns die Hände. »Schön, Sie zu sehen, Herr Abgeordneter.«

»Ganz meinerseits. Ich war seit der Einweihung nicht mehr hier.«

Warum hierherkommen, wenn die Presse nicht da war? »Hier hat sich viel getan. Lassen Sie uns dorthin gehen, wo es ruhig ist und wir reden können.«

Wir betraten den Holzsteg. Die Sonne spiegelte sich auf dem Gordon River, den wir überquerten. Kravitz sagte: »Das ist eine wunderbare Einrichtung für die Gemeinde.«

»Das ist es, und das von mir vorgeschlagene Frauenhaus wäre es auch.«

»Sie sind sehr entschlossen, nicht wahr?«

»Das ist untertrieben. Für mich ist das eine persönliche Angelegenheit.«

»Ihre Mutter?«

Ich atmete tief durch und schüttelte den Kopf.

»Eine Schwester?«

Meine Pflegeschwester Bev und meine Mutter schossen mir durch den Kopf. »Nein. Ich habe zwei enge Freundinnen durch häusliche Gewalt verloren.«

»Zwei Ihrer Freundinnen wurden ermordet? Wie tragisch.«

Er klang beinahe aufrichtig. »Genau genommen war es kein Mord, aber Jeanine flüchtete sich in die Drogen, um der Welt zu entkommen, in der sie lebte, und Christine hat sich erhängt.«

»Mein Gott, das ist furchtbar.«

Es waren Lügen, aber sie lagen im Bereich dessen, was Bev und Mrs. Bryant hätte zustoßen können. »Sie fühlten sich gefangen. Hätten sie einen Zufluchtsort gehabt, wären sie noch am Leben.«

»Ich verstehe, warum Ihnen das Frauenhaus wichtig ist. Ich wünschte, ich könnte helfen, aber meine Ausschusskollegen sehen momentan nicht die Notwendigkeit, diesem Projekt Priorität einzuräumen.«

Wir verließen den Holzsteg und betraten einen asphaltierten Weg. »Das ist bedauerlich. Was ist das Problem?«

»Es gibt eine lange Liste von Dingen. Sagen wir einfach, der Zeitpunkt ist nicht ideal.«

Ich blieb stehen und wandte mich Kravitz zu. »Wie ich bereits sagte, liegt mir die Idee eines sicheren Hafens sehr am Herzen, und ich bin mehr als bereit, Ihnen dabei zu helfen, Ihre Kollegen von der dringenden Notwendigkeit zu überzeugen.«

Kravitz musterte die Umgebung, bevor er sagte: »Sie zu überzeugen, wäre ein teures Unterfangen.«

»Das ist uns klar.«

»Wie viel sind Sie bereit auszugeben? Ich muss das Geld verteilen.«

Ich beugte mich zu ihm. »Für einen Zuschuss von zehn Millionen Dollar bekommen Sie hunderttausend. Wenn Sie zwölf Millionen herausholen können, erhöhe ich auf hundertfünfzig.«

Kravitz lächelte. »Hunderttausend für zehn Millionen? Das ist ein Prozent. Das kann man kaum als Vermittlungsprovision bezeichnen.«

»Was wollen Sie?«

»Dreihunderttausend für zehn, vierhundert, wenn ich zwölf Millionen genehmigt bekomme.«

Ich zögerte. »Klingt fair, aber so viel Bargeld zu beschaffen, ist ein Problem für mich, und ehrlich gesagt würde das Verdacht erregen.«

»Ich kann das regeln, aber es ist entscheidend, dass wir unter dem Radar bleiben.«

»Das wäre schwierig. Woran ich aber rankomme, sind Diamanten.«

»Das ist eine interessante Idee. Die habe ich noch nie benutzt.«

»Ich benutze sie ständig. Sie speichern einen enormen Wert auf kleinstem Raum.«

»Darüber muss ich nachdenken.«

»Vertrauen Sie mir, das wird ständig gemacht. Die Bundesbehörden verfolgen sie nicht so wie Bargeld.«

Kravitz nickte kaum merklich. »Okay. Ich versuche es.«

»Gut. Wann werden Sie Ihre Kollegen ins Boot holen?«

»Ich werde einige Vorabkosten haben. Es gibt Leute, um die ich mich kümmern muss. Ich brauche einen Vorschuss.«

»Wie wären zehntausend?«

»Machen Sie zwanzig daraus, und das muss in bar sein.«

Ich streckte meine Hand aus. Kravitz schlug ein und sagte: »Gute Geschäfte mit Ihnen.«

»Das Vergnügen ist ganz meinerseits, Herr Abgeordneter.«

39

Toby fing an zu bellen, als ich zu Lauras Wohnung hochging. Sie öffnete die Tür und Toby sprang hoch.

Laura sagte: »Er wusste schon, dass du hier bist, bevor du geklingelt hast.«

»Hey, mein Junge. Hattest du eine gute Zeit bei Laura?«

»Toby war super. Er ist so pflegeleicht.«

Ich kniete mich hin und kraulte ihm das Ohr.

»Komm rein. Ich habe Mittagessen gemacht.«

Ich nickte und trat ein.

Sie öffnete den Kühlschrank, nahm zwei Teller heraus und stellte sie auf den Tisch.

Sie sagte: »Was ist los?«

Ich folgte ihr hinein. »Nichts.«

»Du hast keine zwei Worte gesagt, seit du hier bist. Was ist los?«

Ich zuckte mit den Schultern.

»Sag mir, was los ist.«

»Ich musste Mario in eine Entzugsklinik bringen.«

»Was? Ist er süchtig?«

»Nein. Er hat nur ein bisschen zu viel genommen und es ist besser, das im Keim zu ersticken, bevor es außer Kontrolle gerät.«

»Ich verstehe nicht. Warum geht man in eine Entzugs-klinik, wenn man kein Problem hat? Solche Einrichtungen sind teuer.«

»Ich habe ihn gezwungen, hinzugehen.«

»Du hast ihn gezwungen? Warum sollte er so etwas mitmachen?«

»Er hatte neulich eine Überdosis.«

»Oh, mein Gott. Was ist passiert?«

»Er reagiert extrem empfindlich auf Kokain und hatte einen Anfall.«

»Geht es ihm gut?«

»Es wird ihm gut gehen, solange er die Finger von dem Mist lässt.«

»Du bist ein guter Freund.«

»Er ist für mich mehr als ein Bruder«, flüsterte ich. »Ihm darf nichts passieren.«

Sie nahm meine Hand. »Mario wird es gut gehen. Ihm wird nichts passieren.«

»Ich hätte früher etwas tun sollen.«

»Du wusstest, dass er Drogen nimmt?«

»Ich habe es geahnt, aber ich dachte, es wäre keine große Sache. Ich habe ihm gesagt, er soll einen Gang runterschal-ten, aber …«

»Es ist nicht deine Schuld.«

»Ich hätte ihn in den Entzug zwingen sollen, sobald ich die ersten Anzeichen bemerkt habe.«

»Die Leute müssen erst ganz unten ankommen, bevor sie bereit sind, sich einer Sucht zu stellen.«

Ich schüttelte den Kopf. »Mario brauchte mich, damit ich auf ihn aufpasse, und ich habe es verkackt.«

»Damit tust du dir selbst unrecht. Du bist nicht sein Vater.«

»Du verstehst das nicht.«

»Wovon redest du?«

»Mario und ich haben niemanden. Wenn wir nicht aufeinander aufpassen, tut es keiner.«

»Du bist nicht allein. Ich bin für dich da.«

»Ich weiß, aber das ist etwas anderes. Du hättest den Ausdruck auf seinem Gesicht sehen sollen. Er hatte Angst und ich habe ihn dortgelassen.«

»Es wird ihm gut gehen. Du hast das Richtige getan.«

Ich ließ mich auf ihre Couch fallen. »Bev hatte denselben Blick, als wir aus New Jersey weg sind.«

Laura setzte sich neben mich. »Bev? Wer ist das?«

»Unsere Pflegeschwester. Sie war zu jung, um mitzukommen, als wir weggelaufen sind. Das haben wir uns zumindest eingeredet.«

»Komm schon, Beck. Du bist nicht für jeden verantwortlich.«

»Sie war ein Kind und wir haben sie bei diesem Wahnsinnigen, bei Bryant, zurückgelassen.«

»Hast du den Kontakt zu ihr gehalten?«

»Wie zum Teufel hätte ich das anstellen sollen?«

»Beruhige dich. Ich frage doch nur nach ihr.«

»Wir konnten nicht riskieren, sie zu kontaktieren. Sie hatte kein Telefon. Ich habe ein paarmal auf dem Festnetz angerufen, aber es ging immer Mrs. Bryant ran.«

»Vielleicht kannst du versuchen, sie jetzt zu finden.«

»Das habe ich vor ein paar Jahren, aber wir haben sie nie aufgespürt.«

»Vielleicht hat sie geheiratet.«

»Ich hoffe, es geht ihr gut. Sie war das süßeste Kind. Der verdammte Bryant hat sie terrorisiert.«

»Was meinst du damit?«

Ich deutete auf die Narbe hinter meinem Ohr. »Eines Tages schlug er sie mit einem Gürtel, weil sie sich ein verdammtes Sandwich genommen hatte. Ich habe versucht, sie zu beschützen, und er hat meinen Kopf auf den Tisch geschlagen.«

»Oh, mein Gott, was für ein Unmensch.«

»Das war er.«

»Wie kann so jemand ein Pflegevater sein?«

»Weil das System scheiße ist, darum. Manche Leute bemühen sich und versuchen es, aber Unmengen von Kindern fallen durchs Raster.«

Toby wimmerte.

»Wann war er das letzte Mal draußen?«

Laura stand auf. »Heute Morgen. Ich gehe mit ihm raus.«

»Ich komme mit.«

Toby zerrte an der Leine und wir gingen zur Treppe. Ich zeigte. »Wer ist das?«

»Ich weiß nicht.«

Ein Mann in einem Kapuzenpulli schaute in das Fenster meines Autos. »Hey! Was zum Teufel willst du?«

Der Mann rannte los und sprang in etwas, das wie ein Toyota aussah. Ich nahm die Treppe, zwei Stufen auf einmal, und erreichte den Treppenabsatz, als der Wagen quietschend vom Parkplatz raste.

»Wer war das?«

Ich hatte eine Ahnung, wer es war, sagte aber: »Ich weiß

nicht. Wahrscheinlich nur irgendein Junkie, äh, ein Penner, der sehen wollte, ob es etwas zu stehlen gibt.«

»Das ist eine sichere Gegend. Wir haben hier keine Kriminalität.«

»Vielleicht stand der Kerl unter Drogen ... oder wer weiß.«

Ich hatte das Kennzeichen nicht lesen können. Alles, was ich hatte, war, dass der Wagen ein weißer Toyota neueren Baujahrs war. Davon musste es in Südwest-Florida fünfzigtausend geben. Es wäre verrückt, zu versuchen, ihn aufzuspüren.

War es Mallory? Der Mann hatte sich nicht wie ein jüngerer Mann bewegt und beide waren von mittlerer Statur.

»Beck?«

»Oh, tut mir leid.«

»Woran denkst du?«

»An nichts.«

»Glaubst du, dieser Mann könnte derjenige sein, der dein Haus angezündet hat?«

Das FBI könnte sie gut gebrauchen. »Nein, ich versuche nur, das alles zu verarbeiten.«

»Woher willst du wissen, dass er es nicht war? Er könnte dir hierher gefolgt sein.«

»Mir wäre aufgefallen, wenn mich jemand verfolgt hätte.«

»Du warst wegen Mario aufgebracht. Du musst abgelenkt gewesen sein.«

Vergiss das FBI, Laura könnte sich als Wahrsagerin eine goldene Nase verdienen. Ich zuckte mit den Schultern und führte Toby zu einem Fleckchen Gras. »Na los, mein Junge, mach dein Geschäft.«

»Findest du nicht, wir sollten das der Polizei melden?«

»Es ist nichts passiert. Nur irgendein, äh, Typ, der in mein Fenster geschaut hat. Park dein Auto nur zur Sicherheit am besten bei einer Laterne.«

»Ich versuche immer, einen Platz bei einer zu bekommen.«

»Gut. Ich habe einen Bärenhunger. Geh doch schon mal hoch und mach das Mittagessen fertig.«

»Ich muss es nur noch aufwärmen.«

»Mein Magen knurrt. Geh schon mal vor, ich bin in fünf Minuten wieder oben.«

Laura ging zurück zu ihrer Wohnung und ich ging mit Toby hinter den Starbucks. Während Toby nach einer Stelle schnüffelte, um sein Geschäft zu erledigen, rief ich Detective Moreno an.

»Moe? Haben Sie eine Minute?«

»Sicher. Worum geht's?«

Ich erzählte ihm von dem Mann, der in mein Auto geschaut hatte.

»Das könnte auch nichts zu bedeuten haben. Nur ein kleiner Ganove, der nachgesehen hat, ob es etwas zu stehlen gibt.«

»Ich weiß, aber es gab da diesen Kerl, Mallory, mit dem ich ein paarmal aneinandergeraten bin, als ich in Delaware war.«

»Das ist schon lange her.«

»Schon, aber der Mann, den ich gesehen habe, sah ihm ähnlich. Können Sie überprüfen, ob er einen weißen Toyota besitzt?«

»Er wohnt in Delaware?«

Ich war mir nicht sicher, ob er immer noch dort war. »Früher schon.«

»Schicken Sie mir, was Sie über ihn haben, und ich sehe mal, was ich herausfinden kann.«

40

LAURA HAKTE SICH BEI MIR UNTER, ALS WIR DEN FLAMINGO-Strand-Abschnitt der Wonder Gardens betraten.

Sie sagte: »Wow, echte rosa Flamingos.«

»Ziemlich cool, was?«

»Auf jeden Fall. Ich kann nicht glauben, dass ich noch nie hier war.«

»Sie haben hier ein paar schöne Anlagen.«

»Es ist wie ein tropischer Zoo.«

»Ich mag den Ara-Bereich, aber diese Flamingo-Lagune ist schön; sie hat dieses alte Florida-Flair.«

»Was meinst du, warum Gott diese Flamingos rosa gemacht hat?«

»Ich weiß nicht, ob Gott das war. Es scheint eher das Ergebnis der Evolution zu sein. Vielleicht hat die rosa Farbe ihnen geholfen, sich vor Raubtieren zu tarnen.«

»Ich stelle mir gerne vor, dass Gott schöne Dinge auf die Erde gebracht hat, damit wir uns daran erfreuen können.«

Zusammen mit einer Menge gefährlicher Leute? »Vielleicht.« Mein Handy klingelte. »Da muss ich rangehen.«

Ich trat einen Schritt zur Seite. »Hey, Moe. Was gibt's?«

»Ich habe das nationale Zulassungsregister überprüft, Mallory ist nicht aufgeführt –«

»Verdammt!«

»Es war ein Versuch ins Blaue.«

»Er sah aus wie er.«

»Du hast ihn seit Jahren nicht gesehen.«

»Glaub mir, ich werde diesen Mistkerl nie vergessen, solange ich lebe.«

»Wenn dir noch was einfällt, sag Bescheid. Ich muss los.«

»Danke, Moe.«

Laura kniete am See und versuchte, einen Flamingo anzulocken. Sie stand auf. »Alles in Ordnung?«

»Ja, alles gut.«

»Das war doch dein Freund, der Detektiv, oder?«

»Mhm.«

»Was wollte er?«

»Nichts.«

»Warum hat er dann angerufen?«

Es war einfacher, es ihr zu sagen, als von ihr ins Kreuz-verhör genommen zu werden. »Er hat wegen des Wagens nachgesehen, ob er jemandem gehört, aber das tat er nicht.«

»Wem dachtest du denn, dass er gehört?«

»Jemandem, mit dem wir auf der anderen Seite eines Falles zu tun hatten.«

»Was für ein Fall?«

»Laura, das ist unwichtig. Okay? Er ist es nicht und es gibt keinen Grund, darüber zu reden.«

Ihr Mund wurde zu einem schmalen Strich.

»Tut mir leid. Es ist zehn Jahre her, ein Kerl, den wir in

den Knast gebracht haben, weil er seine Frau geschlagen hat, okay?«

»Oh mein Gott. Was für ein Widerling.«

»Ich sterbe vor Durst. Lass uns was zu trinken holen.«

Es war schwer, so zu tun, als würde ich den Nachmittag genießen. Jemand hatte es auf mich abgesehen und mir gingen die Verdächtigen aus. Würde zuerst die Zeit ablaufen?

41

AM NÄCHSTEN MORGEN FUHR ICH AUF DEN PARKPLATZ VON Publix. Es war kaum noch Milch da gewesen. Als ich durch die automatischen Schiebetüren des Supermarktes ging, klingelte mein Handy. Es war Detective Moreno.

»Hey, Moe.«

»Können Sie reden?«

Ich drehte mich um. »Geben Sie mir eine Sekunde, ich muss kurz rausgehen ... Was gibt's?«

»Ich habe noch ein paar Nachforschungen über Mallory angestellt.«

»Ach ja?«

»Ja, die Art, wie Sie sagten, dass Sie ihn niemals vergessen würden, hat mich dazu gebracht, genauer nachzuforschen.«

»Was? Was habe ich denn gesagt?«

»Als Sie neulich aufgelegt haben, sagten Sie, Sie würden ihn nie vergessen, solange Sie leben. Das hat mich daran erinnert, was Sie darüber erzählt haben, dass Mallory geschworen hat, sich an Ihnen zu rächen, und wenn es das Letzte sei, was er tue.«

»Das hat er gesagt. Was haben Sie herausgefunden?«

»Ich habe eine Adresssuche durchgeführt und ein weißer Mazda ist auf eine Jill Cashman an Mallorys Adresse zugelassen.«

»Wie aktuell sind die Informationen? Vielleicht ist Mallory umgezogen?«

»Laut seinem Eintrag bei der Zulassungsstelle wohnt er immer noch dort.«

»Ich weiß nicht, ein Mazda? Für mich sah er wie ein Toyota aus.«

»Sind Sie sicher? Ihre Logos sind sich sehr ähnlich.«

»Welches Mazda-Modell?«

»Ein Mazda 3. Das ist eine Limousine. Ist es das, was Sie gesehen haben?«

»Ja. Geben Sie mir eine Sekunde, ich will mir ein Bild davon ansehen. Welches Baujahr hat der Wagen von dieser Dame?«

»2020.«

Ich ging auf den Bilder-Reiter und gab das Modell und das Jahr ein. Ich scrollte zu einem weißen Auto und zoomte hinein. Das Logo auf dem Kofferraum ähnelte dem von Toyota sehr. Ich schloss die Augen und versuchte, mich an das Auto auf Lauras Parkplatz zu erinnern. Es war schwer, sicher zu sein.

»Wissen Sie, ich könnte mich bei der Marke geirrt haben. Es sieht irgendwie wie ein Mazda aus, aber sicher bin ich mir nicht.«

»Delaware hat eine ganze Reihe von speziellen Nummernschildern. Einige davon sehen aus wie die, die wir in Florida haben.«

»Das, das ich gesehen habe, war definitiv blau.«

»Florida hat mehrere blaue.«

Ich vergaß die Einkäufe, machte auf dem Absatz kehrt, ging zu meinem Auto und sagte: »Ich rufe Sie zurück, ich will etwas überprüfen.«

Ich fuhr zu Lauras Wohnung und schaute dabei regelmäßig in den Rückspiegel. Ich kurvte über den Parkplatz auf der Suche nach dem Auto, das ich gesehen hatte. Es war nicht da. Ich parkte und eilte zu Lauras Tür.

»Beck? Was machst du … Ist alles in Ordnung?«

Ich nickte. »Ich möchte, dass du dir etwas ansiehst. Schau mal, ob es wie das Auto aussieht, das wir auf deinem Parkplatz gesehen haben.«

»Du hast das Auto gefunden?«

Ich reichte ihr mein Handy. »Nein. Das ist nur ein Beispielbild.«

Sie hielt das Handy näher an ihr Gesicht. »Das sieht aus wie das Auto, meinst du nicht auch?«

»Bist du sicher?«

»Ja. Warum? Was ist los? Weißt du, wem es gehört?«

»Nicht wirklich.«

»Du kommst also extra her, um mir das zu zeigen, und es bedeutet nichts? Ich bin nicht auf den Kopf gefallen, weißt du.«

»Das habe ich nicht gesagt, es ist nur verwirrend und …«

»Da ist es wieder, du ziehst dich sofort in dein Schneckenhaus zurück. Du willst meine Hilfe bei der Identifizierung des Autos, sagst mir aber nichts darüber, wem es gehört.«

»Ich will dir keine Angst machen. Wir sind uns bei nichts sicher. Im Moment ist es nur eine Vermutung.«

Sie stemmte die Hände in die Hüften und forderte: »Sag es mir.«

»Okay, okay. Erinnerst du dich an den Typen Mallory aus Delaware, von dem ich dir erzählt habe?«

»Der Mann, den du niedergestochen hast?«

Ich nickte. »Er hat es verdient. Es war Notwehr. Ich meine, der Mistkerl hat mir mit einem Stock den Schädel eingeschlagen und ich habe nur reagiert.«

»Ist er es?«

»Könnte sein. Eine Frau namens Jill Cashman wohnt an derselben Adresse wie er und besitzt einen Mazda wie den, den wir gesehen haben.«

»Kann die Polizei nichts tun?«

»Wir wissen nicht einmal, ob er es war, und wenn er es war, hat er nur in mein Auto geschaut.«

»Der Typ hat versucht, dich umzubringen, um Himmels willen. Er hat dein Haus angezündet.«

»Reg dich ab. Wir können es ihm nicht anhängen.«

»Du willst einfach nur rumsitzen und warten, bis er versucht …«

Ich nahm ihre Hände. »Komm schon, du kennst mich doch besser. Vertrau mir, ich bin auf der Hut und wir behalten ihn im Auge.«

———

Es war ein weiterer Tag wie aus dem Bilderbuch, aber ich hatte mich im Haus verbarrikadiert, um auf Nummer sicher zu gehen. Ich blickte durch die Schiebetüren und überprüfte die Veranda. Nichts als Sonnenschein, der See und üppiges Grün.

Das nagende Gefühl, dass etwas getan werden musste,

ließ mich nicht los. Falls es Mallory war, war ich vorbereitet. Und Detective Moreno hatte eine Meldung herausgegeben, in der das Collier County Sheriff's Office angewiesen wurde, nach Mallory und dem Mazda Ausschau zu halten.

Was stimmte nicht? Während ich im Wohnzimmer auf und ab ging, wurde mir klar, dass es Mario war. In den mehr als dreißig Jahren, die wir uns kannten, war noch nie ein Tag vergangen, an dem wir nicht miteinander geredet hatten. Selbst wenn wir uns stritten, meldeten wir uns immer kurz beieinander. Keiner von uns hatte Eltern oder Geschwister, mit denen er sich austauschen konnte, nur wir beide hatten einander.

Laura war gut, vielleicht großartig, und entweder sie oder Mallory hatten meine Gedanken von meinem Bruder von einer anderen Mutter abgelenkt. Aber niemand konnte Mario ersetzen. Niemand verstand das Band, das wir geknüpft hatten.

Ich wählte die Nummer von Celadon Recovery und verlangte Paul.

»Hallo Paul, hier ist Beck. Ich wollte mich nach Mario erkundigen. Wie geht es ihm?«

»Mario geht es gut und er scheint sich gut einzuleben. Mir wurde gesagt, dass er bereit zu sein scheint, die Arbeit zu leisten, die nötig ist.«

»Großartig. Das ist gut zu hören. Wann kann ich ihn besuchen?«

»Wir geben Ihnen Bescheid. Machen Sie keine weitere Reise hierher, bis wir Ihnen mitteilen, dass es Zeit ist.«

»Noch eine Reise? Was meinen Sie damit?«

»Ich wurde informiert, dass heute Morgen jemand da war. Ich nahm an, Sie wären es gewesen.«

»Nein. Wer war es?«

»Ich weiß es nicht.«

»Hören Sie, das könnte ernst sein. Sie müssen herausfinden, wer es war.«

»Ich weiß nicht –«

»Müssen Besucher sich nicht ausweisen?«

»Ja, das ist erforderlich, aber nur, wenn tatsächlich ein Besuch stattfindet.«

»Ich muss die Aufnahmen der Überwachungskamera sehen.«

»Was ist los? Gibt es eine Bedrohung, von der wir wissen sollten?«

»Es gibt keinen Grund zur Sorge. Lassen Sie mich nur zur Sicherheit das Überwachungsvideo sehen.«

»Ich kann so etwas nicht genehmigen. Nur der Direktor hat diese Befugnis.«

»Fragen Sie ihn. Ich bin auf dem Weg.«

42

Ich steckte im Stau auf dem Weg zur Bonita Beach Road fest und machte einen Anruf.

»Detective Moreno.«

»Hey, Moe. Wir müssen uns bei Celadon in Fort Myers treffen.«

»Die Entzugsklinik?«

»Ja. Mario macht dort einen Entzug.«

»Was ist los?«

»Ich glaube, Mallory oder wer auch immer, verdammt noch mal, hinter mir her ist, war dort. Ich muss die Überwachungsaufnahmen sehen.«

»Warum sollten sie hinter ihm her sein?«

»Könnte sein, wenn es mit unserer Arbeit zusammenhängt.«

»Aber wenn es Mallory ist, meinst du …«

»Ich weiß es nicht, Mann.«

»Woher sollten sie wissen, dass Mario dort ist?«

»Hör zu, wenn ich alle Antworten hätte, würde ich nicht um Hilfe bitten.«

»Immer mit der Ruhe, ich versuche nur herauszufinden, was los ist.«

»Kannst du mich treffen?«

»Klar. Bin schon unterwegs.«

Ich fuhr dicht auf wie ein Verrückter, schlängelte mich durch den Verkehr und gab Vollgas, als ich an der Promenade vorbeifuhr. Zwei Lastwagen einer Landschaftsgärtnerei, die auf der linken Spur dahinkrochen, bremsten den Verkehr aus. Ich scherte auf die rechte Spur aus und raste an ihnen vorbei.

Als ich an einer Ampel bei Coconut Point, die gerade umsprang, langsamer wurde, drückte ich das Gaspedal durch und hätte fast ein Auto gerammt, das aus dem Einkaufszentrum kam. Etwa eine Viertelmeile vor der Corkscrew Road sah ich ihn. Ein Streifenwagen mit Blaulicht war in meinem Rückspiegel.

Ich wechselte auf eine andere Spur, aber der Cop setzte sich direkt hinter mich. »Scheiße!«

———

MORENO, die Dienstmarke am Gürtel, stand in der kreisförmigen Auffahrt und unterhielt sich mit einem der Sicherheitsleute von Celadon. Ich parkte unter dem Vordach und stieg aus meinem Wagen. »Tut mir leid, Mann. Ich hab einen verdammten Strafzettel bekommen.«

Moreno lachte leise. »Lee County?«

»Ja.«

»Wer hat dich angehalten?«

»Officer Leahy.«

»Den kenne ich nicht, aber gib mir den Strafzettel. Ich

werde mal sehen, ob ich ihn überreden kann, ihn fallen-
zulassen.«

»Danke.«

Er stellte mich dem Wachmann vor. »Joe, das ist Beck.«

Wir schüttelten uns die Hände. »Nett, dich kennenzulernen.«

»Können Sie uns das Überwachungsvideo zeigen?«

»Sicher. Machen wir das.«

Er zog eine Karte aus seiner Tasche und hielt sie an ein
Lesegerät. Die Eingangstüren glitten auf.

Die Empfangsdame blickte auf. Joe sagte: »Die gehören
zu mir.«

Wir folgten ihm in einen kleinen Raum. Ein Wachmann
saß an einem mit Monitoren übersäten Schreibtisch. »Die
Herren müssen die Aufnahmen vom Eingang von heute
Morgen sehen.«

»Klar, welcher Zeitraum?«

Ich sagte: »Ab neun, wenn das in Ordnung ist.«

»Sollte nicht allzu schwer sein, das zu finden, was Sie
suchen. Es war ein ruhiger Morgen.« Er tippte auf einer
Tastatur. »Okay.« Er zeigte auf einen Monitor in der
zweiten Reihe. »Es ist auf dem hier.«

Joe sagte: »Warum machst du nicht eine Pause? Ich
behalte die Dinge im Auge.«

»Klar, ich bin hinten. Schreib mir, wenn du fertig bist.«

Er quetschte sich aus dem Zimmer und Joe setzte sich
auf seinen Stuhl. Mit dem Finger über der Maus schwe-
bend, sagte er: »Bereit?«

»Los geht's.«

Moreno sagte: »Das ist ein gutes Kamerasystem.«

Ich sagte: »Ich hoffe, es hilft. Spul vor, bis etwas passiert.«

Um zwanzig nach neun fuhr ein Lieferwagen vor. Meine Schultern spannten sich an. »Langsamer.«

»Das sind nur die Wäschereileute.«

Ein Mann erschien, der zwei große, durchsichtige Plastiksäcke voller gefalteter Wäsche trug. Er drückte die Gegensprechanlage und wartete, bis sich die Türen öffneten. Er verschwand im Inneren und kam mit drei Säcken zurück, die er in den Lieferwagen warf.

Um zwei vor zehn kam ein Mann ins Bild. »Langsamer.« Ich beugte mich vor, als die Aufnahme auf normale Geschwindigkeit umschaltete. Er verließ die Auffahrt und ging auf den Eingang zu.

»Anhalten und reinzoomen.«

Wenige Zentimeter vom Bildschirm entfernt, drehte ich mich zu Moreno um. »Das ist nicht Mallory.«

»In Ordnung. Erkennst du ihn?«

Ich studierte das Gesicht des Mannes. Er war Ende dreißig und hatte einen Zweitagebart. Er war stämmig und trug Jeans und ein blaues T-Shirt. Ich schüttelte den Kopf. »Wer zum Teufel ist dieser Kerl?«

»Soll ich den Rest laufen lassen?«

»Mach schon.«

Der mysteriöse Mann drückte die Gegensprechanlage, sagte etwas und schaute nach links und rechts. Er schnauzte in den Lautsprecher und ging weg.

Moreno sagte: »Lass es noch mal laufen, aber in Zeitlupe. Vielleicht sehen wir etwas.«

Das war eine gute Idee, aber es half nichts.

Ich sagte: »Wir müssen sehen, ob Mario weiß, wer das ist, Joe. Kannst du Paul fragen, ob wir ihn nur für eine Minute sehen können?«

Er nahm den Hörer ab und wählte eine Durchwahl. Nach einem kurzen Gespräch legte er auf. »Paul sagt, er ist gerade in eine Gruppensitzung gegangen und hat danach ein Einzelgespräch mit Dr. Belcher.«

»Wie lange wird das alles dauern?«

»Zwei Stunden.«

»Lass mich mit Paul sprechen.«

Joe wählte und reichte mir das Telefon. »Hey Paul, ich weiß, dass Mario beschäftigt sein wird, aber ich brauche nur eine Minute, um ihm das Video zu zeigen, um zu sehen, ob er weiß, wer das ist.«

»Es tut mir leid, aber wir können seine Therapie nicht unterbrechen. Mario macht Fortschritte, und so etwas könnte ihn zurückwerfen.«

»Ach, kommen Sie schon, er soll sich nur ein Bild ansehen. Wie zum Teufel soll das gefährlich sein?«

»Mario muss sich auf sich selbst und seine Genesung konzentrieren. Das ist ein heikler Prozess, und wir können nicht riskieren, dass es einen Rückschlag gibt.«

Ich schluckte meinen Ärger hinunter und sagte: »Wann können wir ihn sehen?«

»In einer weiteren Woche.«

»Okay. Hören Sie, ich bin hier übervorsichtig, aber es besteht die Möglichkeit, dass jemand hinter Mario her ist.«

»Hinter ihm her? Aus welchem Grund?«

»Ich weiß es nicht, aber es sind einige seltsame Dinge passiert, und wir müssen ihn auf jeden Fall beschützen.«

»Selbstverständlich.«

»Können Sie dafür sorgen, dass ich der Erste bin, der ihn sieht?«

»Hmm, diese Entscheidung liegt bei Mario.«

»Hören Sie, wir wollen beide nur das Beste für Mario, und wir beide sind wie Brüder. Es besteht eine geringe Chance, dass er in Gefahr ist, also müssen Sie wirklich eine Ausnahme machen.«

»Es tut mir leid, aber wir können keine Ausnahmen machen.«

43

ICH FUHR AUF DEN MITARBEITERPARKPLATZ VON CELADON und schaltete die Scheinwerfer aus. Ich wartete eine Minute und schickte eine Nachricht. Während ich den Eingang im Auge behielt, stieg ich aus meinem BMW.

Im Schutz eines Gumbo-Limbo-Baumes überprüfte ich mein Handy. Eine Nachricht kam an. Ein paar der Kameras waren ausgeschaltet. Es war Zeit, zu gehen.

Ich joggte zu dem Lichtschlitz, der von einer Tür kam, und schlüpfte in einen Flur. Eine Sekunde später erschien Joe. Er hatte einen Finger an den Lippen.

Ich gab ihm vier Hundert-Dollar-Scheine. Er stopfte sie in seine Tasche und flüsterte: »Bleib hier.« Er verschwand hinter einer Tür, auf der »Umkleideraum« stand.

Zwei Minuten später schwang die Tür auf. Ein Lächeln breitete sich auf meinem Gesicht aus. Ich öffnete meine Arme und umarmte Mario. »Mann, wie geht's dir?«

»Gut. Es ist mitten in der Nacht, was ist los?«

»Ich wollte dir nur ein Foto von jemandem zeigen.«

»Wem? Worum geht es?«

»Es könnte der Kerl sein, der hinter mir her ist.«

Ich reichte ihm drei Fotos, die ich von den Videoaufnahmen gemacht hatte.

Mario sagte: »Du glaubst, Gene ist hinter uns her?«

»Du kennst ihn?«

»Ja, er ist Susans Bruder.«

Meine Schultern sackten nach unten. »Willst du mich verarschen? Das ist Susans Bruder?«

»Ja, wie kommst du darauf, dass er uns was will?«

»Äh, er kam hierher, um dich zu sehen, und ich dachte einfach, weißt du, es könnte Mallory sein. Er hat dasselbe Auto wie das, das ich bei Laura gesehen habe, und, vergiss es, es ist nur …«

Mario lächelte. »Es ist nur, dass du paranoid bist. Ich weiß, ist schon okay, Mann.« Er umarmte mich. »Ich weiß es zu schätzen, dass du ein Auge auf mich hast.«

»Jederzeit, Bruder. Geht es dir gut?«

»Oh ja. Ich habe mich, sagen wir, seit zwei Jahren nicht mehr so gut gefühlt.«

»Großartig. Ich bin stolz auf dich, Mann.«

Joe streckte seinen Kopf in den Flur. »Los jetzt.«

Wir umarmten uns noch einmal und gingen dann unserer Wege.

Mein Herz schlug zu schnell. Ich atmete mehrmals kurz hintereinander ein und langsam wieder aus, um es zu beruhigen, und wiederholte ein stoisches Grundprinzip: Wachsam und aktiv zu sein war der einzige Weg, die Kontrolle zu behalten.

Ich schaltete den Alarm aus und zog die Schiebetür auf. »Na komm, mein Guter. Mach dein Geschäft.«

Toby tänzelte auf den Rasen und hob ein Bein an einem Busch voller rosa Blüten. Ich nahm einen Schluck von meinem Kaffee, bevor ich ihn auf den Tisch stellte. Ich zog mein Handy hervor und tippte eine Nachricht. Moreno musste es wissen; Mallory war immer noch die Hauptverdächtige.

Toby drehte sich im Kreis, als mein Kumpel, der Detective Moreno, mich zurückrief. »Hey, wie geht's dir?«

»Gut. Es hat sich herausgestellt, dass der Typ, der Mario besuchen wollte, der Bruder seiner Freundin war.«

Moreno lachte. »Deshalb hast du mich nach Fort Myers fahren lassen?«

»Tut mir leid.«

»Kein Ding. Ich habe morgen frei. Willst du mit mir zu Mittag essen?«

»Sicher. Wo willst du hin?«

»Das Kind meines Nachbarn arbeitet in einem neuen Laden an der Vanderbilt, der richtig gut sein soll.«

»Okay. Wie heißt er?«

»The Bicyclette Cookshop. Ich bin ziemlich sicher, dass es früher das Fit and Fuel war.«

»Oh ja, ich habe gehört, dass sie es umgebaut haben.«

»Haben sie, und der Koch hat gerade irgendeinen TV-Show-Wettbewerb gewonnen.«

»Wow. Das ist mal was.«

»Das ist eine große Sache. Passt halb eins?«

»Klar. Bis dann.«

———

Das Einkaufszentrum Pavilion hatte sich über die Jahre verändert. Nachdem es einen Publix als Ankermieter verloren hatte und zu kämpfen hatte, verwandelte es sich in eine Mischung aus Geschäften und beliebten Restaurants. Ich packte einen der gut einen Meter langen Türgriffe von Bicyclette und zog die Tür auf. Ein stechender Schmerz über meiner rechten Hüfte ließ mich wie erstarrt stehen bleiben.

Ich atmete tief ein und machte einen Schritt. Der Schmerz war immer noch da. Ich humpelte in das Restaurant.

Moreno saß an einem Tisch im hinteren Teil des Lokals. »Hast du dir das Bein verletzt?«

»Es ist mein Rücken. Ob du es glaubst oder nicht, ich habe ihn mir beim Öffnen der Tür gezerrt.«

»Das passiert den Besten von uns. Du hast doch einen Whirlpool, oder?«

»Ja, wieso?«

»Immer wenn mein Rücken anfängt zu zicken, gehe ich in den Whirlpool. Ich stelle ihn so heiß, wie es nur geht, und richte die Düsen auf die Stelle, die mir zu schaffen macht. Das entspannt alles und es fühlt sich besser an.«

»Wirklich?«

»Bei mir funktioniert's, probier's mal aus.«

»Ich werd's versuchen.« Ich deutete hinter ihn. »Die Wand ist cool.« Sie war mit Holzlatten verkleidet.

»Sie haben hier ein paar verschiedene Holzarten verwendet.«

Ich ließ mich behutsam auf einen Stuhl nieder. »Das macht es gemütlicher. Mir gefällt, was sie hier gemacht haben.«

Er zeigte dorthin. »Siehst du die Bar?«

»Oh ja. Sehr schön.«

»Ich habe eine Vorspeise bestellt, damit wir was für den Anfang haben. Mein Nachbar meinte, wir sollten uns die Chorizo-Kartoffeln nicht entgehen lassen.«

Ich nahm die Speisekarte. »Klingt gut.«

»Wie geht es Mario?«

»Ich habe ihn gestern Abend nur für eine Sekunde gesehen, aber er schien gut drauf zu sein.«

»Wann kann er Besuch empfangen?«

»Noch ein paar Tage, aber ab morgen kann er Anrufe entgegennehmen.«

Der Kellner brachte die Vorspeise. Ich bestellte einen Thunfischburger und Moreno bat um ein Weißfischgericht.

Moreno spießte eine Kartoffel auf. »Also war es doch nicht Mallory.«

»Es könnte immer noch er sein.«

»Die sind gut. Probier mal.«

Ich aß ein Stück. »Schmeckt mir. Hat eine gewisse Schärfe.«

Der Kellner stellte unsere Gerichte ab.

»In der Soße ist irgendein Gewürz. Abgesehen von Mallory hattest du ja einige, sagen wir mal, interessante Fälle. Gibt es da jemanden, von dem du denkst, dass er es sein könnte?«

»Ich habe sehr viel darüber nachgedacht. Ja, ich meine, wir haben ein paar Rechnungen beglichen, aber die hatten es alle verdient. Außerdem halten wir uns bedeckt.«

»Aber diese Sache mit Royal hat dir etwas Presse eingebracht.«

Ich schnitt ein Stück von meinem Burger ab. »Danke für die Erinnerung.«

»Royal ist brandgefährlich.«

»Nochmal, ich brauche die Erinnerung nicht.« Ich stopfte mir das Stück in den Mund. »Ich glaube, hierfür verwenden sie dieselbe Art von Soße.«

»Das ist wahrscheinlich das Gewürz.«

»Wie schmeckt deins?«

»Ausgezeichnet. Es ist geräuchert mit ein wenig Jalapeño.«

Wir aßen auf und der Kellner räumte den Tisch ab. »Darf ich Ihr Interesse an der Dessertkarte wecken? Wir haben ...«

Ich sagte: »Nichts für mich, danke.«

Moreno sagte: »Nur die Rechnung, bitte.«

Er zog die Rechnung aus seiner Schürze und wir legten beide unsere Sapphire-Kreditkarten hin.

Auf der Heimfahrt fühlte sich mein Rücken ziemlich gut an, aber als ich aus dem Auto stieg, durchzog ein scharfer Schmerz den unteren Teil. Ich wollte ausprobieren, was Moreno geholfen hatte. Ich ging in mein Schlafzimmer, um mich in eine Badehose umzuziehen.

Als ich meine Taschen in eine Schublade leerte, seufzte ich: »Verdammt.«

Ich hatte Morenos Kreditkarte und er hatte meine.

Moreno antwortete auf meine SMS und schrieb, er sei auf dem Weg zu einem Krankenhaus in Port Charlotte, um eine Tante zu besuchen. Danach hatte er eine Pickleball-Stunde und ein Match. Er würde am Abend vorbeikommen und eine SMS schicken, wenn er auf dem Weg sei.

Ich ließ mich in den Whirlpool gleiten. Meine Haut brannte. Im Sitzen rutschte ich hinüber und richtete zwei Düsen auf meinen unteren Rücken. Nach fünf Minuten bewegte ich mich. Der Schmerz war fast verschwunden.

Moreno war da an etwas dran. Nach zwanzig Minuten

stieg ich aus und trocknete mich ab. Ich fühlte mich um neunzig Prozent besser. Ich ging hinein, um etwas Papierkram zu erledigen.

———

NACHDEM ICH ZUM Abendessen eine Dose Hühnchen von Costco gegessen hatte, legte ich mich auf den Boden und dehnte sanft meine Beine und meinen Rücken. Der Schmerz begann, wieder aufzuflammen. Das Sitzen im Whirlpool hatte gewirkt. Ich würde wieder hineingehen.

Während ich meinen Oberschenkelmuskel dehnte, plingte eine SMS auf: Moreno würde in fünf Minuten hier sein.

Ich rollte mich auf die Knie und stand langsam auf. Toby stand neben seinem Napf. Ich hatte vergessen, ihn zu füttern. Ich füllte seinen Napf mit Futter und ging nach draußen, um die Heizung des Whirlpools einzuschalten. Nachdem ich meine Kreditkarte zurückbekommen hatte, würde ich im Wasser baden.

Nachdem ich den Knopf umgelegt hatte, stützte ich meine Hände auf eine Säule und streckte mein linkes Bein weiter nach hinten. Es tat gut, meine Wade und meinen Oberschenkelmuskel zu dehnen. Ich wechselte das Bein.

Ich beugte mich in der Hüfte, ließ meine Arme hängen, versuchte aber nicht, den Boden zu berühren. Das *Knacken* eines Astes ließ mich aufschrecken. Toby lag zusammengerollt in seinem Körbchen in der Küche.

Das zirkulierende Wasser war das einzige Geräusch. Ich tauchte meine Hand in den Whirlpool.

»Polizei! Hände hoch!«

Ich erstarrte.

»Stehen bleiben!«

Ein Schuss fiel. Ich kauerte mich hinter den Whirlpool, als ein Mann schrie: »Scheiße!«

»Beck! Ich bin's, Moreno! Er ist am Boden. Ruf 911 an.«

Ich raste ins Haus zu einem Seitenfenster. Moreno hatte einem Mann in Schwarz Handschellen angelegt und durchwühlte dessen Gesäßtasche.

Während ich mit einer Hand 911 wählte, holte ich meine Glock aus meinem Nachttisch und ging nach draußen.

Moreno legte einen Druckverband um den Oberschenkel des Mannes. Ich sah dem verletzten Mann ins Gesicht. »Wer zum Teufel ist das?«

Er reichte mir dessen Brieftasche. »Anton Solenko. Kennen Sie ihn?«

»Nein.« Ich kniete mich hin. »Wer hat Sie geschickt?«

Der Mann schloss die Augen. Ich drückte ihm meine Glock unters Kinn. »Sagen Sie es mir, oder ich puste Ihnen den verdammten Schädel weg.«

Moreno schlug meine Hand weg. »Lass mich das machen.«

Der Detective drückte seine Faust auf die Wunde des Mannes.

Der Mann kreischte: »Au!«

»Für wen arbeiten Sie?«

Der Mann wiederholte einen Namen. Es war die letzte Person, an die ich gedacht hätte.

44

WÄHREND DIE SIRENEN NÄHERKAMEN, SAGTE ICH: »MOE, Gott sei Dank warst du hier.«

»Man sagt, Timing ist alles.«

»Wie hast du ihn gesehen?«

»Sobald ich in deine Straße einbog, sah ich eine Limousine, die mit ausgeschalteten Lichtern in der Nähe deines Hauses zum Stehen kam. Ich habe meine Lichter ausgemacht und bin rechts rangefahren. Dieser Kerl stieg aus dem Auto, schloss aber die Tür nicht. Er hatte eine Skimaske auf dem Kopf, so eine, die man herunterziehen kann. Er schaute direkt auf dein Haus und ging zwischen deinem und dem Nachbarhaus hindurch. Ich dachte, er wäre ein Dieb. Aber als er in seinen Gürtel griff und eine Waffe zog, habe ich mich beeilt, rüberzukommen.«

»Ich war auf der Lanai und habe den Whirlpool für meinen Rücken vorbereitet.«

Ein Polizeiauto kam mit quietschenden Reifen zum Stehen. Moreno sagte: »Sobald wir seine Aussage aufgenommen haben, holen wir Weiss ab.«

»Ich kann immer noch nicht glauben, dass es Weiss war, der ihn angeheuert hat.«

»Hast du das vergessen? Du hast seine Welt in die Luft gejagt, Mann. Und der Kerl hat unerschöpfliche Ressourcen.«

Wir sahen zu, wie ein Krankenwagen zum Stehen kam. »Komm schon, ich habe andere Leute ins Gefängnis gebracht. Weiss hat bekommen, was er verdient hat.«

»Ich sage nicht, dass der Kerl es nicht verdient hätte, nur dass Weiss sein Status alles bedeutete und du ihn vom Gipfel seines Berges gestoßen hast.«

Ein Übertragungswagen von WINK News fuhr vor. »Ich sollte besser Laura anrufen. Wenn sie es herausfindet, bevor ich es ihr sage …«

Moreno lächelte. »Kluger Mann. Beeil dich, du musst gleich eine Aussage machen.«

———

MARIOS THERAPIE ENDETE UM ZWEI. Ich wartete bis fünf nach und rief an.

»Hey, Mario. Wie geht's dir, Mann?«

»Beck. Es ist so gut, deine Stimme zu hören.«

»Ich hätte früher angerufen, aber die haben hier Regeln und so.«

»Ich weiß. Ich habe gefragt und sie haben mir davon erzählt. Aber alles ist gut.«

»Wie fühlst du dich?«

»Gut. Manchmal wird es langweilig, aber es ist besser, als ich erwartet hatte. Die Leute hier sind wirklich nett, und Junge, die wissen, wovon sie reden.«

»Gute Therapeuten?«

»Ja, ich meine, weißt du, nach allem, was wir durchgemacht haben, ist es gut, sich mit einigen Dingen auseinanderzusetzen.«

»Ich wette, das hilft.«

»Das tut es. Du solltest darüber nachdenken, auch zu jemandem zu gehen. Es wird dir guttun.«

»Vielleicht eines Tages.«

»Es bringt nichts zu warten. Das staut sich schon lange in dir auf, Bro.«

»Genug von mir, wie kommst du mit dem, äh, du weißt schon, dem Kokain, zurecht?«

»Ich bin ein Süchtiger.«

Bei dem Wort zuckte ich zusammen. »Nein, bist du nicht.«

»Doch, das bin ich. Ich bin fertig damit, mich selbst zu belügen.«

»Die Person, die man am einfachsten bescheißen kann, ist man selbst.«

Mario fuhr fort: »Das stimmt, aber von jetzt an werde ich ehrlich zu mir selbst sein. Das und die Werkzeuge, die sie mir an die Hand geben, um mit dem Verlangen umzugehen, dann wird es mir gut gehen. Ich kann dir sagen, Bro, auf keinen Fall gehe ich zu dem Mist zurück.«

»Das ist großartig. Ich bin super froh, dass du das im Keim erstickt hast.«

»Ohne dich wäre ich nicht an einen Ort wie diesen gekommen.«

»Das Wichtige ist, dass du es getan hast.«

»Danke, Bro.«

»Jederzeit.«

»Also, was ist los? Wie laufen die Fälle?«

»Oh, Mann, das wirst du nicht glauben, aber es war Weiss, der mein Haus angezündet hat.«

»Weiss? Der Leerverkäufer-Typ?«

»Ja, die ganze Zeit dachte ich, es wäre Mallory oder vielleicht Royal, aber es war Weiss. Er hat einen Typen aus Orlando angeheuert, ihm hunderttausend gezahlt, damit er versucht, mich bei lebendigem Leib zu verbrennen –«

»Ich wette mit dir, er steckte auch hinter dem Brand in dieser Flugzeugfabrik.«

»Ich auch, aber Weiss hat da nicht aufgehört, der Bastard hat noch mal hunderttausend ausgegeben, um jemanden zu engagieren, der versucht, mich zu erschießen.«

»Dich erschießen? Wann?«

Ich erzählte ihm, wie Moreno vorgefahren war und den Möchtegern-Attentäter gesehen hatte.

»Heilige Scheiße, wenn Moe nicht gewesen wäre, wärst du tot.«

»Ich weiß.«

»Wie fühlst du dich dabei?«

Wollte er mich jetzt auf die Couch legen? »Ich habe nicht allzu viel darüber nachgedacht.«

»Komm schon, Mann. Es ist wichtig, solche Dinge zu verarbeiten.«

Ich zögerte. »Nun, um ehrlich zu sein, es hat mich ein wenig aus dem Gleichgewicht gebracht.«

»Es ist normal, dass man dadurch durch den Wind ist.«

»Aber ich bin nicht durch den Wind. Ich weiß nicht, aber ich fange an, mich zu fragen, ob das, was wir tun, richtig ist, weißt du? Ich meine, wir helfen Leuten und verdienen dabei gutes Geld, aber Scheiße, jemand hat versucht, mich zu töten.«

»Es ist in Ordnung, Angst zu haben.«

»Ich habe keine Angst, es ist nur verwirrend.«

»Du solltest eine Pause machen. Tritt jetzt einen Schritt zurück und denke nach –«

»Ich kann jetzt keine Pause machen, wir sind mitten in den Fällen Jackson und Kravitz. Ich kann sie nicht hängen lassen –«

»Hey, tut mir leid, aber meine Zeit ist um, ich muss los.«

Nachdem ich aufgelegt hatte, ließ ich mich auf die Couch fallen. Das gute Gefühl, das ich hatte, weil Mario sich wieder gefangen zu haben schien, wurde von den Nachwehen mit Weiss getrübt. Ich dachte nicht, dass ich bei Weiss weit genug gegangen war, aber er sah das anders.

Sich auf Leute wie Whitmore zu konzentrieren, war das Richtige. Aber die unterschiedlichen Reaktionen der Leute, an denen wir uns rächten, nicht zu berücksichtigen, hätte mich fast das Leben gekostet.

45

Simone Jackson, mit einer Baseballkappe und Brille, hielt den Kopf gesenkt, als sie das Immokalee Casino betrat. Obwohl Carl ein Turnier in Miami spielte, wollte Jackson so unauffällig wie möglich bleiben.

Sie ging schnurstracks zur Kasse und reichte das herüber, was im Grunde ihrem Gehaltsscheck entsprach. Jackson hatte ein flaues Gefühl im Magen, als sie durch das Casino ging. Sie redete sich ein, dass es eine gute Nacht werden würde.

Sie eilte an den Tischen für Seven Card Stud und Omaha Hi-Lo vorbei zu dem Bereich, der für Texas Hold'em reserviert war. Sie beobachtete das Spiel an zwei Tischen, bevor sie zu einem dritten weiterging.

Jacksons Zuversicht wuchs, als sie die Spieler musterte. Es waren vier: eine Frau, die sie auf Anfang dreißig schätzte, und drei Männer, alle im Alter zwischen vierzig und fünfzig Jahren.

Ein Mann, der rechts von der Frau saß, hatte so viele Piercings, dass es aussah, als wäre er in einen Angelgerätekasten gefallen. Rechts von ihm saß ein Mann mit rasiertem Kopf und der letzte Spieler war bärtig.

Obwohl die Frau unattraktiv war, dachte Jackson, dass die Männer um deren Aufmerksamkeit buhlen würden. Jackson drehte den Hocker neben sich herum und legte ihre Chips auf den grünen Filztisch.

Sie lächelte die junge Frau an, die nickte. Der Glatzkopf sagte: »Ich hoffe, Sie bringen mir Glück.«

»Ich werde mein Bestes geben.«

Der Dealer teilte die Hole Cards aus. Der Preflop-Einsatz kam zu Jackson. Anstatt fünfzig Dollar zu riskieren, passte sie. Sie behielt die Männer im Auge und beobachtete, was sie beim Spielen taten.

Die Hand war schnell gespielt und es war Zeit für die letzte Gemeinschaftskarte.

Der Dealer deckte die River-Karte auf und der glatzköpfige Mann zwinkerte Jackson zu. Er schob einen kleinen Stapel Chips in den Pot. »Fünfhundert.«

Die restlichen Spieler stiegen aus. Der Mann mit den Piercings fragte: »Was hattest du denn?«

Glatzkopf sammelte den Pot ein. »Wer sehen will, muss zahlen, mein Freund.«

»Du hattest einen Flush.«

»Wenn du das meinst.«

Die nächste Runde wurde ausgeteilt. Jackson zog die Karten an ihre Brust und sah sie sich an. Sie legte sie ab. Eine Drei und eine Acht, verschiedene Farben, waren nicht spielbar. Sie fühlte sich gut dabei, ihre Karten wegzuwerfen; sie spielte klug.

Das nächste Blatt wurde ausgeteilt. Sie schob die Hole Cards bündig zusammen und sah sich die untere an, eine Karo-Zehn. Eine anständige Karte. Jackson schob die nächste hervor, eine Karo-Neun. Sie war an der Reihe, den Preflop-Einsatz zu machen. Sie ging mit und legte ihre fünfzig Dollar in den Pot.

Der Dealer deckte den Flop auf: ein Kreuz-Ass, ein Kreuz-König und eine Herz-Sieben. Jackson checkte, aber der nächste Spieler schob zwei schwarze Chips hinein. Sie schätzte, dass er ein Paar Asse oder Könige hatte. Als der Einsatz zu ihr kam, passte sie.

In der nächsten Hand stieg sie vor dem Flop aus, aber in der darauffolgenden Hand hatte sie ein Pocket Pair Buben. Sie ging den Preflop-Einsatz von fünfzig Dollar mit. Der nächste Spieler erhöhte auf einhundert. Alle Spieler blieben dabei. Jackson mochte ihre Hand, aber jemand könnte Asse, Könige oder Damen haben.

Der Dealer drehte den Flop um, einen Pik-Buben, eine Pik-Zehn und eine Herz-Vier.

Mit einem Drilling wartete Jackson, bis die Reihe an ihr war. Sie erhöhte den Zweihundert-Dollar-Einsatz auf drei-hundert. Zwei Spieler gingen mit.

Die Turn-Karte wurde aufgedeckt. Noch ein Bube, diesmal in Herz. Jackson ermahnte sich, ruhig zu bleiben. Sie hatte einen Vierling. Es war ein großartiges Blatt, das nur etwa alle viertausend Hände einmal vorkam.

Der kahlrasierte Mann setzte vierhundert, dann stieg der nächste Spieler aus. Jackson ließ sich Zeit und schob Chips hinein. »Ich erhöhe auf fünfhundert.«

Glatzkopf erhöhte erneut. »Machen wir sechshundert daraus.«

Jackson presste ihre Hände auf den Tisch, um sie am Zittern zu hindern. »Okay, ich bin dabei.« Sie legte einen weiteren schwarzen Chip in den Pot.

Die River-Karte wurde aufgedeckt, eine Pik-Dame. Der

Mann checkte. Jackson musterte die Gemeinschaftskarten. Vielleicht hatte er auf einen Royal Flush gehofft und ihn nicht bekommen. Wenn er eine starke Hand hätte, hätte er gesetzt.

Jackson schob Chips hinein. »Fünfhundert.«

»Tausend.«

Jackson saß in der Falle. War es ein Bluff? Oder hatte er sie in eine Falle gelockt? Sie schätzte den Pot auf mindestens dreitausend Dollar. Bei sechs zu eins oder mehr waren die Chancen günstig. Sie legte fünf weitere Chips hinein.

Glatzkopf lächelte. »Lady, Sie haben mir Glück gebracht.« Er drehte seine Karten um. Er hatte einen Straight Flush. Das war eine Seltenheit, die nur etwa alle siebzigtausend Hände einmal vorkam.

Galle stieg Jackson in der Kehle hoch. Jackson hatte die Hälfte ihres Geldes verloren.

Preflop passte sie in fünf Händen hintereinander. Sie fasste sich wieder und erinnerte sich daran, dass sie die Hand mit dem Vierling gut gespielt hatte und dass Carl gesagt hatte, man könne selbst mit den besten Gewinnchancen verlieren. Er hatte gesagt, dass Profis sich nicht auf Glück verließen, aber dass einem Pech manchmal einen Strich durch die Rechnung machen könne.

Glatzkopf unterhielt sich mit dem Dealer und Jackson wurde klar, dass sie die Spieler nicht beobachtet hatte.

Jacksons Miene hellte sich auf, als sie auf ihre Hole Cards spähte, ein Paar Könige. Sie war vorsichtig, als sie an der Reihe war, und ging den Einsatz von einhundert Dollar mit.

Der Flop war perfekt, ein Paar Sechsen und ein weiterer König. Sie hatte ein Full House. Der Mann mit den Piercings setzte vierhundert. Die jüngere Dame erhöhte auf fünfhundert.

Jackson wollte erhöhen, aber niemanden verschrecken. Sie schob fünf schwarze Chips hinein.

Der Dealer drehte die Turn-Karte um. Die vierte Gemeinschaftskarte war eine Karo-Neun. Der Mann setzte fünfhundert. Das Mädchen stieg aus.

Jackson hielt den Atem an. Als sie ausatmete, sagte sie: »All-in.« Sie zählte, wie viel sie vor sich hatte. Chips im Wert von dreizehnhundertfünfundzwanzig Dollar.

Der Mann sah sie an, bevor er sagte: »Ich gehe mit.« Er legte achthundertfünfundzwanzig Dollar dazu.

Die River-Karte war eine Kreuz-Drei.

Der Dealer nickte, und Jackson und der Mann deckten ihre Karten auf. »Herrgott nochmal!« Jackson stand auf und ging weg. Ihr Full House verlor gegen die vier Sechsen des Mannes.

Die Kehle wie zugeschnürt, stürmte sie auf den Parkplatz. Sie hatte all ihr Geld verloren. Und dabei hatte sie klug und zurückhaltend gespielt.

Jackson bog in die Immokalee Road ein und ging im Kopf die beiden außergewöhnlichen Blätter durch, von denen sie überzeugt gewesen war, dass sie damit gewinnen würde. Ihr fiel kein Fehler auf.

Sie war kein Profi, hatte sich aber verbessert und konnte sich nicht vorstellen, dass Carl die Hände anders gespielt hätte.

So frustrierend es auch war, redete sich Jackson ein, dass es einfach nur Pech war. Wenn sie weiter lernte und diszipliniert spielte, würde sie auch gewinnen.

46

JACKSON STAND AUF DEM ERHÖHTEN GEHWEG VOR DEM BRICK
Coffee and Bar. Carl hüpfte die Stufen hinauf. »Holen wir
uns einen Kaffee.«

Sie betraten den kleinen Laden und stellten sich in die
Schlange. Jackson fragte: »Kommst du oft hierher?«

»Ein paarmal im Monat. Nicht allzu viele Läden
servieren Lavazza-Kaffee.«

»Hier ist aber was los.«

»Touristen lieben diesen Ort. Nicht nur, weil er an der
Fifth Avenue liegt, sondern auch, weil viele Reise-Websites
ihn als einen Favoriten führen, der den Geldbeutel nicht
sprengt.«

»Die Sandwiches sehen gut aus.«

»Ich mag ihre Panini, besonders das italienische. Du
solltest eins nehmen, du bist viel zu dünn.«

»Ich habe keinen Hunger.«

Carl zeigte nach draußen. »Was für einen Kaffee möchtest du?«

»Nur einen normalen.«

»Okay.« Er zeigte mit dem Finger. »Schnapp dir den Tisch da, bevor es jemand anders tut.«

Jackson setzte sich an einen der drei Tische im Freien, die auf den Gehweg gequetscht waren. Minuten später schlängelte sich Carl durch eine Schar von Passanten und stellte ihren Kaffee ab.

Er nippte an seinem Kaffee. »Ich weiß nicht, warum sich Espresso in den Staaten nie durchgesetzt hat.«

»Er ist zu stark.«

»Die Italiener nennen amerikanischen Kaffee Suppe.«

Jackson lächelte. »Ich hatte einmal türkischen Kaffee, der ist dick und körnig.«

»Genau, er ist sandig. Bist du bereit, zur Sache zu kommen?«

»Hier? Hier ist so viel los.«

»In einem Casino auch. Wusstest du, dass die Italiener das Wort ›Casino‹ benutzen, um ein Durcheinander oder eine unübersichtliche Situation zu beschreiben?«

»Hmm.«

»Du musst dich konzentrieren können, alles um dich herum ausblenden, wenn du am Pokertisch gewinnen willst.«

»Weißt du was, du hast recht, Lehrer.« Sie lächelte.

Carl leerte den letzten Rest seines Kaffees. »Okay, der Unterricht beginnt. Es ist nach dem Flop. Du hast zwei Paare. Wie hoch ist die Chance, das Blatt zu einem Full House zu verbessern?«

Jackson blinzelte. »Äh, ungefähr zehn Prozent, vielleicht mehr.«

»Es sind neun, aber das ist gut. Wie steht es mit einem Inside Straight Draw?«

»Oh, das ist das Gleiche wie bei einem Full House.«

»Sehr gut. Okay, sagen wir, deine Pocket Cards sind ein Bube und eine Acht in Pik. Im Flop liegen eine Pik-Neun, eine Herz-Zehn und ein Kreuz-Bube. Für eine Straße brauchst du eine Dame oder eine Sieben.«

»Das gibt mir acht Outs, vier für die Dame und vier für eine Sieben. Ein ziemlich gutes Blatt.«

»Vielleicht, du musst bedenken, was passiert, wenn eine Dame kommt, denn dann zeigt das Board eine Neun, Zehn, Bube und Dame. Das bedeutet, jeder mit einem König hat eine Straße mit König hoch, die deine mit Dame hoch schlägt.«

»Also bräuchte ich eine Sieben.«

»Genau. Nun, es kann sein, dass niemand einen König auf der Hand hat, aber in einem großen Spiel ist es eine beängstigende Position.«

»Würdest du passen?«

»Hängt davon ab, wie hoch der Einsatz ist und wie der Pot aussieht.«

»Das leuchtet ein.«

»Du machst dich gut, lernst schneller, als ich erwartet habe.«

»Danke.«

»Die Pot Odds unter Berücksichtigung deines Blattes zu berechnen, ist der nächste Schritt. Ich werde es so einfach wie möglich machen.«

Ein Auto mit einem nervtötenden Auspuffgeräusch fuhr vorbei, als sie sagte: »Okay.«

»Nehmen wir an, du hast eine Drei und eine Vier in Herz als Hole Cards. Niemand setzt vor dem Flop, also bleibst du drin. Der Flop ist eine Zwei, eine Fünf und eine Neun, keine davon in Herz. Jemand setzt sieben Dollar in einen Pot von dreißig Dollar. Mitgehen?«

»Ich würde sagen, ja.«

»Sag nicht einfach so, ja – berechne die Pot Odds und triff eine Entscheidung.«

»Okay.«

»Die Pot Odds sind sieben Dollar auf den Vierundvierzig-Dollar-Pot.«

»Vierundvierzig? Es war ein Dreißig-Dollar-Pot.«

»Die ursprünglichen dreißig plus die sieben, die gesetzt wurden, und dein Mitgehen von sieben.«

»Verstanden.«

»Das sind also etwa sechzehn Prozent.«

»Okay.«

»Das bedeutet also, wir müssen mindestens sechzehn Prozent der Zeit gewinnen, um die Gewinnschwelle zu erreichen. Lass uns also unsere Chancen ausrechnen, die Straße zu bekommen. Wir haben bei einer offenen Straße acht Outs, was bedeutet, dass wir sie am Turn in sechzehn Prozent der Fälle bekommen. Das entspricht unserem Minimum und dazu haben wir auch noch die River-Karte. Das ist ein profitables Mitgehen.«

Jackson starrte ausdruckslos.

Carl lächelte. »Deine Augen sind ganz glasig.« Er beugte sich vor. »Ich weiß, es ist verwirrend. Es wird Zeit brauchen, die Mathematik zu verinnerlichen. Glaub mir, wenn du dranbleibst, wird es nach einer Weile automatisch ablaufen.«

Jackson atmete aus. »Ich weiß, aber ich brenne darauf zu spielen, weißt du?«

»Natürlich. Schau, du kannst bald anfangen. Es steht ein Turnier an und, wie ich höre, werden viele der Schwergewichte in Vegas sein, also ist die Konkurrenz schwächer. Es wäre ein guter Ort, um erste Erfahrungen zu sammeln, und du wirst wahrscheinlich in die Geldränge kommen.«

»Wann ist es?«

»In etwa zwei Wochen. Das gibt dir noch etwas Zeit, an den Pot Odds zu arbeiten. Ich werde dir die Details dazu geben.«

»Ich kann es kaum erwarten.« Ihr Lächeln erstarb. »Wie hoch ist die Teilnahmegebühr?«

»Fünftausend.«

»Oh, das ist hoch.«

»Höher als bei vielen anderen, aber die Rendite gehört zu den besten, die es gibt.«

Jackson schwieg.

»Ist es zu viel für dich?«

»Nein. Ich muss nur ein paar Dinge umschichten.«

»Gut. Aber warte nicht zu lange; die Gebühr muss eine Woche vor Spielbeginn bezahlt werden.«

47

Eine Menschenmenge brach in Jubel aus. Jackson drehte sich nach rechts, wo sich die Leute um einen Craps-Tisch herum High Fives gaben. Sie fragte sich, welchen Point der Shooter geworfen hatte.

Sie wandte ihre Aufmerksamkeit wieder dem Texas-Hold'em-Tisch zu, an dem Carl saß. Er baute langsam Chipstapel auf. Jackson dachte über den Unterschied in seiner Herangehensweise an das Glücksspiel nach.

Craps-Spieler waren die auffälligsten Spieler in einem Casino. Carl war ruhig, besonnen und methodisch. Waren das die Eigenschaften eines Gewinners oder mussten die emotionalen Höhen und Tiefen vermieden werden, um einen regelmäßigen Spieler nicht auszubrennen?

Eine Kellnerin nahm die Bestellungen der Spieler an Carls Tisch auf. Jackson wollte etwas trinken und schaute in ihre Handtasche: ein paar Ein-Dollar-Scheine und zwei Zwanziger.

Jubel von einem Roulettetisch zog ihre Aufmerksamkeit auf sich.

Roulette zahlte fünfunddreißig zu eins. Zwanzig Dollar würden siebenhundert einbringen, wenn ihre Zahl käme. Sie könnte es zweimal versuchen. Die Chancen wären trotzdem miserabel. Was, wenn Carl es herausfände? Würde er es durchgehen lassen oder würde er aufhören, ihr Mentor zu sein?

Eine Textnachricht plingte auf. Jackson holte ihr Handy heraus. Es war eine E-Mail von der Summit Mortgage Corporation. Sie zögerte, bevor sie sie öffnete:

Sehr geehrte Frau Jackson,

wir müssen Ihren Antrag für ein Darlehen auf die Immobilie Palmetto Drive 1123 aufgrund mangelnden Eigenkapitals leider ablehnen.

Sie können einen neuen Antrag einreichen und eine andere Immobilie als Sicherheit verwenden ... bla-bla-bla.

Jackson löschte die Nachricht und kniff sich in den Nasenrücken. Wo sonst könnte sie sich Geld leihen? Vielleicht sollte sie einfach ihr Haus verkaufen und von vorn anfangen. In ein oder zwei Jahren wäre sie eine viel bessere Spielerin und würde sich von ihren Gewinnen etwas anderes kaufen.

Jackson lenkte ihre Aufmerksamkeit gezwungenermaßen zurück auf den ovalen Tisch, an dem Carl spielte. Sie blendete das Summen der geflüsterten Gespräche und das Bimmeln der Spielautomaten aus und konzentrierte sich auf das Spiel. Eine hip aussehende Frau Ende dreißig, die ihre Karten mit großer Intensität musterte, war an der Reihe.

Jackson versuchte zu erkennen, ob sie bluffte, um eine starke Hand zu verbergen, oder ob sie wirklich versuchte, eine Entscheidung zu treffen. Die Frau legte ihre Finger um einen Stapel Chips. »Ich gehe mit.«

Carls Blick wanderte von Spieler zu Spieler. Jackson wusste, dass er eine gute Hand haben musste, und schätzte, dass er ein hohes Paar als Hole Cards hatte, vielleicht Könige. Die vier Gemeinschaftskarten bargen das Risiko eines Flushs und die Möglichkeit einer Straße.

Der Dealer deckte die River-Karte auf, eine Herz-Zehn. Das Auge der Frau zuckte. Hatte sie den Flush bekommen? Carl, der checkte, war an der Reihe.

Der nächste Spieler, der ein gelbes Fußballtrikot trug, schob seinen Chipstapel hinein und stand auf. »All-in.«

Die beiden Spieler zu seiner Linken passten, als der Dealer den Einsatz von Mr. Soccer zählte. »Vierzehnhundertfünfzig.«

Der Einsatz ging an die Frau. Sie schaute auf ihre Hole Cards. Jackson wusste, dass es Nervosität war; die Frau hatte nicht vergessen, was sie hatte. Jackson schätzte, dass die Frau aussteigen würde.

Die Frau schob ihre Karten zum Dealer. »Ich bin raus.«

Jackson lächelte und hielt den Atem an, als Carl den stehenden Mann ansah und drei Stapel in die Mitte schob. »Ich calle.«

Jackson sah, wie Mr. Soccer erstarrte, als Carl seine Karten umdrehte. »Drei Buben.«

»Du hast mich geschlagen, Mann.«

Carl strich den Pot ein, während der Verlierer wegging.

Nach einem Dutzend weiterer Hände bat Carl um einen Color-up. Er gab dem Dealer ein Trinkgeld und stopfte seine Taschen mit Chips voll.

Jackson hob eine Hand. »Stark gespielt.« Carl gab ihr kein High Five.

»Gewonnen oder verloren, mach niemals auf dich aufmerksam. Es ist nicht fair gegenüber den Spielern, die du besiegt hast, und du willst verdammt noch mal nicht, dass das Casino dich mehr beobachtet, als sie es ohnehin schon tun.«

»Okay, entschuldige.«

»Kein Problem.«

»Du hast mich bei dem All-in-Pot ganz schön nervös gemacht. Woher wusstest du, dass er den Flush nicht hatte?«

»Ich war mir nicht sicher, aber die Pot Odds waren ausgezeichnet, und als er aufstand, schrie das für mich nach einem Bluff. Wenn man den Flush hat, worüber sollte man da nervös sein? Es gab kein Paar auf dem Board, also war die beste Hand entweder eine Straße oder ein Drilling.«

»Ja, du hast recht. Du kennst dieses Spiel wirklich.«

»Es ist kein Spiel, es ist eine Kombination aus dem Verstehen von Verhaltensweisen und einer Menge Mathematik.«

»Du lässt es einfach klingen.«

Er schüttelte den Kopf. »Glaub mir, es ist nicht einfach. Aber wenn du dich reinhängst und diszipliniert bist, hast du eine gute Chance, beständig zu gewinnen.«

»Ich hänge mich rein.«

»Ich weiß, dass du das tust.«

»Übrigens wusste ich, dass diese Frau aussteigen würde.«

»Woran hast du das gemerkt?«

»Sie hat ständig auf ihre Karten geschaut. Und als die River-Karte kam, hatte sie ein Zucken im Auge.«

»Gute Beobachtung. Wie kommst du mit den Pot Odds zurecht?«

»Es ist nicht einfach, aber ich arbeite ein Übungsbuch durch, das ich heruntergeladen habe.«

»Das von Split Suit?«

»Ja.«

»Bleib dran, dann schaffst du das.«

»Wann meinst du, sollte ich spielen?«

»Ich habe dir von dem Turnier erzählt. Ich denke, du bist gut genug, um mitzuspielen. Warum meldest du dich nicht an?«

»Okay, mache ich.«

»Vergiss unsere Abmachung nicht. Was auch immer du gewinnst, ich bekomme einen Anteil.«

»Glaub mir, ich werde deinen Anteil gerne bezahlen.«

»Ich muss los. Meine Freundin landet in etwas mehr als einer Stunde in Fort Myers.«

»Dann mach dich mal auf den Weg.«

Sie traten auf den Parkplatz hinaus und trennten sich. Jackson ging zu ihrem Auto und fühlte sich gut wegen dem, was Carl über ihre Fortschritte gesagt hatte.

Sie versuchte, das Gespräch noch einmal durchzugehen. Als sie zum Ende kam, zu seinem Anteil, hatte er gesagt: ‚Was auch immer du gewinnst.‘ Sie lächelte; es war nicht ‚falls‘, dass sie gewinnen sollte.

Jackson stellte sich vor, wie sie einen großen Pot Chips zu sich zog. Ein Lächeln breitete sich auf ihrem Gesicht aus. Aber ihr Hochgefühl verflog – sie hatte nicht das Geld, um das Startgeld zu bezahlen.

48

———————

Jackson redete sich ein, dass alles gut werden würde, als sie das Immokalee Casino betrat. Sie zögerte, bevor sie sich mit Carl traf. Sie hatte ein paar Minuten Zeit. Sollte sie die hundert Dollar, die sie sich von einer Kollegin geliehen hatte, beim Roulette setzen?

Die Chancen standen zwar denkbar schlecht, aber sie war einfach mal wieder an der Reihe. Jackson lugte in die Lucky Mi Bar.

Carl saß auf einem Hocker und unterhielt sich mit dem Barkeeper. Der Barmann nickte mit dem Kinn in Richtung der Reihen von Spielautomaten direkt vor der Lounge. Carl drehte sich auf seinem Stuhl um und lächelte die herankommende Jackson an.

»Hey, wie geht's dir?«

»Ganz gut.«

»Was möchtest du trinken?«

Sie ließ sich auf einen Hocker gleiten. »Ein Sodawasser.«

Der Barkeeper füllte ein Glas, stellte es auf einen Untersetzer und bediente dann einen anderen Kunden.

Carl fragte: »Fühlst du dich gut?«

Jackson sagte: »Mir geht's gut.«

»Bist du sicher? Du siehst nicht gut aus.«

»Wovon redest du?«

»Du lässt die Schultern hängen und bist viel stiller als sonst.«

»Was, analysierst du jeden? Selbst wenn du nicht gegen ihn spielst?«

Carl zuckte mit den Schultern. »Das kommt von ganz allein.«

Sie nuckelte an ihrem Strohhalm, bevor sie sagte: »Vielleicht ist es der Zigarettenrauch. Ich kann den Geruch nicht ausstehen. Warum unternimmt man nichts dagegen?«

»Du hast das noch nie erwähnt.«

»Tja, heute macht es mir zu schaffen.«

»Das musst du ausblenden.«

»Manchmal ist das leichter gesagt als getan.«

»Kopf hoch, ja?«

Sie nickte.

»Wie kommst du mit dem Arbeitsbuch für Pot Odds voran?«

»Ich habe noch nicht alles drauf, aber ich habe das Gefühl, dass es langsam Sinn ergibt.«

»Gut. Bleib dran.«

»Glaub mir, das werde ich.«

Carl lächelte. »Ich muss zugeben, ich habe dir eine Fünfzig-fünfzig-Chance gegeben, dass du dranbleibst. Ich bin froh, dass du mir das Gegenteil bewiesen hast.«

»Wow, ich habe dich in etwas geschlagen.«

»Gut gemacht. Hey, hast du dich für das Turnier angemeldet?«

Sie schüttelte stumm den Kopf.

»Worauf wartest du?«

Sie zuckte mit den Schultern.

»Sag mir nicht, dass du Angst hast. Du wirst dich gut schlagen.«

»Das ist es nicht.«

»Was ist dann los?«

Jackson atmete aus. »Ich hatte einen Haufen Reparaturen am Haus und das hat mich finanziell zurückgeworfen.«

»Du hast das Geld nicht?«

Sie seufzte. »Nein. Es macht mich fertig, ich will wirklich mitspielen.«

»Das ist wirklich schade.«

»Wem sagst du das. Ich wünschte, es gäbe eine Möglichkeit, an das Geld zu kommen.«

»Weißt du, da gäbe es vielleicht etwas. Lass mich mal mit einem Freund von mir reden.«

»Er würde mich staken? Aber das wäre dir gegenüber nicht fair.«

»Nein, es ist etwas anderes.«

»Das wäre fantastisch.«

»Wir haben nicht viel Zeit. Ich schaue mal, ob er sich später am Abend oder morgen früh mit dir treffen kann.«

»Okay, sag mir Bescheid.«

»Du arbeitest morgen?«

»Ja.«

»Wenn es heute Abend nicht klappt, frage ich ihn, ob er dich dort oder irgendwo in der Nähe treffen kann.«

»Wer ist dieser Kerl?«

»Der Freund eines Freundes. Er hat schon in ein paar Situationen ausgeholfen.«

»Warum hilft er Leuten, die er nicht kennt?«

»Er bekommt, was er will, und sie bekommen, was sie brauchen.«

»Was will er denn?«

»Das muss er dir selbst sagen. Ich stelle nur den Kontakt her.«

49

JACKSON SAH AUF DIE UHR AN DER WAND; ES WAR 11:35 Uhr. Wo blieb Carls Freund? Sie tippte eine Nachricht an Carl: *Dein Freund ist noch nicht da. Kommt er noch?*

Während sie auf ihr Display starrte, krächzte die Gegensprechanlage: »Simone, hier ist ein Paul Smith für Sie.«

Sie sprang auf. »Ich komme sofort.«

Jackson strich ihre Bluse glatt und richtete ihre Frisur. Sie schnappte sich ihre Handtasche und schloss die Tür ihres Büros hinter sich.

Sie trat in die Lobby des Florida Department of Children and Families. Mit übereinandergeschlagenen Beinen saß Paul Smith als einziger Mann in dem Raum. »Mr. Smith?«

Smith blickte von seinem Handy auf und lächelte. »Der bin ich.« Er stand auf und ließ sein Handy in seine Jackentasche gleiten. Seine Uhr sah teuer aus. Er rückte seine Umhängetasche zurecht und streckte ihr die Hand entgegen. »Ms. Jackson. Freut mich, Sie kennenzulernen. Carl hat mir viel von Ihnen erzählt.«

»Ich hoffe, nur Gutes.«

»Das war es auf jeden Fall. Er hält große Stücke auf Sie.«

»Er ist ein sehr netter Mensch. Und unheimlich klug.«

»Er ist schon eine Nummer für sich, nicht wahr?«

»Einzigartig.«

Smith senkte die Stimme. »Carl meinte, ich könnte Ihnen vielleicht helfen.«

»Äh, ich wollte mir gerade unten einen Kaffee holen. Wollen wir nicht zusammen einen trinken gehen?«

»Klingt gut.«

Jackson und Smith nahmen die Treppe und traten hinaus in den Sonnenschein. Das Rauschen der Autos, die mit überhöhter Geschwindigkeit über die Route 41 fuhren, konkurrierte mit Smiths Stimme.

Jackson hob eine Hand. »Warten Sie, bis wir da sind.«

Sie überquerten die Straße zu einem Einkaufszentrum, in dem sich ein Starbucks befand. Während sie auf ihre Kaffees warteten, hielten sie Smalltalk. Mit den Bechern in der Hand sagte Jackson: »Hinten kann man auch sitzen.«

Der Hinterausgang führte auf eine leere Terrasse mit Tischen und Sonnenschirmen. Jackson führte Smith zu einer abgelegenen Ecke. Sie zogen sich Stühle heran. Smith nahm seine Umhängetasche ab und legte sie auf den Tisch. Sie nippten an ihrem Kaffee.

Jackson sagte: »Danke, dass Sie so kurzfristig vorbeigekommen sind.«

Smith stellte seinen Becher ab. »Kein Problem, Ms. Jackson.«

»Nennen Sie mich bitte Simone.«

»Also, Simone, wie ich höre, stecken Sie finanziell ein wenig in der Klemme.«

»Es ist nur eine Durststrecke. Ich, äh, hatte eine Menge

Renovierungsarbeiten am Haus, und das nach einer ganzen Reihe von Zahnbehandlungen.«

»Mein Freund sagt, die Zahnärzte in Naples haben nicht Zahnmedizin, sondern Betriebswirtschaft studiert.«

Jackson schnaubte. »Nicht weit von der Wahrheit entfernt.«

»Wie viel brauchen Sie?«

»Fünftausend.«

»Keine Sorge.«

»Wirklich?«

»Ja.« Er sah sich um und zog einen Umschlag aus seiner Jacke. »Hier sind sechstausend drin.« Er fächerte den Umschlag oben auf und ein dicker Stapel Hunderterscheine kam zum Vorschein.

Jacksons Augen weiteten sich.

»Es gehört Ihnen. Alles, was Sie tun müssen, ist, ein paar Kinder zur Alliance zu schicken.«

»Ich verstehe nicht.«

»Sie wissen, dass es nicht genug Pflegefamilien gibt, um all die Kinder aufzunehmen. Die Alliance hat gerade expandiert und hat leere Betten. Sie schicken drei Kinder, vorzugsweise unter zehn Jahren.«

»Was Sie da verlangen …«

»Ihre Position gibt Ihnen die Befugnis dazu, nicht wahr?«

»Ja, aber …«

Er klopfte mit dem Umschlag auf den Tisch. »Wenn Sie das hier wollen, werden Sie es tun. Wenn nicht, bin ich weg.« Smith schob seinen Stuhl zurück.

»Warten Sie einen Moment. Ich, äh, muss mir das überlegen.«

»Vergessen Sie nicht, diese Kinder müssen irgendwo

untergebracht werden, und der neue Anbau, den die Alliance errichtet hat, ist wirklich schön.«

»Für wen arbeiten Sie?«

»Ich bin freiberuflich für viele Organisationen tätig.«

»Für die Alliance?«

»Wollen Sie das Geld oder nicht?«

»Ja.«

»Und Sie werden die Kinder schicken?«

»Ja.«

»Gut.« Er schob das Geld über den Tisch.

Jackson schnappte es sich und stopfte den Umschlag in ihre Handtasche.

»Sie müssen heute noch eines, wenn nicht sogar zwei, rüberschicken.«

»Heute? Das ist unmöglich …«

»Woher, glauben Sie, kommt das Geld? Die Tagespauschale, die der Staat zahlt, ist unter aller Sau. Die Alliance braucht einen langen Zeitraum, um das wieder reinzuholen.«

»Okay, okay. Ich werde sehen, was ich tun kann.«

Smith stand auf und nahm seine Tasche. »Schön, mit Ihnen Geschäfte zu machen.«

Ein Schauer lief Jackson über den Rücken, als Smith wegging. Als er außer Sichtweite war, öffnete sie ihre Handtasche und legte den Umschlag auf ihren Schoß. Ihr Herz hämmerte, als sie die Geldscheine auffächerte. Sie stopfte das Geld zurück in ihre Tasche, trat an den Rand der Terrasse und tätigte einen Anruf.

»Carl, ich habe mich gerade, äh, mit Paul Smith getroffen.«

»Wie ist es gelaufen?«

»Okay, schätze ich.«

»Hat er dir das Geld für die Teilnahmegebühr gegeben?«

»Ja, aber er will, dass ich etwas tue, das mich meinen Job kosten könnte.«

»Wieso das?«

Sie senkte ihre Stimme. »Er will, dass ich Kinder zur Alliance schicke, während sie auf eine Pflegefamilie warten.«

»Und? Bieten die nicht Unterkünfte für Kinder im Pflegesystem an?«

»Ja, aber wir haben keine wirkliche Beziehung zu ihnen. Es wäre …«

»Ich sehe nicht, wo das Problem ist. Die Kinder müssen irgendwo untergebracht werden, und genau das tust du.«

»Aber er bezahlt, äh, eine Vermittlungsgebühr, damit ich es tue.«

»Klingt nach einem guten Geschäft für beide Seiten.«

»Kann man ihm vertrauen, dass er es vertraulich behandelt?«

»Ja. Paul ist sehr diskret.«

»Das will ich für ihn hoffen.«

»Das wird er sein, aber sieh zu, dass du deinen Teil der Abmachung einhältst, sonst könnte es unschön werden.«

»Unschön? Was soll das heißen?«

»Er ist, äh, sagen wir mal, mit einer Menge interessanter Leute verbandelt.«

»Oh mein Gott, er ist bei der Mafia oder so was? Wie konntest du mich nur mit ihm zusammenbringen?«

»Du brauchtest Geld. Wer, glaubst du, würde es dir geben? Ein Engel?«

»Du hättest mir sagen sollen …«

»Hör zu, wenn du tust, was du zugesagt hast, wirst du keine Probleme haben.«

»Bist du sicher?«

»Hör zu, wenn du bei dem Turnier mitspielen willst, ist der Anmeldeschluss heute um fünf Uhr.«

50

JACKSON SCHMISS IHREN KAFFEE IN DEN MÜLLEIMER UND eilte in ihr Büro. Sie schloss die Tür und riss die unterste Schublade ihres Schreibtisches auf.

Sie schnappte sich einen Stapel Akten, stopfte ihre Tasche in die Schublade, ließ sich in ihren Stuhl fallen und schlug einen Ordner auf.

Nachdem sie geistesabwesend auf die Fallakte gestarrt hatte, drückte sie die Taste der Gegensprechanlage. »Freda, wo sind die heutigen Transferakten?«

»Sie haben sie heute Morgen abgezeichnet.«

»Das weiß ich. Finden Sie sie und bringen Sie sie mir, und zwar sofort.«

»Aber …«

»Ich habe gesagt, Sie sollen sie finden und sie mir bringen!«

»Okay.«

Fünf Minuten später klopfte es leise an der Tür, bevor sie aufschwang. »Simone, hier ist Freda. Ich habe die Akten.«

»Geben Sie sie mir.«

Freda reichte sie Jackson, die sagte: »Wir müssen ein paar davon an die Alliance umleiten.«

»Die Alliance? Die haben wir doch schon seit Ewigkeiten nicht mehr genutzt …«

»Es kam ein Memo aus Tallahassee, sie wollen die Sache etwas breiter streuen.«

»Oh, weiß Bradley davon?«

Jackson starrte Freda wütend an. »Er trifft nicht die Entscheidungen, sondern ich.«

»Oh, ich weiß, aber er kümmert sich um den Transport und das alles.«

Jackson sortierte eine Handvoll Dokumente. »Er wird tun, was ich sage.«

»Natürlich.«

Jackson zog zwei Blätter heraus, strich den Namen der Empfangseinrichtung durch und schrieb handschriftlich die Alliance hinein.

Nachdem sie die Änderungen paraphiert hatte, sagte sie: »Bringen Sie diese zum Transport und sorgen Sie dafür, dass sie erledigt werden.«

Sie gab den Ordner zurück und sagte: »Ich habe heute Nachmittag einen wichtigen Termin außer Haus. Wenn es ein Problem gibt, rufen Sie mich auf dem Handy an.«

»Kommen Sie später noch mal zurück?«

»Wahrscheinlich nicht.«

»Okay. Wir sehen uns dann.«

Freda ging zur Tür. Jackson sagte: »Äh, warten Sie mal kurz.«

Freda drehte sich um. »Was ist los?«

»Äh, lassen Sie mich die Transferunterlagen noch mal durchsehen. Ich will sichergehen, dass alles in Ordnung ist.«

»Die sind in Ordnung, ich habe sie gesehen.«

»Mein Name steht darauf. Ich will alles doppelt prüfen. Ich lege sie Ihnen auf dem Weg nach draußen auf den Schreibtisch.«

Sobald ihre Assistentin gegangen war, schlug Jackson den Ordner auf. Sie blätterte zu der Änderung, die sie vorgenommen hatte. Die handschriftliche Änderung war zu offensichtlich.

Sie tippte auf ihrer Tastatur und rief den ersten Fall auf, ein neunjähriges Mädchen. Jackson änderte die Zuweisung auf die Alliance und druckte die Seite aus. Sie wiederholte den Vorgang für das zweite Kind, das sie umleitete.

Jackson unterschrieb beide Anordnungen und tauschte die Seiten aus. Sie starrte auf die Akte und überlegte, wer die Änderung infrage stellen könnte. Würde Bradley sich die Unterlagen überhaupt ansehen? Wenn er es täte oder wenn der Fahrer, dem er sie übergab, etwas sagen würde, würde man sie zur Rede stellen.

Sie war zwar die Leiterin, aber wenn sie es nicht richtig anstellte, würde der Staat Florida ihr aufs Dach steigen. Und wenn das geschah, hatte sie keine Verteidigung für ihre Tat. Sie sank in ihren Stuhl. Es war zu gefährlich.

Jackson konnte es nicht durchziehen. Sie würde das Geld zurückgeben und das Turnier vergessen.

Sie legte ihre Finger auf die Tastatur und navigierte zu den digitalen Akten. Eine SMS plingte auf. Jackson griff nach ihrem Handy. Es war eine von Florida Power and Light; sie war mit ihrer Stromrechnung im Rückstand.

Sie lehnte sich in ihrem Stuhl zurück. Der Verkauf ihres Hauses würde nur genug einbringen, um die Hälfte ihrer Schulden zu begleichen. Wenn sie umziehen wollte, bräuchte sie mindestens sechstausend Dollar für die erste und letzte Monatsmiete und die Kaution.

Jackson meldete sich von ihrem Computer ab und nahm ihre Handtasche aus der Schublade. Sie schnappte sich den Ordner von ihrem Schreibtisch und schloss die Tür hinter sich.

51

Die paar Dutzend Zuschauer hinter den Samtkordeln wurden leiser. Der Dealer deckte die River-Karte auf, eine Herz-Sieben. Ein kollektives Seufzen ging durch die Menge. Sie passte zu keiner der Gemeinschaftskarten.

Die beiden verbliebenen Spieler sahen sich ihre Hole-Cards an. Der mit der Brille sah sich die Chips seines Gegners an und schob einen Stapel seiner eigenen in den Pot. »Fünftausend.«

»Ich gehe mit.«

Beide Spieler standen auf. Der Gewinner würde an den Finaltisch einziehen. Der Mann mit der Brille deckte seine Karten auf, ein Paar Könige. Mit dem König von der Turn-Karte hatte er einen Drilling.

Der andere Spieler legte den Kopf in den Nacken und seufzte: »Ah! Du hast mich, zwei Paare.«

Die Menge brach in Applaus aus.

Der Turnierdirektor, ein stämmiger Mann in einem dunklen Anzug, trat auf den Gewinner zu. »Herzlichen

Glückwunsch, Dutch, Sie werden am Meisterschaftstisch spielen.«

Der Dealer legte die Chips, die Dutch angesammelt hatte, in Reihen von Stapeln zurecht.

Er zählte sie und sagte: »Siebenundachtzigtausendvierhundert.«

Dutch nickte. Der Dealer lud die Chips auf ein Luzit-Tablett und reichte es Dutch. »Viel Glück, mein Herr.«

Dutch nahm drei Chips und gab sie dem Dealer. »Die sind für Sie.«

Die Menschenmenge vom nun leeren Tisch verlagerte sich zum Meisterschaftstisch und umringte ihn. Die verbliebenen Spieler nahmen Platz, während Dutch zum Finaltisch ging.

Er stellte sein Tablett vor dem einzigen freien Stuhl ab und nahm rechts neben einer Frau Platz. Er sagte: »Ich habe dich schon mit Carl gesehen.« Er streckte die Hand aus. »Die Leute nennen mich Dutch.«

»Schön, dich kennenzulernen, ich bin Simone Jackson.«

»Viel Glück dann.«

»Dir auch.«

Jackson starrte auf sein Tablett und schätzte, dass er kurz davor war, die meisten Chips zu haben. Sie lag irgendwo im Mittelfeld und war zuversichtlich, was ihre Chancen anging. Die Preise wurden an die vier besten Spieler vergeben.

Zu gewinnen wäre fantastisch, aber das war nicht nötig. Sie musste nur unter die ersten vier kommen. Wenn sie Vierte würde, nähme sie zwanzigtausend mit nach Hause. Wenn sie sich den dritten Platz schnappen würde, würde sie das Doppelte gewinnen.

Jackson befahl sich, ruhig zu bleiben, und suchte den

Raum nach Carl ab. Wo war er? Sie atmete tief durch die Nase ein und langsam wieder aus.

Dutch drehte den Kopf. »Also gut, bringen wir's hinter uns.«

Der Turnierdirektor sagte: »Sind alle bereit zu spielen?«
Ein Chor von Jas hallte wider.

»Okay, dann lasst uns diese Finalrunde beginnen.«

Das Publikum jubelte. Karte für Karte zog der Dealer die Karten aus dem Kartenschlitten und teilte den sechs Spielern ihre Hole-Cards aus. Jackson fischte ungeschickt nach ihrer ersten Hand. Sie hielt den Atem an und spähte auf die Karten.

Ihr Herz schlug schneller; sie hatte ein Paar Damen. Das Glück, das sie seit der ersten Hand vor acht Stunden gehabt hatte, hielt an. Jackson wartete, bis die Wette bei ihr ankam, und erhöhte.

Zwei Stunden später verließ der erste Spieler, der pleite war, den Tisch. Es waren jetzt noch fünf Spieler. Jackson war nur noch einen Spieler davon entfernt, zwanzigtausend Dollar zu verdienen. Sie atmete tief ein. Ein Winken erregte ihre Aufmerksamkeit.

Sie lächelte. Carl war da. Er zeigte ihr einen Daumen nach oben. Ihre Schultern entspannten sich. Sie nahm ihre Karten vom grünen Filz und spähte darunter, während sie sie mit der Hand verdeckte. Ein König und eine Dame in Kreuz.

Der Preflop-Einsatz betrug fünfhundert. Als sie an der Reihe war, nahm sie fünf schwarze Chips von ihrem Stapel, warf sie in den Pot und ging mit.

Der Dealer deckte die Flop-Karten auf: eine Kreuz-Zwei, eine Kreuz-Acht und einen Pik-Buben. Dutch war mit dem Setzen dran.

»Check.«

Jackson schloss ihre Berechnungen ab. Sie wusste, dass Carl genau wie Dutch gecheckt hätte. Sie zählte ihren Einsatz ab. »Tausend.«

Der Mann zu ihrer Linken, ein Typ mit einem ZZ-Top-Bart, passte. Die nächste Spielerin, eine Frau in einer gelben Bluse, schob ihre Chips hinein. »Ich gehe mit.«

Der Einsatz ging an einen Mann um die fünfzig, der eine Schiebermütze trug. Er räusperte sich, sagte aber nichts. Er sah sich am Tisch um, bevor er seine Hole-Cards prüfte. Er schob seine Karten zum Dealer. »Raus.«

Es lag an Dutch. Er rümpfte die Nase und sagte: »Ich gehe mit.« Nachdem er sein Geld in den Pot gelegt hatte, zog der Dealer die Turn-Karte aus dem Schlitten.

Es war ein Herz-König.

Jackson hatte auf ein Kreuz gehofft, aber immerhin hatte sie jetzt ein Paar Könige. Wenn sie noch ein Paar bekäme, könnten nur zwei Paare mit Assen als höchstem Paar sie schlagen.

Sie war mit dem Setzen an der Reihe. Sie verdrängte das Gefühl, dass es nicht genug war. »Fünfzehnhundert.«

»Gelbe Bluse« legte ihr Geld schnell hinein. Jacksons Magen drehte sich um. Dutch schnippte seine Karten zum Dealer. »Ich bin raus.«

Der Dealer legte die River-Karte aus dem Schlitten in die Mitte des Tisches und deckte sie auf. Eine Kreuz-Sieben.

Über das Flüstern hinweg konnte Jackson das Blut in ihren Ohren pulsieren hören. Die Dame in dem kanariengelben Oberteil war mit dem Setzen an der Reihe. Sie sagte: »Check.«

Jackson zählte leise bis fünf, bevor sie sagte: »Fünfzehn-hundert.«

»Gelbe Bluse« atmete ein. »Ich bin so weit gekommen. Ich gehe mit.« Sie schob ihre Chips hinein, und Jackson deckte ihre Karten auf. »Flush.«

»Ich hab's mir gedacht. Gehört dir.« Ohne preiszugeben, was sie hatte, schob die Dame ihre Karten zum Dealer.

Jackson sah auf. Carl lächelte. Mit zitternden Händen harkte sie den Pot ein.

Jackson nahm die neuen Karten vor sich auf: eine Sechs und eine Acht in Karo. Sie hoffte, dass jemand einen Preflop-Einsatz machen würde. »Gelbe Bluse« sagte: »Drei-hundert.«

Jackson passte. Sie musterte ihre Konkurrenz. Nur Dutch und Schiebermütze hatten mehr Chips als sie. Sie war auf dem dritten Platz.

Jackson beschloss, auf Nummer sicher zu gehen und abzuwarten, bis Gelbe Bluse, die die wenigsten Chips hatte, kein Geld mehr hatte.

Der Flop wurde aufgedeckt und ZZ-Top-Bart setzte. »Fünfzehnhundert.«

Dutch stieg aus. Gelbe Bluse sah auf ihre Chips und spitzte die Lippen. »All-in.«

Der Dealer zählte den Stapel. »Viertausendzwei-hundert.«

ZZ-Top-Bart dachte eine Minute nach, bevor er seine Karten wegwarf. »Du kannst es haben.«

Der Dealer nahm die Karten vom Tisch und bereitete sich auf die nächste Runde vor. Cabbie Hat seufzte, schob seine restlichen Chips in die Mitte des Tisches und sagte: »All-in.«

Gelbe Bluse ging mit.

Der Dealer teilte die Gemeinschaftskarten aus. Cabbie Hat hatte drei Buben, aber Gelbe Bluse zog beim River einen Flush. Er verließ den Tisch.

»Meine Damen und Herren, wir sind bei den letzten vier Spielern angelangt«, sagte der Turnierdirektor. Das Publikum jubelte.

ZZ-Top-Bart lächelte. »Call.«

Die Frau in der gelben Bluse zuckte mit den Schultern. Jackson wusste, dass sie verlieren würde. Der Dealer deckte die Turn- und die River-Karte auf. ZZ-Top-Bart deckte seine Karten auf. »Full House, Asse über Zehnen.«

Ein anderer Mann in einem Anzug watschelte herüber und sagte zu der Frau: »Sie haben heute gut gespielt und es bis an den Finaltisch geschafft. Das ist eine beachtliche Leistung.«

Die Frau in der gelben Bluse sagte: »Vielen Dank.«

»Wir hoffen, Sie beim nächsten Turnier wiederzusehen.«

»Das werde ich.« Die Frau in der kanariengelben Bluse ging davon.

Jackson unterdrückte ein Lächeln; sie war im Geld. Sie überflog die Chips vor den verbleibenden Spielern. Wie weit konnte sie es schaffen? Konnte sie wirklich gewinnen und mit den einhunderttausend Dollar, die der Champion bekommen würde, nach Hause gehen?

52

Sɪᴇ sᴘɪᴇʟᴛᴇɴ sᴄʜᴏɴ sᴇɪᴛ ᴜ̈ʙᴇʀ ᴢᴇʜɴ Sᴛᴜɴᴅᴇɴ. Dɪᴇ Sᴘɪᴇʟᴇʀ hatten vier fünfzehnminütige Pausen und eine vierzigminütige Pause zum Essen. Jackson tat der untere Rücken weh, aber sie war nicht müde. Adrenalin schoss durch ihren Körper.

Jackson atmete ein, zählte bis sechs und atmete langsam wieder aus. Sie war bei der dritten Runde der Atemübung, von der Carl gesprochen hatte, als ihre zweite Hole Card ausgeteilt wurde. Sie riskierte einen Blick: eine Pik-Sechs und eine Kreuz-Zwei. Bevor sie ausstieg, wollte sie abwarten, ob jemand vor dem Flop setzen würde.

Dutch war an der Reihe und schnippte ein paar schwarze Chips hinein. »Vierhundert.«

Jackson schob ihre Karten zum Dealer. »Ich bin raus.«

Der Dealer deckte den Flop auf: zwei Damen, eine in Herz, die andere in Karo, und ein Karo-Ass.

Als Jackson in die Menge blickte, sah sie Carl, wie er auf seinem Handy tippte. Ihre Aufmerksamkeit kehrte zum

Tisch zurück, als ZZ Top-Beard zu setzen begann. »Fünf-zehnhundert.«

Jackson vermutete, dass er ein Ass als Hole Card haben könnte, was ihm zwei hohe Paare verschaffen würde.

Cabbie Hat zögerte nicht. Er schob zwei Stapel Chips nach vorn. »Dreitausend.«

Dutch runzelte die Stirn. »Machen wir viertausend.«

ZZ Top warf mehr Chips hinein. »Ich gehe mit.« Cabbie Hat ging ebenfalls mit. Der Pot schwoll von zwölfhundert vor dem Flop auf über dreizehntausend an. Jackson wusste, dass jemand die Damen hatte, vielleicht drei davon, was ihm ein Full House geben würde.

Der Dealer zog die Turn-Karte aus dem Schuh und deckte sie auf, eine Herz-Sechs. Sie schien das Blatt keines Spielers zu verbessern.

Cabbie Hat war an der Reihe. »Check.« Jackson dachte, er wolle sehen, was die anderen tun würden.

Dutchs Adamsapfel hüpfte. Er schaufelte seine Chips nach vorn. »All-in.«

Der Dealer zählte den Haufen Chips. »Der Einsatz beträgt dreiundzwanzigtausendsechshundert.«

ZZ Top-Beard nahm einen Schluck von seinem Getränk. Er stellte es ab und begann, seine Chips abzuzählen. »Ich gehe mit.«

Jackson dachte, Cabbie Hat, der die wenigsten Chips hatte, würde passen, aber er sagte: »Ich auch. Ich bin dabei.«

Der Achtzigtausend-Dollar-Pot war der größte, den Jackson je gesehen hatte. Jackson war es egal, wer gewann; egal, wer es tat, zwei Spieler wären danach stark geschwächt.

Als der Dealer die River-Karte verdeckt in die Mitte des Tisches gleiten ließ, drückte Jackson auf einmal Cabbie Hat die Daumen. Wenn er gewinnen würde, hätten zwei Spieler weit mehr Chips als die anderen.

Der Dealer deckte die Karte auf, eine Kreuz-Zwei. Ein kollektives Seufzen ging durch das Publikum.

Cabbie Hat war der Erste, der seine Karten aufdeckte: ein Full House, drei Damen über einem Paar Asse. Jackson wusste, dass nur ein Royal Flush, ein Straight Flush oder ein Vierling sein Blatt schlagen konnte.

»Scheiße«, sagte ZZ Top und schleuderte seine Hole Cards zum Dealer. Dutch sagte: »Es war schön, mit euch zu spielen.« Er streckte seine Hand aus und schüttelte den anderen Spielern die Hände.

Jackson konnte nicht schlechter als Dritte werden, was bedeutete, dass ihr mindestens vierzig Riesen sicher waren. Sie musterte die Chips vor den verbliebenen Spielern. ZZ Top-Beard hatte einen leichten Vorteil ihr gegenüber, aber sie hatte mehr als Cabbie Hat.

Zwei Männer in Anzügen erschienen neben dem Turnierdirektor. Der Zeremonienmeister schüttelte Dutch die Hand. »Das war eines der aufregendsten Spiele des Tages.«

»Es hat Spaß gemacht. Ich wünschte, ich hätte weitermachen können.«

»Herzlichen Glückwunsch zum vierten Platz.«

»Danke.«

Die Männer in Anzügen rollten einen übergroßen Scheck aus. »Das Immokalee Casino freut sich, Ihnen diesen Preis für Ihre hervorragenden Leistungen zu überreichen.«

Die Menge applaudierte. Der Direktor sagte: »Das ist ein toller Tageslohn!«

»Das ist es, aber ich habe Jahre gebraucht, um hierherzukommen.«

»Wir freuen uns, dass Sie teilgenommen haben, und wir freuen uns darauf, Sie beim nächsten Mal wieder im Wettbewerb zu sehen.«

»Danke, es hat riesig Spaß gemacht. Ich komme auf jeden Fall wieder.«

»Großartig. Diese netten Herren werden Sie nun zur Kasse begleiten, wo Sie den echten Scheck erhalten.«

Während Dutch den Männern folgte, wandte sich der Direktor dem Tisch zu. »Wir sind bei den letzten drei Spielern angelangt. Viel Glück euch allen! Spielen wir Texas Hold'em!«

Die Menge brach in Jubel aus, als Jackson zu Carl blickte. Er schenkte ihr ein breites Lächeln, während der Dealer die Hole Cards austeilte. Sie warf einen Blick auf ihre: eine Herz-Fünf und eine Karo-Neun.

Sobald Cabbie Hat vor dem Flop einen Einsatz machte, passte Jackson. Während sich die Hand entwickelte, dachte sie darüber nach, das Turnier zu gewinnen. Sie spielte gut und die Kartengötter waren großzügig gewesen. Der erste Platz war zum Greifen nah.

Als die Turn-Karte aufgedeckt wurde, wurde Jackson klar, dass sie mit Carls Methoden so weit gekommen war, aber reichte es auch zum Sieg? In jedem Buch, das sie gelesen hatte, und bei allen Turnieren, die sie im Fernsehen gesehen hatte, war der Sieger Risiken eingegangen. Niemand gewann die großen Preise, ohne etwas zu wagen.

Als ZZ Top den Pot einstrich, wurde Jackson klar, dass sie den ganzen Tag nur zweimal geblufft hatte. Vielleicht war es Zeit für ein oder zwei strategische Bluffs. Carl würde es nicht gutheißen, aber jeder bluffte, selbst die besten Spieler der Welt.

Jackson legte ihre Hole Cards ab, als Cabbie Hat vor dem Flop einen Einsatz von fünfhundert Dollar machte. ZZ Top-Beard ging mit und im Flop kamen ein Paar Achten und ein Ass. ZZ Top setzte tausend und Cabbie Hat ging mit.

Die Turn-Karte war ein Bube, und Cabbies Einsatz von zweitausend wurde von ZZ Top-Beard auf dreitausend erhöht. Cabbie legte weitere tausend hinein, und der Dealer zog die River-Karte aus dem Schuh.

Cabbie Hat war an der Reihe. Die Herz-Sechs schien nicht zu helfen, aber er sagte trotzdem: »Zweitausend.«

»Erhöhe auf viertausend.«

Cabbie Hat schlug auf den Filz und schnippte seine Karten zum Dealer. »Ich bin raus.«

Nachdem er die letzten beiden Hände jeweils auf dem River verloren hatte, war Cabbie Hat etwas anfälliger. Und ob man nun an einen Lauf glaubt oder nicht, er hatte gerade eine Pechsträhne.

Carl sagte, der richtige Zug, wenn das Glück sich gegen einen wendet, sei, aufzustehen und einen anderen Tisch zu finden. Er legte großen Wert darauf, seine Verluste zu begrenzen. Das ergab Sinn, aber dies war ein Turnier, man musste an dem Tisch spielen, an dem man saß.

Jackson erinnerte sich auch daran, dass Carl gesagt hatte, man solle keine Gnade zeigen. Wenn ein Spieler schwach war, musste man Druck ausüben, da er dann anfälliger dafür war, mehr Fehler als sonst zu machen.

53

Die Handkarten waren ausgeteilt, Jackson schob sie zusammen und warf einen Blick darauf – ein Pik-Bube. Mit dem Daumen schob sie die nächste Karte langsam hervor. Das B in der oberen linken Ecke war unverkennbar; sie hatte ein Buben-Paar.

ZZ-Top-Bart setzte preflop tausend. Schiebermütze ging mit. Jackson wollte niemanden zum Aussteigen bewegen und schob einen Stapel Chips in die Mitte. »Ich calle.«

Der Dealer deckte die Gemeinschaftskarten auf, eine Karo-Sechs, eine Karo-Vier und eine Kreuz-Zehn. Schiebermütze war an der Reihe. »Tausend.«

Jackson schob zwei Stapel hinein. »Zweitausend.«

ZZ-Top-Bart ging den Einsatz mit und Schiebermütze legte weitere zehn schwarze Chips dazu. Der Dealer zog die Turn-Karte, den Herz-Buben.

In der Hoffnung, sie zu einem Einsatz zu verleiten, sagte Jackson: »Ich checke.«

ZZ-Top-Bart sagte: »Zweitausend.«

Während er seine Chips hineinschob, sagte Schiebermütze: »Machen wir viertausend daraus.«

Jackson wartete, bis alle Chips in der Mitte waren. Sie sah sich die Chips von Schiebermütze an. »Wie viel hast du noch?«

Die Farbe wich aus seinem Gesicht. »Äh, ungefähr siebzehntausend.«

»Okay. Was auch immer du hast, plus die viertausend, die bereits gesetzt sind.«

ZZ-Top-Bart sagte: »Ich bin raus.«

Schiebermütze starrte auf die Gemeinschaftskarten. »Na gut, All-in.«

Die einzigen Karten, die Jackson auf dem River nicht sehen wollte, waren ein Ass, ein König oder eine Dame, für den Fall, dass er ein Paar davon auf der Hand hielt, oder irgendein Karo, das ihm die Möglichkeit zu einem Flush geben würde.

Schiebermütze stand auf, als der Dealer die River-Karte dramatisch in die Mitte des Tisches schob. Nach einer Pause wurde die Karte aufgedeckt, eine Kreuz-Sieben.

Jackson atmete aus und deckte ihre Karten auf. »Buben-Drilling.«

Schiebermütze zupfte an der Krempe seiner Kopfbedeckung. »Das habe ich befürchtet.« Er beugte sich vor und schob seine Karten zum Dealer, ohne jemals zu zeigen, was er hatte. Jackson sammelte den Pot ein. Während sie ihre Chips stapelte, blickte sie auf. Carl telefonierte.

Die Männer in Anzügen und der Direktor kehrten zurück. »Lassen Sie uns unseren Drittplatzierten feiern!«

Die Menge jubelte, als die Männer in Anzügen eine Nachbildung eines Vierzigtausend-Dollar-Schecks hochhielten. Der Zeremonienmeister gratulierte Schiebermütze und schloss mit den Worten: »Wir machen eine Pause von diesem fesselnden Geschehen, und wenn wir zurückkommen, werden wir herausfinden, wer unser Gewinner sein wird!«

Zwei uniformierte Wachleute sperrten den Tisch ab und hielten Wache, als Jackson und ZZ-Top-Bart aufstanden. Jackson lächelte die Person an, die zwischen ihr und dem Hunderttausend-Dollar-Preisgeld für den ersten Platz stand.

Sie ging auf Carl zu, der auf sein Telefon blickte und wegging. »Carl! Carl, warte mal.«

Carl blickte über seine Schulter und ging schneller in Richtung der Spielautomaten. Jackson verlor an Boden und blieb wie angewurzelt stehen, als er durch die Schiebetüren auf den Parkplatz ging.

Jackson vermutete, dass Carl irgendeinen Notfall hatte. Sie hoffte, es war nicht allzu ernst. Eine Frau ungefähr in ihrem Alter sagte: »Hey, du spielst großartig. Du wirst das gewinnen!«

»Danke.« Sie ging auf die Damentoilette und konzentrierte sich auf das bevorstehende Spiel.

ZZ-Top-Bart saß bereits, als Jackson an den Tisch zurückkam. Der Turnierdirektor hielt das Samtseil zur Seite und sie glitt auf ihren Stuhl. Sie überprüfte ihre Stapel. Alles war unberührt.

Jackson hatte über achtzigtausend Dollar in Chips. Das waren mehr, als ihr Konkurrent hatte, aber der Unterschied war nicht groß genug, um das Spiel zu beeinflussen.

»Meine Damen und Herren, die letzten beiden Teilnehmer werden im direkten Duell gegeneinander antreten. Der Gewinner nimmt den Hauptpreis von einhunderttausend Dollar mit nach Hause und das Recht, sich als Champion dieses Texas-Hold'em-Turniers zu bezeichnen. Lasst uns den Wettkampf beginnen!«

Die Menge jubelte und der Dealer klatschte kurz in die Hände und zeigte seine Handflächen. Er zog Karten aus dem Schlitten und teilte den Spielern die Handkarten aus.

Jackson hatte eine Kreuz-Acht und -Neun. ZZ-Top-Bart checkte preflop. Jackson setzte fünfhundert und ZZ-Top callte.

Die Flop-Karten waren ein Karo-Bube, eine Kreuz-Vier und eine Herz-Drei. Jackson checkte und ZZ-Top-Bart sagte: »Dreitausend.«

Jackson warf ihre Karten zum Dealer und ZZ-Top nahm den mageren Pot. Sie suchte die Menge nach Carl ab. Er war nicht zurückgekehrt.

Die nächste Hand wurde ausgeteilt und Jackson spähte auf ihre Karten. Ihre Herzfrequenz stieg. Sie legte das Damen-Paar ab. Der Preflop-Einsatz begann mit ihr.

»Fünfhundert.«

ZZ-Top-Bart erhöhte schnell. »Tausend.«

Jackson legte das zusätzliche Geld dazu.

Der Dealer deckte die Gemeinschaftskarten auf, einen Pik-Buben und eine Pik-Sechs sowie die Herz-Dame.

ZZ-Top-Bart sagte: »Tausend.«

Sobald er seine Chips hineingeschoben hatte, erhöhte Jackson: »Zweitausend.«

»Fünftausend.«

Jackson hatte ihn ursprünglich auf ein Paar Asse oder Könige geschätzt. Jetzt dachte sie, er hätte einen Buben-Drilling. Sofern er nicht zuvor geblufft hatte, passte die Wahrscheinlichkeit, dass er auf eine Straße oder einen Flush aus war, nicht zu dem, was er gesetzt hatte. Und wenn doch, war ihre Hand überlegen.

Jackson überlegte, ob sie die Erhöhung mitgehen und versuchen sollte, ihm noch ein paar Tausend zu entlocken, oder ob sie kühn setzen sollte. Das Risiko war gering, aber es war möglich, dass am Turn oder River ein Bube kam, der ihm einen Vierling und die Gewinnerhand bescheren würde.

Jackson befeuchtete ihre Lippen. »All-in.«

»Ich habe nicht so viel wie du, aber ich bin All-in.«

Der Dealer zählte seine Chips. »Neunundsechzigtausendsiebenhundert.«

Während ein Raunen durchs Publikum ging, rann ein Schweißrinnsal über ihre Stirn. Jackson wischte es weg, aus Angst, er hätte zwei Kreuzkarten auf der Hand und ginge auf einen Flush.

Sie berechnete die Wahrscheinlichkeiten mit der Zwei-und-Vier-Methode, die Carl ihr beigebracht hatte. Sie atmete tief ein und versuchte, ihre Herzfrequenz zu verlangsamen. Es gab dreizehn Kreuzkarten im Deck, zwei waren bereits im Flop, und wenn er zwei auf der Hand hatte, waren noch neun Kreuzkarten im Schlitten.

Grob geschätzt lag die Wahrscheinlichkeit bei sechsunddreißig Prozent, dass eine davon auf dem Turn erscheinen würde, und bei der River-Karte würde sie dann auf achtzehn Prozent sinken.

Die Stimme in ihrem Kopf schrie, dass es dumm gewesen war, All-in zu gehen.

Als der Dealer Anstalten machte, eine Karte zu ziehen, verstummte das Geplapper der Zuschauer. Während von einem Craps-Tisch ein Jubelschrei ausbrach, deckte der Dealer die Turn-Karte auf: eine Karo-Sechs.

Jackson atmete aus und sagte sich immer wieder: »*Kein Kreuz, kein König, kein Ass. Kein Kreuz, kein König, kein Ass ...*«

Über die Schulter des Dealers hinweg bemerkte sie, dass sich die Aufmerksamkeit der Menge auf eine Handvoll Männer in Anzügen verlagert hatte. ZZ Top stand auf und lenkte die Aufmerksamkeit so wieder auf das Spielgeschehen.

Mit schmalen Lippen fuhr der Dealer mit der Hand zum Kartenschlitten und zog eine Karte in die Mitte des Tisches. Theatralisch deckte er die letzte Karte auf.

Jackson atmete aus. Es war eine Pik-Drei. Sie sah zu ZZ Top. Er legte seine Karten offen, ein Paar Asse.

Ein Lächeln breitete sich auf Jacksons Gesicht aus, als sie ihre Karten umdrehte. »Drei Damen.«

Instinktiv griff sie nach dem Pot. Eine Hand packte ihre Schulter. Sie schüttelte sie ab und harkte die Chips zu sich.

Ein Arm in einem Anzugjackett packte ihr Handgelenk. »Hey, nimm die Pfoten von mir.« Sie drehte sich um. Ihre Schultern sackten in sich zusammen, als sie es sah.

54

Was sie sah, war eine Dienstmarke.

»Simone Jackson, nehmen Sie die Hände auf den Rücken. Sie sind verhaftet.«

Ein Raunen ging durchs Publikum. Dem Zeremonienmeister stand der Mund weit offen.

Jackson sagte: »Was? Lassen Sie mich los.«

»Sie sind verhaftet.« Zwei der Detectives packten sie unter den Achseln. »Kommen Sie mit uns, oder wir müssen Ihnen auch noch die Beine fesseln.«

»Was ist mit meinem Geld? Ich habe das Turnier gewonnen! Ich will mein Geld!«

Der Direktor sagte: »Schon gut, äh, keine Sorge, wir klären das schon.«

In Larsons Wohngegend Pelican Marsh war es ruhig. Große Grundstücke bedeuteten großzügigen Abstand zwischen den Häusern in der Sackgasse, in der er wohnte.

Mit der Lesebrille auf dem Kopf öffnete Larson die Tür. »Du bist aber knapp dran.«

Ich folgte ihm ins Wohnzimmer. »Du hast gesagt, er ruft um halb zwei an.«

Der Anwalt hatte die Glastüren zu seiner Veranda geöffnet. Die Mischung aus warmer Luft nahm der Klimaanlage die Schärfe.

»Tut er auch.«

»Wie spät ist es in Hongkong?«

»Carl ist nicht in Hongkong, er ist in Macau.«

»Ach ja, da, wo die ganzen Casinos sind.«

»Man sagt, es sei die asiatische Version von Las Vegas.«

»Wie groß ist der Zeitunterschied?«

»Sie sind dreizehn Stunden voraus.«

Ich rechnete nach. »Also ist es dort quasi halb fünf Uhr morgens?«

»Genau.«

»Um diese Zeit könnte ich nicht funktionieren.«

»Ich auch nicht, aber Carl ist einer dieser Typen, die sich leicht an Zeitumstellungen anpassen. Er hat mir erzählt, was er zur Akklimatisierung macht. Zum Beispiel steht er Stunden früher auf als normalerweise und bekommt dann, ich glaube, weißes Licht.«

»Nimmt er Nahrungsergänzungsmittel wie Melatonin oder Lavendel?«

»Nein, er trinkt nicht einmal Alkohol. Einmal hatten wir ein Zoom-Meeting. Er war im Horseshoe Casino unten in Mississippi und seine Fenster waren komplett abgedunkelt. Ich habe ihn darauf angesprochen und er meinte, das mache er überall, wo er schläft. Er sagt, er will nicht einmal, dass das Licht eines Weckers seinen Schlaf stört.«

»Carl ist die disziplinierteste Person, die ich kenne.«

»Ich schätze, bei der Art, wie er von Casino zu Casino zieht, muss er das auch sein.«

»Es ist totaler Schwachsinn, dass Casinos jemanden, der gewinnt, sperren können. Ich meine, er betrügt ja nicht.«

»Das sind Privatunternehmen und als solche brauchen sie keinen Grund, dich vom Spielen abzuhalten.«

»Das ist nicht fair.«

»Du weißt besser als die meisten, dass das Leben nicht fair ist.«

»Das kannst du laut sagen. Weißt du, als du mir das erste Mal von Carl erzählt hast, dachte ich, das sei Blödsinn. Ich meine, ich wusste, dass beim Glücksspiel Mathematik eine Rolle spielt, aber ich hätte nie gedacht, dass man davon leben kann.«

»Es ist nicht einfach, aber es gibt ein paar Tausend Leute, die gut davon leben, und mindestens einen Typen, Bill Benter, der durch Glücksspiel zum Milliardär wurde.«

»Ist das der Typ, mit dem dieser Golfer aneinandergeraten ist?«

»Nein. Phil Mickelson hatte Verbindungen zu einem Spieler namens Billy Walters, aber das hat kein gutes Ende genommen. Er …«

Der Laptop auf dem Tisch machte ein Geräusch und Carls Gesicht füllte den Bildschirm. Larson nahm das Gerät und stellte es auf die Küchentheke, während er sagte: »Guten Morgen. Verzeihen Sie, dass wir Sie so früh wecken.«

»Kein Problem, ich nehme einen frühen Flug nach Melbourne.«

»Australien? Haben die Casinos?«

»Aber ja. Es ist das Land mit dem weltweit größten Glücksspielaufkommen.«

»Das wusste ich nicht.«

»Knapp achtzig Prozent der Bevölkerung spielen mindestens einmal im Jahr. Das ist ein Drittel mehr als in den Staaten.«

Larson sagte: »Das ist überraschend. Sehen Sie, wir wissen die wunderbare Arbeit, die Sie mit Jackson geleistet haben, sehr zu schätzen. Es hat perfekt funktioniert.«

»Danke, aber das war wirklich nichts. Ich rede gerne über Poker.«

Ich schob mein Gesicht vor die Kamera. »Hey, Carl. Du könntest dir überlegen, Pokerunterricht zu geben. Jackson einen Turniersieg zu verschaffen war der absolute Hammer. Ich meine, das war der Wahnsinn.«

Carl runzelte die Stirn. »Sie hatte Glück, das ist alles.«

Larson sagte: »Sie sind zu bescheiden.«

»Nein, es ist wahr. Denken Sie daran, jeder kann an jedem beliebigen Tag gewinnen. Das ist das Glück im Spiel. Aber wenn man beständig gewinnen will, muss man die Mathematik hinter dem Poker beherrschen und mit extremer Disziplin spielen.«

Ich sagte: »Ich bin sicher, das ist nicht einfach. Lass mich dich fragen, was für ein Mensch ist Jackson deiner Meinung nach?«

Carl runzelte die Stirn. »Nun, das ist schwer zu sagen, da ich sie nur in einem Kontext kenne.«

»Komm schon, du bist doch ein Profi darin, Leute zu lesen.«

»Ich könnte hier falsch liegen, aber ich würde sagen, sie wirkt ein bisschen verzweifelt.«

»Sie hat sich ein verdammt tiefes finanzielles Loch gegraben.«

»Nein, ich meine nicht das Geld. Es ist, als ob Jackson

sich nach irgendeiner Form von Bestätigung sehnte. Ich kann es nicht genau benennen, aber sie sucht nach einer Position des Respekts oder der Kompetenz.«

Die Kindheit im Pflegesystem hatte Narben hinterlassen. »Wirklich?«

»Ich denke schon, aber ihr Problem ist, dass sie Abkürzungen nimmt, anstatt die Arbeit zu investieren, um an die Spitze zu gelangen.«

»Interessante Einschätzung.«

»Hör mal, jetzt, wo ich weiß, was sie getan hat, äh, ist das übel, oder? Aber ich würde nicht sagen, dass sie böse ist oder irgendetwas von dem, was die Presse da von sich gibt.«

Larson sagte: »Das mag sein, aber ihre Akte und ihre Nazi-Methoden deuten auf etwas anderes hin. Schicken Sie mir die Bankverbindung, dann werden wir Ihnen die Zahlung überweisen.«

»Ich schicke sie sofort los.«

»Gute Reise.«

Der Bildschirm wurde schwarz. Ich sagte: »Er ist einzigartig. Wie bist du an ihn geraten?«

»Tommy kannte ihn.«

»Dein Sohn ging mit ihm zur Schule?«

»Ja. Er hat ihn in einem Informatikkurs kennengelernt. Carl konnte schneller Code schreiben als der Professor.«

»Das bezweifle ich nicht.«

»Es beruht stark auf mathematischen Gleichungen und Konzepten, um Bilder zu erstellen und zu manipulieren. Tommy ist darin auch gut und nutzt es für die Spezialeffekte, die er kreiert.«

»Dein Sohn leistet erstaunliche Arbeit.«

»Diese Jungs sind mit Geräten in den Händen aufgewachsen.«

Ich sagte: »Und Carl verdient seinen Lebensunterhalt ohne eines.«

»So habe ich das noch nie betrachtet. Welch Ironie.«

»Weißt du, ich kann immer noch nicht glauben, dass Jackson dieses Turnier gewonnen hat. Das kam wie aus heiterem Himmel.«

»Wie Carl schon sagte, sie hatte Glück.«

»Oh, warte mal, mir ist gerade eine gute Idee gekommen.«

55

Ich bekam eine SMS von Mario. Ich spähte aus dem Fenster; er wartete in seinem Wagen. Ich steckte die Pistole in mein Knöchelholster und gab Toby ein Leckerli, bevor ich die Alarmanlage des Hauses scharf schaltete.

Ich sprang in Marios Wagen und fragte: »Wie geht's dir?«

»Immer noch trocken.«

»Das habe ich nicht gefragt.«

»Ja, klar. Jeder wartet nur darauf, dass ich wieder rückfällig werde.«

Ich schlug ihm auf den Oberarm. »Das ist Blödsinn.«

Er schüttelte den Kopf. »Glaub mir, du weißt nicht, wie das ist. Die Leute sehen dich anders an.«

»Ich sage ja nicht, dass das nicht stimmt, aber vielleicht interpretierst du da zu viel hinein.«

Er setzte aus der Auffahrt zurück. »Wo fahren wir hin?«

»Crown Jewelers.«

»Der Juwelier auf der Forty-One?«

»Ja.«

»Warum fahren wir dorthin?«

»Larson kennt den Besitzer.«

»Und warum fahren wir dorthin?«

»Larson hat etwas organisiert, das wir für den Kravitz-Auftrag brauchen, und es ist jetzt abholbereit.«

»Ich habe nichts dagegen hinzufahren, aber brauchst du zwei Leute, um ein bisschen Schmuck abzuholen?«

»Er ist von hohem Wert und aus Sicherheitsgründen muss man auf das Schlimmste vorbereitet sein.«

Mario fuhr auf den Parkplatz der Ladenzeile, in der sich ein graues, reich verziertes Gebäude befand. Ich sagte: »Fahr nach hinten.«

Er parkte vor einer Tür ohne Schild. Wir stellten uns vor die Kamera und drückten den Klingelknopf.

Ein schlaksiger Mann mit einer rosa Krawatte über einem weißen Hemd öffnete die Tür einen Spalt breit. »Kommen Sie herein, meine Herren.«

Wir traten ein. Er schloss die Tür hinter uns ab. »Ich bin Conrad.«

Während wir ihm die Hand schüttelten, sagte er: »Wissen Sie, Larson gehört zu meinen liebsten Menschen, seit wir zusammen auf der juristischen Fakultät waren. Wann immer Ray etwas braucht, helfe ich gern.«

»Danke, haben Sie, worum er gebeten hat?«

»Ja. Folgen Sie mir.«

Wir gingen durch einen Korridor und blieben vor einer Tresortür stehen. Conrad legte seine Handfläche auf einen Scanner. Als er grün blinkte, tippte er auf eine Tastatur, ein Ton erklang und die Tür klickte auf.

Der Tresor hatte die Größe eines Besenschranks. Conrad zog eine Schublade auf und nahm einen blauen Samtbeutel heraus. Er schloss die Tür ab und reichte ihn mir. »Sagen Sie Ray, ich habe die zertifizierten Unterlagen und wenn er eine eidesstattliche Versicherung braucht, lasse ich eine beglaubigen.«

»Gut. Ich werde es Larson ausrichten.«

Er streckte seine Hand aus. »Viel Glück bei dem, was auch immer mein Freund vorhat.«

Er begleitete uns zurück zur Hintertür, überprüfte die Kamera und schwang die Tür auf. Ich schaute in beide Richtungen. Niemand war da. Wir sprangen in Marios Auto und fuhren los.

———

NACHDEM ICH ZUM dritten Mal mein Hemd gewechselt hatte, stand ich vor dem Spiegel. Reinstecken oder nicht? Ich warf einen Blick auf den Nachttisch. Zwanzig nach sechs. Laura erwartete, dass ich sie bis halb sieben abholen würde.

Ich ließ das Hemd draußen hängen und schnappte mir meine Autoschlüssel. Während ich zu ihrer Wohnung fuhr, redete ich mir immer wieder ein, dass alles gut werden würde. Ich hatte das Abendessen mit Lauras Eltern so lange wie möglich hinausgezögert.

Laura wartete vor dem Magnolia Square mit einem Lächeln, als hätte sie im Lotto gewonnen. Sie sprang in meinen BMW und gab mir einen Kuss auf die Wange. »Du trägst das Hemd, das ich dir zu Weihnachten geschenkt habe.«

Ich hatte vergessen, dass sie es mir gekauft hatte. »Sag nicht, dass du es mir geschenkt hast.«

»Warum sagst du das?«

»Ich weiß nicht. Es ist nur … äh, vergiss es. Du siehst

sehr hübsch aus.«

»Danke. Das hier habe ich bei Nordstrom Rack gefunden. Sie hatten nur dieses eine, und es war meine Größe.«

»Du hast immer Glück.«

»Meinst du?«

»Klar, schau doch, mit wem du zusammen bist.«

Sie stieß mir gegen die Schulter. »Sehr witzig.«

Wir fuhren schweigend und als ich an der Ampel am Golden Gate Boulevard langsamer wurde, sagte sie: »Du bist still. Ist alles in Ordnung?«

»Alles bestens.«

»Du brauchst nicht nervös zu sein; meine Eltern sind die Besten. Sie sind wirklich bodenständige Leute.«

»Ich will nicht darüber ausgefragt werden, was ich beruflich mache.«

»Ach, komm schon, niemand wird dich ausfragen.«

»Wir werden sehen.«

»Sie werden vielleicht fragen, aber das ist doch normal. Wir sind schon lange zusammen und es wird, du weißt schon, ernst.«

Meine Brust wurde eng. »Was ist deine Definition von ernst?«

Ihr Kopf schnellte herum. »Was? Du denkst nicht …«

»Moment mal, ich habe versucht, einen Witz zu machen, er kam nur nicht richtig rüber.«

»Bist du sicher?«

»Natürlich, schau, ich verstehe, warum deine Eltern besorgt wären, aber ich habe einen soliden, gut bezahlten Job.«

»Das Geld ist ihnen egal. Sie wollen nur, dass wir glücklich sind.«

Das war die übliche Floskel, aber sobald man das

erreicht hatte, was man für Glück hielt, ging es nur noch um das Einkommen.

Laura zeigte mit dem Finger. »Da sind Mom und Dad.«

Ein weißer Genesis fuhr auf den Parkplatz von Jimmy P's Charred. Ich verlangsamte, um sicherzugehen, dass ich die rote Ampel erwischte.

Ihre Eltern saßen an einem Tisch unter dem Kamin auf Augenhöhe. Ich schüttelte ihrem Vater die Hand und wurde von ihrer Mutter umarmt.

Ihr Vater sagte: »Ich bin so froh, dass wir das endlich geschafft haben.«

»Wir uns auch, Dad. Aber Beck war so beschäftigt.«

Und bingo, sie riss die Tür auf und ihr Vater marschierte direkt hinein. »Laura sagte, Sie sind ein Ermittler. Was für einer, und für wen arbeiten Sie?«

Dieser Kerl wäre ein großartiger Staatsanwalt. »Ich bin selbstständig.«

»Im gewerblichen oder kriminellen Bereich?«

Jetzt wusste ich, von wem Laura ihre bohrende Art zu fragen hatte. »Kommt drauf an.«

Der Kellner nahm unsere Getränkebestellung auf. Bei Jimmy P's gab es keinen Hochprozentigen. Ich bestellte ein Glas italienischen Rotwein.

Der Kellner war kaum einen Schritt entfernt, als ihr Vater sagte: »Sie waren doch in den Fall mit diesem Drogendealer Royal verwickelt. Das muss ja interessant gewesen sein. Was war da Ihre Aufgabe?«

Royal? Ich wollte Laura bitten, kurz mit mir vor die Tür zu gehen. Ihre Mutter sagte: »Ach komm, Frank. Lass uns nicht über die Arbeit reden. Das ist so langweilig.«

»Ich war nur neugierig, weil letztes Mal …«

»Dad, hast du nicht gehört, was Mom gesagt hat?«

Bevor ihr Vater antworten konnte, erschien der Kellner, um uns die Tagesempfehlungen aufzusagen. Laura sorgte dafür, dass das Gespräch locker blieb und sich nicht um die Arbeit drehte.

―――――

WIR VERABSCHIEDETEN uns und stiegen ins Auto.

Laura sagte: »Siehst du, das hat doch eine Menge Spaß gemacht.«

Ich zuckte mit den Schultern.

»Sag bloß nicht, dass es dir keinen Spaß gemacht hat. Du hast eine ganze Menge gelacht.«

»Warum hast du deinem Vater von dem Royal-Fall erzählt?«

»Habe ich nicht. Ich schwöre. Er muss es in den Nachrichten oder so gesehen haben. Erinnerst du dich, sie haben deinen Namen erwähnt.«

»Das war nur dieser Idiot von der Staatsanwaltschaft, der meinte, ich hätte geholfen, und nach ein, zwei Tagen war die Sache vom Tisch. Dein Vater muss nach Informationen über mich gesucht haben, er hat herumgeschnüffelt.«

»Wenn er das getan hat, dann nur, um, du weißt schon, etwas über dich herauszufinden, weil wir zusammen sind.«

Ich nickte. »Ich weiß. Hätte ich eine Tochter, würde ich dasselbe tun.«

»Du wärst ein großartiger Vater.«

Ob das stimmte, wusste ich nicht, aber ich hatte von meinem Pflegevater verdammt noch mal gelernt, wie man es nicht machen sollte.

56

Ich riss die Haustür auf. Mario trat ein und sagte: »Ein Anzug? Mann, du hast dich an einem Samstagmorgen aber ganz schön in Schale geworfen!«

»Nun, bei jemandem, dessen Garderobe aus Shorts, T-Shirts und einem einzigen Hemd mit Kragen besteht, liegt die Messlatte nicht besonders hoch.«

Mario bückte sich, um Toby zu streicheln. »Hey, vergisst du, dass wir hier in Florida sind?«

»Das heißt nicht, dass man sich keine Mühe geben muss. Pack mal auf der anderen Seite des Couchtischs mit an.«

Wir schoben ihn zur Seite und rollten den Teppich auf. Der Fingerabdruckscanner am Safe blinkte grün und die Tür klickte auf. Ich griff hinein und zog den blauen Samtbeutel heraus.

Nachdem wir die Tür geschlossen hatten, räumten wir die Möbel wieder an ihren Platz.

»Hol ein Leckerli für Toby.«

»Klar.«

Mario öffnete die Leckerli-Schublade, und ich

schnappte mir eine Sonnenbrille. Ich schaltete die Alarmanlage des Hauses scharf, und wir sprangen in Marios Auto.

———

DIE LICHTER im Wahlkampfbüro von Kravitz waren aus. Die Tür war verschlossen. Ich klingelte, und Kravitz streckte den Kopf aus einem Büro. Er hob einen Finger, und eine Sekunde später summte der Türöffner. Ich zog sie auf und ging nach hinten durch.

»Abgeordneter Kravitz, schön, Sie wiederzusehen.«

»Ebenso.«

Ich wollte mich gerade setzen, als er sagte: »Ich habe heute Morgen nicht viel Zeit. Haben Sie es mitgebracht?«

Ich klopfte auf meine Jackentasche. »Ja, Sir.«

»Gut.«

Ich zog den Beutel heraus und hielt ihn hoch. »Bevor ich ihn Ihnen gebe, will ich sichergehen –«

»Auf mein Wort ist absolut Verlass. Wenn ich eine Abmachung treffe, halte ich mich auch daran.«

»Ich möchte lediglich ein Missverständnis vermeiden.«

Er griff nach dem Beutel. »Geben Sie mir das, und ich sorge dafür, dass Ihr Projekt finanziert wird.«

»Ich möchte Ihnen zeigen, was drin ist, solange wir beide hier sind.« Ich hob den Beutel an und schüttelte sachte eine Handvoll Diamanten heraus. Ich streckte meinen Arm aus. »Das sind Prachtstücke. Sehen Sie nur, wie sie glänzen.«

»Beeilen Sie sich, ich muss los.«

Ich ließ die Diamanten zurück in den Beutel gleiten und sagte: »Die Zeit drängt bei dieser Sache. Wie schnell werden Sie das erledigen?«

»Ich habe am Montag eine Ausschusssitzung. Da werde ich es zur Sprache bringen.«

»Sie fahren nach Washington?«

»Morgen früh.«

»Was für ein Ausschuss ist das?«

»Der Haushaltsausschuss.«

»Perfekt.« Ich reichte ihm den Beutel.

Kravitz zog die Kordeln auf. Er blickte hinein, als hätte ich einen Taschenspielertrick vorgeführt. »Ich melde mich.«

———

DAS HANDY auf meinem Nachttisch vibrierte und weckte mich. Es war 2:37 Uhr. Ich griff danach, als Toby vom Bett sprang. »Hallo?«

»Beck –«

»Mario? Was ist los?«

»Tut mir leid, dass ich so spät anrufe, Mann.«

War er high? »Ist alles in Ordnung mit dir?«

»Ja, ich lag hier nur so rum. Ich kann sehr schlecht schlafen, weißt du, der Affe sitzt mir immer im Nacken.«

Ich legte meinen Kopf zurück aufs Kissen. »Schon gut, Mann. Ruf mich jederzeit an, wenn du das Gefühl hast, dass du abrutschst.«

»Nein, ich rutsche nicht ab oder so, ich habe nur über dich nachgedacht und was mit Weiss passiert ist, und vielleicht bringe ich da was durcheinander. In der Therapie haben sie mir gesagt, wenn mich etwas beschäftigt, soll ich darüber reden.«

Nur für Mario würde ich um zwei Uhr morgens den Therapeuten spielen. »Das ist okay, Mann. Was bezüglich Weiss kann ich für dich aufklären?«

»Na ja, erinnerst du dich, dass du mir von dem Typen bei deinem Haus erzählt hast und von damals, als du verfolgt wurdest?«

Ich schwang meine Beine aus dem Bett. »Was ist damit?«

»Ich habe zu der Zeit eine Menge Zeug genommen, also liege ich vielleicht falsch, aber war das nicht vor Cindy und der Sache mit Weiss im Ritz? Vor dem Feuer?«

Meine Gedanken rasten, während ich aufstand. »Äh, ja. Das war –«

»Heißt das nicht, dass es nicht der Mann von Weiss war?«

Wie zum Teufel hatte mir das entgehen können?

57

MIT AUFGESETZTER BASEBALLKAPPE, SONNENBRILLE UND falschem Bart stand ich abseits, als Kravitz und sein hochkarätiger Anwalt, Gordon Frost, aus dem Gerichtsgebäude kamen.

Die Presse drängte nach vorne und Frost hob eine Hand. »Der Kongressabgeordnete wird sich heute Nachmittag nicht äußern. Ich werde jedoch eine kurze Erklärung zu den heutigen Verhandlungen abgeben.«

Vier Hände, die Mikrofone hielten, schnellten nach vorne.

Ein Reporter rief: »Worauf hat Kongressabgeordneter Kravitz plädiert?«

Frost funkelte den Reporter an. »Ich habe gesagt, dass ich eine Erklärung abgeben werde.«

Die Menge wurde ruhiger und der Anwalt sagte: »Heute haben wir die gegen meinen Mandanten erhobenen Anschuldigungen entschieden zurückgewiesen. Tatsächlich werden wir beim Gericht beantragen, die Anklage abzuweisen.«

»Mit welcher Begründung?«

»Wir sind der Ansicht, dass die Durchsuchung der Wohnung und des Büros des Kongressabgeordneten illegal und verfassungswidrig war. Wie die Freilassung von Herrn Kravitz auf Ehrenwort und ohne Kaution beweist, sind wir zuversichtlich, dass das Gericht unserem Antrag wohlwollend gegenüberstehen und entsprechend entscheiden wird.«

Ein Reporter fragte: »Die Staatsanwaltschaft hat Medienberichte bestätigt, dass bei der Razzia ein Beutel mit losen Diamanten beschlagnahmt wurde. Warum hatte der Kongressabgeordnete diese Edelsteine in seinem Haus?«

Frost lächelte. »Ich bin froh, dass Sie das fragen. Kongressabgeordneter Kravitz sammelt seit langer Zeit Wertgegenstände, einschließlich Edelsteinen. Wir werden diese unbestreitbare Tatsache belegen und dokumentieren. Es ist wichtig zu verstehen, dass das Hobby, Steine zu sammeln, sowohl geschliffene als auch ungeschliffene, in der Familie Kravitz seit mehreren Generationen praktiziert wird.«

»Also war es kein Bestechungsgeld?«

»Natürlich nicht. Es ist Teil der Sammlung des Kongressabgeordneten. Tatsächlich wurden viele davon wahrscheinlich von seinem Vater und Großvater weitergegeben.«

»Wann ist die nächste Gerichtsverhandlung?«

»Meine Kanzlei arbeitet gerade an einem Antrag auf Abweisung der Klage, daher glauben wir, dass es nur eine kurze Anhörung sein wird. Das ist alles für heute.«

Kravitz hielt den Kopf hoch, starrte aber auf den Hinterkopf von Frost, während sie durch ein Meer von Reportern gingen. Er war trotzig und hatte einen der besten juristischen Köpfe des Landes angeheuert.

Ich atmete ein und zählte bis acht, bevor ich langsam wieder ausatmete. Ich wiederholte den Vorgang sechsmal, wischte mir eine Schweißperle von der Stirn und ging zum Auto. Wir hatten doch genug in der Hand, um Kravitz dingfest zu machen, oder?

Als ich in die Mittagssonne trat, überflog ich die Gegend und eilte zu meinem Wagen. Niemand folgte mir. Es bestand eine winzige Chance, dass die Bedrohung, die ich bei meinem Haus gesehen hatte, ein zufälliger Einbrecher war. Wenn nicht, kam ich wieder darauf zurück, dass es entweder Mallory oder Royal sein musste.

Mein Handy klingelte. Es war Detective Moreno. »Hey, Moe.«

»Hi. Hör zu, ich habe jeden meiner Kontakte im Justizvollzug angerufen und wir haben nichts Konkretes über Royal.«

»Konkret? Was meinst du damit?«

»Das war das falsche Wort. Es gibt keinen Zweifel daran, dass Royal die Dinge immer noch vom Gefängnis aus leitet, aber es gibt nichts, was darauf hindeutet, dass er irgendetwas plant, das auf dich abzielt.«

»Wenn das stimmt, muss es Mallory sein.«

Er antwortete nicht.

»Moe? Bist du noch dran?«

»Ja. Hör zu, du hast jedes Recht, paranoid zu sein, nach dem, was Weiss versucht hat, aber bist du sicher, dass eine Bedrohung besteht?«

»Was?«

»Ich meine ja nur, bei allem, was los ist, warst du extrem wachsam. Vielleicht hast du etwas falsch interpretiert –«

»Da war ein Typ neben meinem Haus, Mann. Was zum Teufel, glaubst du, hat er da gemacht?«

»Moment mal. Ich weiß nicht, worum es da ging. Vielleicht war es ein Dieb oder jemand, der ein Haus auskundschaftete.«

»Hast du vergessen, dass mich jemand verfolgt hat?«

»Nein, aber du hast dich mit Kravitz und Weiss angelegt. Diese Kerle machen ihre Hausaufgaben –«

»Indem sie nachts einen Schläger losschicken?«

»Beck, beruhige dich. Ich sage nur, dass der Verfolger vielleicht nichts mit dem Typen bei deinem Haus zu tun hat.«

Das war etwas, das ich nie in Betracht gezogen hatte. »Sorry, Mann.«

»Schon gut.«

»Ich werde sie bitten, regelmäßig bei dir vorbeizufahren.«

»Danke.«

»Halte die Augen offen, und ich sehe nach, ob einer unserer Informanten etwas weiß.«

»Danke, Moe.«

Auf der Fahrt nach Hause dachte ich über die Möglichkeit nach, dass die Bedrohung nur eingebildet war. Mario sagte immer, ich sei paranoid. Und Moe hatte ein gutes Argument, dass die beiden Vorfälle möglicherweise nichts miteinander zu tun hatten.

Meine Schultern entspannten sich. Ich wollte gerade Laura anrufen, da schlug ich mit der Handfläche aufs Lenkrad. Ich hatte den Mann bei meinem Haus vergessen, während Laura und ich in einem Hotel waren. Es gab drei Vorfälle.

Meine Gedanken rasten, als ich mich erinnerte, dass wir nach dem Brand nach Miami gefahren waren. Es hätte Weiss sein können, der einen weiteren Versuch unternahm.

58

Ich las die Nachricht von O'Leary. Der Staatsanwalt meinte, die Anklageverlesung käme als Nächstes dran. Ich schlüpfte in den Gerichtssaal und nahm in der letzten Reihe Platz, während O'Leary hinter dem Tisch der Anklage saß.

Richter Appleton sah zum Tisch der Angeklagten. »Ist die Verteidigung bereit?«

Simone Jackson und ihr Pflichtverteidiger sprangen auf. »Ja, Euer Ehren.«

»Ms. Jackson, wie plädieren Sie?«

Jackson murmelte: »Nicht schuldig, Euer Ehren.«

Der Richter machte sich eine Notiz und blickte zu O'Leary, der aufstand. »Der Staat ist damit einverstanden, Ms. Jackson ohne Kaution freizulassen.«

Richter Appleton sagte: »Zur Kenntnis genommen, Herr Anwalt. In zwei Wochen, am zwanzigsten, ist der nächste Gerichtstermin.« Er schlug mit dem Hammer. »Nächster Fall.«

Mit gesenktem Kopf ging Jackson schnurstracks auf die Tür zu. Ihre Kleidung schlotterte an ihr. Ich stellte mich ihr in den Weg. »Du solltest nicht durch den Haupteingang gehen, da sind mehr Kameras als bei der Oscar-Verleihung.«

Sie runzelte die Stirn. »Oh, wo komme ich denn hier raus?«

»Ich zeig's dir. Es gibt einen Seiteneingang, den sie nicht kennen.«

»Sind Sie Anwalt?«

»Nein, aber ich arbeite für ein paar Anwälte.«

»Für die Verteidigung?«

»Manchmal und manchmal für die Staatsanwaltschaft. Folge mir.«

Ich ging nach links einen Korridor entlang und öffnete die dritte Tür. Jackson blieb an der Schwelle stehen. »Hier? Das führt doch nicht nach draußen.«

»Ich wollte mit dir reden, bevor du gehst.«

Sie machte einen Schritt zurück. »Worüber?«

»Über die Dubers, was du getan …«

Jackson drehte sich um.

Ich sagte: »Warte mal. Ich kann dir bei den Anklagen helfen, die gegen dich erhoben werden.«

»Und wie willst du das anstellen?«

»Ich kenne Staatsanwalt O'Leary sehr gut.«

»Mein Anwalt auch.«

»Nicht so wie ich.«

»Na gut, wie viel willst du? Ich habe nämlich kein Geld.«

»Setzen wir uns und reden unter vier Augen darüber. Ich bin sicher, du wirst den Deal, den ich vorschlage, interessant finden.«

Wir saßen an einem ovalen Tisch einander gegenüber. Mit vor der Brust verschränkten Armen sagte Jackson: »Ich gebe dir fünf Minuten, also solltest du besser anfangen.«

»Du bist hier wegen Bestechung und Kindeswohlgefähr-
dung. Aber was du den Dubers angetan hast, war verwerf-
lich. Was du ihnen und wer weiß wie vielen anderen
angetan hast, ist bestenfalls verdreht und boshaft. Aber du
hast Glück, dass ich von den mildernden Umständen weiß,
die du durchgemacht hast.«

»Jetzt bist du auch noch Therapeut?«

»Nein, aber ich war auch im Pflegesystem. Ich wurde
nicht so oft herumgeschoben wie du, aber ich habe auch zu
oft den Arsch versohlt bekommen, bevor ich abgehauen bin,
kurz bevor ich volljährig wurde.«

»Woher weißt du das über mich?«

»Ich werde dafür bezahlt, es zu wissen. Hör zu, ich war
im System. Ich weiß, dass es hart sein kann.«

»Es war nicht die beste Art, aufzuwachsen.«

»Was ich nicht verstehe, ist, dass du das System von
innen kanntest und trotzdem getan hast, was du getan
hast.«

»Ich muss mich dir gegenüber nicht erklären. Hast du
noch etwas zu sagen, das keine Moralpredigt ist? Wenn
nicht, bin ich weg.«

»Ich weiß nicht, ob es die Spielsucht war, die dich aus
der Bahn geworfen hat, oder was in deinem Kopf vorging,
aber du hast die Dubers so übel mit reingeritten …«

»Ich habe versucht, Kinder zu schützen.«

»Vielleicht ursprünglich mal, aber weißt du, was ich
glaube?«

Jackson wollte aufstehen.

»Setz dich hin! Du hörst dir an, was ich zu sagen habe,
oder ich sorge dafür, dass du hinter Gittern verrottest!«

Jackson setzte sich. »Wer zum Teufel glaubst du, wer du
bist, dass du so mit mir redest?«

»Weil ich weiß, warum du getan hast, was du getan hast. Ich habe mich genauso gefühlt, als ich das erste Mal aus einer Pflegefamilie entkam.«

»Ja? Und was wäre das?«

»Du wolltest Kindern eine normale Kindheit verwehren. Du wolltest, dass jedes Kind das erleidet, was du erlitten hast.«

Jacksons Gesicht verfinsterte sich. »Fertig?«

»Du wolltest, dass andere sich so fühlen wie du. Ich habe mich genauso gefühlt, als ich das erste Mal in einer Pflegefamilie war und verarscht wurde. Ich habe andere Kinder angesehen, und es ist mir peinlich, es zu sagen, aber ich habe es ihnen übelgenommen, dass sie normale Eltern hatten.«

Jackson rutschte auf ihrem Stuhl hin und her, sagte aber nichts.

»Es könnte daran gelegen haben, wie meine Mutter getötet wurde.«

»Was ist passiert?«

»Sie wurde von einem Mistkerl ermordet, der auf Kaution frei war.«

Jackson schüttelte den Kopf. »Was ist mit deinem Vater?«

»Er kam damit nicht klar und hat sich zu Tode gesoffen.«

»Wenigstens hattest du Eltern. Ich habe meine nie gekannt. Weißt du, wie man sich da fühlt?«

»Das tut mir leid. Ich weiß, dass es niederschmetternd war, und wenn es nicht so wäre, wäre es mir scheißegal, was mit dir passiert.«

Sie flüsterte: »Du hast gesagt, du könntest mir helfen.«

»Die Chancen stehen gut, dass du eine Haftstrafe

bekommst. Aber ganz sicher verlierst du zusätzlich zu deinem Job auch deine Rente.«

Jackson ließ den Kopf hängen. »Ich habe es echt vermasselt. Ich brauchte das Geld …«

»Das will ich nicht hören.«

»Ich weiß, ich habe es nicht verdient, aber gibt es irgendeine Möglichkeit, wie du mir helfen kannst?«

»Nichts kann den Schaden, den du angerichtet hast, ungeschehen machen, aber wir können versuchen, das Leben einiger Menschen zu verbessern.«

»Ich würde alles tun …«

»Das Geld, das du beim Turnier gewonnen hast, ist eingefroren, da die Teilnahmegebühr aus dem Bestechungsgeld stammte.«

»Wenn ich es bekomme, gebe ich es dir …«

»Ich will, dass vierzigtausend davon an die Dubers gehen, um sie für die Anwälte zu entschädigen, die sie sich deinetwegen nehmen mussten. Dann legen wir zehntausend in einen College-Fonds für ihr Kind an. Die restlichen fünfzigtausend gehen an Youth Haven, um ihnen bei der Betreuung der Kinder zu helfen.«

»Was auch immer du sagst, ich meine, das klingt gut und du bist wirklich nett.«

»Du bekennst dich schuldig, erklärst dich damit einverstanden, nie wieder mit Kindern zu arbeiten, übergibst die hunderttausend und vermeidest so eine Gefängnisstrafe. Und wir werden die Anklagepunkte so drehen, dass du eine Teilrente beziehen kannst.«

»Wirklich? Oh mein Gott, danke, danke, danke.«

»Wir werden uns mit deinem Anwalt in Verbindung setzen, um alles zu regeln.« Ich stand auf. »Komm, ich bringe dich zum Seitenausgang.«

59

STAATSANWALT O'LEARY TRAF MICH AUF DEM PARKPLATZ UND brachte mich in einen Raum neben seinem Büro. Er klickte auf eine Fernbedienung, und ein Monitor erwachte zum Leben, der eine Videoübertragung aus seinem Büro zeigte.

»Sie warten unten. Ich lasse sie heraufbringen.«

»Danke. Ich weiß, das ist ungewöhnlich, daher weiß ich es zu schätzen, dass du mich das sehen lässt.«

»Das hast du dir verdient, Beck. Wir sehen uns später.«

O'Leary schloss die Tür hinter sich. Sekunden später erschien er auf dem Bildschirm. Der Staatsanwalt nahm den Hörer ab und führte ein kurzes Telefonat.

Eine Minute später sagte O'Leary: »Herein.«

Die Tür schwang auf. Der Kongressabgeordnete Kravitz und sein Anwalt, Gordon Frost, traten ein. Sie tauschten Grüße aus und setzten sich auf die kleegrünen Stühle vor O'Learys Schreibtisch.

Frost sagte: »Ihr Anruf hat mich ermutigt. Der Abgeordnete ist bestrebt, dieses Missverständnis hinter sich zu lassen, damit er sich wieder den Geschäften des Volkes widmen kann.«

Bei der Erwähnung des Dienstes an der Öffentlichkeit wurde mir übel.

O'Leary sagte: »Da Sie den Antrag auf Klageabweisung eingereicht haben, dachte ich, es wäre am besten, jegliche Blamage zu vermeiden.«

»Obwohl die illegale Durchsuchung eine öffentliche Demütigung verdient, liegen die Interessen des Abgeordneten in einer schnellen und leisen Lösung.«

»Ausgezeichnet. Sollen wir anfangen?«

Kravitz schlug die Beine übereinander, als sein Anwalt sagte: »Ich weiß, es würde kein gutes Licht auf Ihre Behörde werfen, aber wenn Sie die Anklage fallen lassen, sollten Sie wirklich eine öffentliche Erklärung abgeben. Als Person des öffentlichen Lebens ist das das Mindeste, was wir verlangen können. Sie können einen Weg finden, die Schuld auf die Polizei abzuwälzen …«

»Mr. Frost, lassen Sie es mich klar sagen, wir haben nicht die Absicht, die Anklage fallen zu lassen.«

Kravitz nahm die Beine wieder auseinander und sah Frost an. Der Anwalt sagte: »Gibt es ein weiteres Missverständnis?«

O'Leary lächelte. »Nicht das Geringste.«

»Was ist dann der Sinn dieses Treffens? Sie sagten, Sie wollten die Sache ›unauffällig‹ halten, das war der Ausdruck, den Sie benutzt haben.«

»Das ist richtig. Obwohl die Anklage so schwerwiegend ist, wie sie nur sein kann, biete ich Ihnen die Möglichkeit, Ihr Schuldeingeständnis abzugeben.«

Frost stand auf. »Das ist Zeitverschwendung. Wir sehen uns vor Gericht.«

Als Kravitz aufstand, sagte O'Leary: »Das würde ich an Ihrer Stelle nicht tun. Sie würden verlieren und Ihr Mandant würde öffentlich gedemütigt werden.«

Ich beugte mich vor, als Frost sagte: »Ich würde sagen, es wird Ihre Behörde sein, die blamiert wird.«

»Setzen Sie sich bitte. Es dauert nur einen Augenblick. Ich möchte Ihnen etwas zeigen.«

»Wir bleiben stehen. Worum geht es?«

O'Leary nahm eine Fernbedienung, und ein Fernseher erwachte zum Leben. Es war die Aufzeichnung des Treffens, das ich mit dem Abgeordneten im Baker Park hatte.

Kravitz sagte: »Ich wurde gefilmt? Ohne meine Zustimmung?«

Frost sagte: »Mein Mandant hat eine berechtigte Erwartung auf Privatsphäre. Das wird vor Gericht abgewiesen.«

O'Leary sagte: »Das wurde draußen vor seinem Büro aufgenommen, in der Öffentlichkeit. Es ist keine Zustimmung erforderlich, da mitten in einem County Park keine Erwartung auf Privatsphäre besteht.«

Frost protestierte, und der Staatsanwalt sagte: »Heben Sie sich Ihre Einwände auf, bis ich Ihnen das vorgespielt habe.«

Kravitz und ich standen uns gegenüber. »Wie ich bereits sagte, liegt mir die Idee, einen sicheren Hafen zu schaffen, sehr am Herzen, und ich bin mehr als bereit, Ihnen zu helfen, Ihre Kollegen davon zu überzeugen, dass es sich um eine dringende Notwendigkeit handelt.«

Kravitz sah sich in der Gegend um, bevor er sagte: »Sie zu motivieren, wäre ein teures Unterfangen.«

»Das verstehen wir.«

»Wie viel sind Sie bereit auszugeben? Ich muss das Geld verteilen.«

Mir gefiel es, wie ich mich ihm zugewandt hatte. »Für einen Zuschuss von zehn Millionen Dollar bekommen Sie hunderttausend. Wenn Sie zwölf Millionen herausholen können, erhöhe ich auf hundertfünfzig.«

Kravitz lächelte. »Hundert für zehn Millionen? Das ist ein Prozent. Das kann man kaum als Vermittlungsgebühr bezeichnen.«

»Was wollen Sie?«

»Dreihunderttausend für zehn, vierhundert, wenn ich zwölf Millionen genehmigt bekomme.«

Ich zögerte. »Klingt fair, aber so viel Bargeld zu beschaffen, ist ein Problem für mich, und ehrlich gesagt, würde es Verdacht erregen.«

»Ich kann das regeln, aber es ist entscheidend, dass wir unauffällig bleiben.«

»Das wäre schwierig. Woran ich herankomme, sind Diamanten.«

»Das ist eine interessante Idee. Ich habe sie noch nie benutzt.«

»Ich benutze sie ständig. Sie speichern einen enormen Wert auf kleinstem Raum.«

»Darüber muss ich nachdenken.«

»Vertrauen Sie mir, sie werden ständig benutzt. Die Bundesbehörden verfolgen sie nicht so wie Bargeld.«

Kravitz nickte leicht. »Okay. Ich werde es versuchen.«

»Gut. Wann werden Sie sich darum kümmern?«

»Ich werde einige Vorabkosten haben. Es gibt einige Leute, um die ich mich kümmern muss. Ich brauche einen Vorschuss.«

»Wie wäre es mit zehntausend.«

»Machen Sie zwanzig daraus, und das muss in bar sein.«

Ich streckte meine Hand aus. Kravitz schüttelte sie und sagte: »Schön, mit Ihnen Geschäfte zu machen.«

O'Leary hielt die Aufnahme an.

Kravitz schüttelte den Kopf. »Das ist ganz einfach eine Anstiftung.« Er wandte sich an Frost und sagte: »Lassen Sie das als Anstiftung abweisen. Sofort.«

Frost legte einen Finger auf seine Lippen.

O'Leary sagte: »Das wird nicht funktionieren, Herr Abgeordneter. Sie haben im Austausch für die Finanzierung seines Projekts eine Gegenleistung verlangt. Das ist ein klassisches Quidproquo.«

Frost nickte und ließ sich auf einen Stuhl sinken. »Lassen Sie uns das besprechen, wobei wir bedenken sollten, dass Leute Dinge sagen, wie zum Beispiel, dass sie jemanden umbringen wollen, aber nie zur Tat schreiten. Herr Kravitz hat sich vielleicht unglücklich ausgedrückt, aber er hat kein Geld erhalten und es wurde kein Geschäft abgeschlossen.«

»Sie haben doch sicher nicht die Diamanten vergessen?«

Kravitz sackte in einen Stuhl, als sein Anwalt sagte: »Diese waren schon Jahrzehnte vor diesem unglücklichen Vorfall im Besitz der Familie Kravitz.«

O'Leary lächelte. »Netter Versuch, Herr Kollege.« Er öffnete eine Mappe auf seinem Schreibtisch und schob Frost ein Blatt Papier hin. »Dies ist eine Liste der Seriennummern, die in die Edelsteine eingraviert sind, die im Haus des Abgeordneten gefunden wurden.«

Kravitz' Schultern sanken, und O'Leary hielt ein weiteres Dokument hoch. »Diese Liste stimmt mit dem Inventarverzeichnis von Crown Jewelers überein, die die Steine den Strafverfolgungsbehörden geliehen haben.«

Frost atmete aus. »Wir werden diese auf ihre Echtheit prüfen müssen ...«

»Sie werden mit Ihrem Mandanten über eine Einlassung sprechen müssen.«

»Wenn Sie uns ein faires Angebot unterbreiten, könnten wir uns vielleicht einigen.«

60

LAURA ERGRIFF MEINE HAND, WÄHREND DIE WELLEN DES Golfs unsere Füße umspülten. Sie sagte: »Das ist schön. Wir sollten jeden Samstag am Strand spazieren gehen.«

»Dann müssten wir aber so früh raus wie heute.«

»Von mir aus gern. Du bist doch die Schlafmütze.«

Ich war kein Langschläfer. Es war nicht der Schlaf, der mich zurückhielt und zögern ließ, Termine für den frühen Morgen zu vereinbaren. Ich las gern die Zeitungen und ging die Pläne durch, die ich in die Wege geleitet hatte. »Machen wir einen festen Termin aus. Samstags, spätestens um neun, berühren unsere Füße den Sand.«

»Wow. Bist du sicher, dass du so viel von mir ertragen kannst?«

Ich hatte das nicht zu Ende gedacht. Es bedeutete, dass wir wahrscheinlich den ganzen Tag zusammen sein würden. »Das wird eine Probe.«

Mein Telefon klingelte. Es war Larson. »Hey, Ray, ich spaziere gerade mit Laura am Vanderbilt Beach. Bist du schon hier?«

»Schön. Nein, ich habe heute zu viele Besorgungen zu machen.«

»Was gibt's?«

»Kannst du reden?«

»Sicher.«

Er zögerte. »Sie haben Melvin Weiss heute Morgen tot aufgefunden.«

Ich blieb wie angewurzelt stehen. »Was?«

»Er hat sich an seinem Balkon erhängt. Eine Haushälterin hat ihn gesehen, als sie heute Morgen hineinging.«

»Oh, mein Gott, das ist furchtbar.«

Laura sagte: »Was ist los?«

Ich scheuchte sie mit einer Geste weg, als Larson sagte: »Ich schätze, er konnte die Schande nicht verkraften.«

»Ich hab Scheiße gebaut.«

»Du hast gar nichts getan. Er …«

»Blödsinn«, sagte ich. »Weiss hätte sich nicht umgebracht, wenn wir nicht hinter ihm her gewesen wären.«

»Immer mit der Ruhe. Du hast keine Ahnung, was in seinem Kopf vorging, bevor du ihn überhaupt getroffen hast. Solche Dinge passieren nicht aus heiterem Himmel.«

»Ich muss los. Ich rufe dich später an.«

Laura fragte: »Weiss hat Selbstmord begangen? Wer ist das?«

Ich ließ mich in den Sand fallen. »Was für eine Katastrophe.«

»Weiss? Der Mann, der versucht hat, dich umzubringen?«

Ich griff eine Handvoll Sand und schleuderte ihn in den Golf. »Argh!«

Laura setzte sich neben mich. »Entspann dich. Was geschehen ist, ist geschehen.«

Sie sagte das mit stoischer Gelassenheit. »Ja, und wegen mir ist ein Mann tot.«

»Du dramatisierst doch, oder?«

»Na schön, du willst wissen, warum ich denke, dass ich es war? Ich erzähle es dir.«

Ihre Augen weiteten sich, als ich ihr von dem Fall Weiss erzählte.

»Ich sage nicht, dass er sich hätte umbringen sollen, aber er war ein furchtbarer Mensch. Er hat dein Haus angezündet ...«

»Man kann sich immer einen neuen Job suchen, aber wenn man tot ist, ist man tot.«

Sie rieb mir den Rücken. »Der Widerling hat seine Frau wie eine Idiotin dastehen lassen.«

»Sie ließ sich von ihm scheiden. Das ist so eine verdammte Scheiße.«

»Ich weiß nicht, warum du dich so aufregst. Dieser Mann hat versucht, dich umzubringen.«

»Das macht keinen Unterschied.«

»Bist du verrückt? Natürlich macht es das. Es zeigt, was für ein Monster er war. Er hatte keine Achtung vor irgendjemandem. Er war so egoistisch, wie man nur sein kann.«

»Und jetzt ist er wegen mir tot.«

»Er hat Selbstmord begangen. Leute wachen nicht einfach eines Tages auf und bringen sich um. Er hatte wahrscheinlich psychische Probleme, Dämonen, mit denen er zu kämpfen hatte, lange bevor er dich traf.«

Larson hatte dasselbe gesagt. »Meinst du? Ich meine, ich bin mir sicher, dass wir ihm den letzten Stoß gegeben haben, aber vielleicht hast du recht.«

»Du weißt nicht, was sonst noch hinter der Milliarden-Dollar-Fassade steckte, die Weiss zur Schau stellte. Und die

Schuld, die er wegen der Art, wie er zu seinem Geld gekommen war, empfunden haben muss, hat bestimmt an ihm genagt.«

»Vielleicht.«

»Gib dir nicht die Schuld. Du hast die Leute unterstützt, denen Weiss geschadet hat.«

Ich stand auf. »Gehen wir weiter.«

Sie ergriff meine Hand, und ich zog sie auf die Beine. Sie legte ihre Arme um mich. »Lass dich davon nicht fertigmachen. Schüttel es ab. Du bist ein guter Mensch und nicht der Grund, warum dieser Mann sich das Leben genommen hat.«

Ich wollte es glauben, hatte aber ernste Zweifel. »Danke.«

Wir gingen etwa zehn Minuten schweigend weiter. Als wir am Turtle Club vorbeikamen, klingelte mein Telefon; es war wieder Larson.

»Ray? Was gibt's?«

»Ich habe gerade mit O'Leary telefoniert und er hat mir erzählt, dass Solenko einen Deal gemacht hat und als Kronzeuge gegen Weiss aussagt. Du warst nicht der Einzige, auf den er es abgesehen hatte.«

»Wusste Weiss, dass er geplaudert hat?«

»Ja. O'Leary hat sich gestern Abend an seinen Anwalt gewandt.«

Ich fühlte mich leichter, als mich eine Welle der Erleichterung überkam. »Deshalb hat er sich also erhängt.«

»Ja, und O'Leary sagte, dass auch die SEC gegen Weiss ermittelte.«

»Seine Welt brach zusammen.«

»Das kann man wohl sagen.«

»Danke, dass du mir Bescheid gesagt hast. Aber warum hat O'Leary es uns nicht erzählt?«

»Seine Tochter hat sich beim Fußballspielen einen Bänderriss im Knöchel zugezogen. Er ist aus dem Büro gestürmt.«

»Oh, nein. Geht es ihr gut?«

»Er sagte, die Operation sei gut verlaufen.«

»Gut. Ich rufe ihn später an.«

Ich legte auf und sagte: »Der Typ, den Weiss angeheuert hat, um mich umzubringen, hat einen Deal mit dem Staatsanwalt gemacht und eine Menge Dreck über Weiss ausgepackt.«

»Siehst du? Es war nicht deine Schuld.«

Das mochte sein, aber ich hatte eine Rolle dabei gespielt, und mir gefiel nicht, wie der Film endete.

61

ICH RIEF MEINEN FREUND, DETECTIVE MORENO, AN. »HEY, Moe, wie geht's?«

»Gut. Und bei dir, alles ruhig?«

»Ja. Ich habe gehört, was du neulich gesagt hast, und ich werde mein tägliches Leben nicht davon bestimmen lassen. Ich halte die Augen offen und wir werden sehen, was passiert.«

»So ist's recht. Wir werden weiter patrouillieren und die Ohren offen halten.«

»Danke. Hey, ich habe angerufen, um dich zum Abendessen einzuladen – geht auf mich.«

»Ich kann für mich selbst bezahlen.«

»Diesmal nicht. Wenn du nicht gewesen wärst, hätte Weiss mich unter die Erde gebracht. Also gibt es Abendessen.«

»Das ist nicht nötig.«

»Hör zu, such einen Ort aus. Nichts zu Schickes, aber ein Lokal, das du und deine Frau mögt. Es wird Zeit, dass wir mal ein Doppeldate haben.«

»Wow. Ich lerne endlich die geheimnisvolle Laura kennen?«

»Zieh mich nicht auf, sonst ziehe ich die Einladung zurück.«

Er kicherte. »Wir wollten am Freitag sowieso ausgehen. Also weiß ich, dass der Abend passt, aber du suchst das Restaurant aus und gibst mir Bescheid.«

»Hört sich gut an.«

Zehn Minuten später kam Laura an. Sie rauschte mit einer Tüte von Whole Foods ins Haus. »Die hatten Puten-Burger im Angebot.«

»Gut.«

»Sie waren um fünfzig Prozent reduziert. Ich mache einen Salat dazu.«

Als sie den Kühlschrank öffnete, sagte ich: »Pass auf, am Freitagabend gehen wir mit Detective Moreno und seiner Frau essen.«

Mit den Burgern in der Hand erstarrte sie. »Freitag?«

»Ja. Warum, hast du schon was vor oder so?«

»Nein, nein. Nur, ich weiß nicht, ich bin ein wenig überrascht.«

»Du wirst ihn lieben. Er ist großartig und seine Frau, Tammy, ist verdammt witzig.«

»Ich kann's kaum erwarten. Wohin gehen wir?«

»Wohin möchtest du denn gehen?«

»Ich? Das ist nicht meine Entscheidung. Mir ist alles recht.«

»Wie wär's mit dem Bice?«

»Sicher.«

»Ich schmeiße den Grill an und reserviere dann.«

Ich warf den Grill an, als eine Nachricht von Larson reinkam.

Nach dem Abendessen räumten wir den Tisch ab. Ich schaltete den Fernseher ein und navigierte zu WINK News. Laura sagte: »Ich dachte, du siehst nicht gerne die Nachrichten.«

»Tue ich auch nicht, aber Ray wollte, dass ich mir etwas ansehe.«

Eine Werbung für Schädlingsbekämpfung endete und die Nachrichtensendung begann. Der Sprecher sagte: »Die Topmeldung des heutigen Abends ist ein tiefer Fall.«

Ein Bild von Kravitz füllte den Bildschirm. »Der Kongressabgeordnete Kravitz wurde heute vom Repräsentantenhaus einstimmig gerügt. Die Rüge steht im Zusammenhang mit den gegen Kravitz erhobenen Bestechungsvorwürfen.

»Dem Abgeordneten wurden auch seine Ausschussposten entzogen und es kursieren Berichte, dass Kravitz bereits an diesem Wochenende zurücktreten wird.

»Der Kongressabgeordnete ...«

Ich klickte auf die Fernbedienung. Laura fragte: »Warum wolltest du das sehen?«

»Wir hatten beruflich mit ihm zu tun.«

»Ich habe über ihn gelesen. Er ist so korrupt.«

»Das dachten wir auch.«

»Woran habt ihr bei ihm gearbeitet?«

»Komm, Toby muss Gassi gehen.«

———

Laura schlief. Ich lag im Bett und grübelte über alles nach, was passiert war. So schlimm der Selbstmord von Weiss auch war, ich fühlte mich ziemlich gut. Anstatt mir die Hölle heiß zu machen wegen dem, was ich getan hatte, unterstützte mich Laura und half mir, das Geschehene zu rationalisieren.

Vielleicht könnten die Dinge zwischen uns in die nächste Phase übergehen. Wenn ich ein Kind haben wollte, durfte ich nicht mehr viel Zeit verstreichen lassen. Und sie hatte die richtigen Werte, um eine großartige Mutter zu sein.

Meine Gedanken schweiften zur Arbeit. Ich würde wahrscheinlich ändern müssen, was ich tat; ich konnte nicht riskieren, dass jemand hinter mir her war, wenn ich Vater war.

Die Bedrohung, ob real oder eingebildet, war zurückgegangen. Nichts Ungewöhnliches war passiert und ich konnte mich ein wenig entspannen. Ich dachte an Larson.

Er hatte ein paar interessante Aufträge in Aussicht.

Ich wollte eine Auszeit nehmen, mit Laura verreisen und für eine Weile von der Bildfläche verschwinden. Mit ihr zusammen zu sein fühlte sich gut an, aber ich musste jeden Zweifel ausräumen, dass sie die Richtige war, und die Zeit bringt alles an den Tag.

Aber die Fälle, von denen Larson mir erzählt hatte, waren zeitkritisch und lukrativ. Meine Augenlider wurden schwer und ich schwor mir, bis zum Wochenende eine Entscheidung zu treffen. Ich knüllte mein Kissen zusammen und schaltete meine Gedanken ab.

———

LAURA und ich saßen auf der Veranda. Ich las die Zeitung, als die Sonne über die Bäume lugte. Ich sagte: »Sieh dir diesen Himmel an. Das wird wieder ein wunderschöner Tag.«

Laura lächelte. »Deshalb nennt man Südwestflorida das Paradies.« Sie stand auf. »Willst du noch eine Tasse Kaffee?«

»Sicher.« Ich reichte ihr meine Tasse und sie ging ins Haus.

Sie streckte den Kopf zur Tür hinaus und hielt ein Telefon in der Hand. »Jemand ruft an.«

Ich nahm ihr das Handy ab. »Hallo?«

»Mr. Beck, hier ist Jim Duber.«

»Oh, hey, wie geht es dir?«

»Gut, gut.«

»Und Katy?«

»Ihr geht es großartig.«

»Was gibt's?«

»Wir wollten uns bei dir bedanken. Wir haben nichts erwartet, aber ich kann dir sagen, diese vierzigtausend zurückzubekommen ist kaum zu fassen, und die zehntausend für Katys Ausbildung, ich meine, uns fehlen die Worte.«

Larson hatte die zusätzlichen zehntausend draufgelegt. »Wir sind einfach nur froh, dass wir irgendwie helfen konnten.«

»Das bedeutet uns die Welt, glaub mir.«

Und mir das Universum.

––––––

ICH HOFFE, du hattest beim Lesen von *Jenseits der Rache* genauso viel Spaß wie ich beim Schreiben. Wenn ja, würde ich mich freuen, wenn du eine kurze Rezension auf Amazon oder deiner Lieblingsbuchseite schreiben würdest. Rezensionen sind der beste Freund eines Autors, und selbst ein oder zwei kurze Zeilen sind hilfreich. Danke, Dan

Sie können über mein Schreiben auf dem Laufenden bleiben und Zugang zu Büchern haben, die frei von Discounter sind, indem Sie sich meinem Newsletter anschließen. Normalerweise ist es einmal im Monat ausgestiegen und enthält auch Notizen zu Selbstwertgefühl, Motivationsstücken und Weinartikeln.

Es ist kostenlos. Siehe meine Website: www.danpetrosini.com

Dan ist ein USA-Today- und Amazon-Bestsellerautor, der seine erste Geschichte im Alter von zehn Jahren schrieb und es liebt, Geschichten oder Witze zu erzählen.

Seine Ideen für Geschichten erhält Dan, indem er der Frage nachgeht: Was wäre, wenn?

In fast jeder Situation, in der er sich befindet, geht Dan der Frage nach, was wäre, wenn dies oder das passieren würde? Was wäre, wenn diese Person sterben oder etwas Ungewöhnliches oder Illegales tun würde?

Dans ständiges Gedankenkarussell liefert ihm reichlich Stoff, den er zu interessanten Geschichten verwebt.

Als Fan von Büchern und Filmen mit unvorhersehbaren Wendungen gestaltet Dan seine Geschichten so, dass die Leser den Ausgang nicht erraten können. Er schreibt jeden Tag, ringt notfalls um die Worte und hat bis heute über fünfundzwanzig Romane geschrieben.

Für Dan ist es keine Frage des Wollens, er muss einfach schreiben.

Dan ist der festen Überzeugung, dass Menschen ihre Träume verwirklichen können, wenn sie sich darauf konzentrieren und handeln, und er ermutigt genau dazu.

Sein Lieblingsspruch lautet: „Der Preis der Disziplin ist immer geringer als die Kosten des Bedauerns."

Dan erinnert die Menschen daran, Negativität aus ihrem Leben zu verbannen. Er glaubt, dass sie ansteckend ist, und rät, sich von negativen Menschen fernzuhalten. Er weiß, dass eine wirklich positive Grundeinstellung einem das

Gefühl gibt, das Leben spiele einem in die Karten. Wenn er mal vom Weg abkommt, sagt er sich: „Man kann keinen guten Tag mit einer schlechten Einstellung haben."

Dan ist verheiratet, hat zwei Töchter und einen anhänglichen Malteser und lebt im Südwesten Floridas. Der gebürtige New Yorker hat an örtlichen Hochschulen unterrichtet, schreibt Romane und spielt Tenorsaxophon in mehreren Jazzbands. Außerdem trinkt er viel zu viel Wein und nimmt sich selbst niemals, aber auch wirklich niemals zu ernst.

Er veröffentlicht einen zweimal monatlich erscheinenden Newsletter mit Artikeln, seinen Texten sowie Sonderangeboten und Schnäppchen.